講談社文庫

対岸の家事

朱野帰子

JN036191

講談社

目次

主な登場人物

MURAKAMI SHIHO
村上詩穂

27歳、専業主婦。居酒屋に勤める夫の虎朗《とらお》、2歳の苺《いちご》の3人家族で、築40年のマンション暮らし。母を14歳の時に亡くし、家を出るまで家事を一手に引き受けていた。ママ友を見つけられず、常に苺と二人きり。

NAGANO REIKO
長野礼子

35歳。3歳の息子と生後半年の娘を抱える多忙なワーキングマザー。詩穂の隣の部屋に住んでいる。イベント会社で働く夫が家事を手伝ってくれず、風邪を引いても休めない。

NAKATANI TATSUYA
中谷達也

30歳。外資系企業に勤める妻に代わり、1歳の娘のために2年間の育休をとったエリート公務員。家事や育児もスマートにこなす、いわゆるイケダン。

TSUTAMURA SHOKO
蔦村晶子

26歳、元保育士。小児科医の夫と結婚し、受付を手伝っている。なかなか子どもができず、姑や患者たちにプレッシャーをかけられている。

SAKAGAMISAN
坂上さん

70歳、専業主婦。夫に先立たれ、一人暮らし。仕事に邁進する40歳の娘を心から応援しているが、いまだに面倒を見てしまう。

対岸の家事

プロローグ

一日でいい。誰かにご飯を作ってもらいたかった。

今晩のご飯はお父さんが作った。この四年間、お母さんの代わりに家事をよく頑張ったね。さあ座りなさい。美味《おい》しいかどうかわからないけど、これでも精一杯やったんだ。

そんな日が一日でもあったなら、父を置いていこうとは思わなかっただろう。

今日の朝、アイロンをかけたワイシャツを受け取りながら、

「もう高校卒業だってさ、早いな」

と、父は靴箱の上の母の写真に報告していた。母は微笑《ほほえ》んだまま動かない。

昨日の夜、きっちり磨《みが》いた靴に、父は足を入れ、「卒業式、行けなくてごめんな」と言った。父はまじめなサラリーマンだった。

「今晩はすき焼きがいいかな？　用意しておいて」

詩穂《しほ》は答えなかった。ただ、言った。

「いってらっしゃい」

卒業式から戻ると、詩穂は卒業証書の筒を母の写真の横にトンと立てて置いた。

さ、大掃除だ。制服を脱いでハンガーにかける。

トイレとお風呂と洗面所の電球を前より明るいものに替えた。汚れが見えやすくなる。これで掃除がしやすくなるだろう。薬剤でカビをとり、歯ブラシでタイルの目地を磨く。夕方までに終わるだろうか。今日出てしまわなければ決心が鈍《にぶ》る。焦《あせ》ると手元が乱暴になった。

「ゆっくり、ゆっくり」

そう唱《とな》える。あなたは不器用だけれど時間をかけてやればできるようになる。母はいつもそう言っていた。春の陽気が開け放たれた窓から入ってきた。額にかいた汗を拭《ぬぐ》う。家事に専念できるっていいものだ。学校がある日はこんな集中できなかった。

自分は二つのことが同時にできない。それがこの四年でよくわかった。いつか大人になって、結婚して子供が生まれたら、専業主婦になったほうがいいかもしれない。

カーテンも、シーツも、ソファのカバーも、洗って干した。洗濯機で洗えるもののリストをつくって、冷蔵庫に貼りつけた。これはサービスだ。

調味料が揃《そろ》っているか確認して、補充分を買いにでかける。スーパーに行き、キユーピー印のマヨネーズを籠《かご》に入れた。醬油《しょうゆ》も買ってきて、醬油差しに満タンに入れた。

「よし」

と、息をついて台所を出ようとした時、ハンドミキサーが目に入った。

母はあれでよくアイスクリームをつくっていた。卵と砂糖と生クリームをシャカシャカ混ぜて冷やすとできあがり。冷凍庫から母と一緒に取り出す時のわくわく感といったらなかった。

詩穂はしばらく考えてから、ハンドミキサーを荷物に入れた。

母の遺影の前に座り、手を合わせてから、玄関を出た。

門を出る前に、ブロック塀の陰《かげ》に植えられている紫陽花《あじさい》を見た。新芽が出ている。

六月になれば咲くだろう。でも母の大好きだったこの薄紫の花を見ることは二度とない。

父と二人の生活は悪い事ばかりではなかった。キラキラしているはずだった少女の時間は薄暗い家にいる間に過ぎてしまったけれど、母の遺《のこ》した料理の本をめくったり、菜箸《さいばし》を新しいものに替えたり、家事に打ちこむ時間は嫌いではなかった。

でも、ごめんね。私は家を出ます。もう帰りません。主婦のいなくなった家で、ぽっかりと空いた穴の縁《ふち》で、どうか元気で生きていってください。

私は私がやる家事をもっと喜んでくれる人をよそに探しに行きます。

詩穂はボストンバッグを肩にかけ直して歩きはじめた。出る直前に押しこんできたハンドミキサーが、一歩踏みだすたびに腿《もも》に当たって痛かった。

夕闇が降りてきていた。どこからか出汁《だし》の匂いがした。鰹節《かつおぶし》だ。詩穂はその匂いを胸いっぱいに吸いこんだ。開け放たれた窓からお風呂の水を抜く音も聞こえる。

夕方の街は主婦たちのたてる音で賑《にぎ》やかだった。そういう夕方がどんな街でもずっと続いていくのだと、その頃の——十八歳の詩穂は無邪気に信じていた。

第一話　専業主婦が絶滅危惧種になった日

専業主婦はもはや絶滅危惧種である、と教えてくれたのは長野《ながの》礼子《れいこ》だった。

それまでは意識していなかったのだ。児童支援センターの受付のラックに「待機児童問題緊急事態宣言」というチラシがささっていても、「そうなんだ」としか思っていなかった。

テレビドラマの主役も、主婦から働く女性へと移り変わっていることもわかっていた。それなのに、人生の選択肢が増えていくんだな、と呑気《のんき》に構えていた。だから、

「保育園は決まった？」

と、礼子に尋《たず》ねられた時も、

「うちは入らないので」

と、詩穂は何も考えずに答えた。

二人は児童支援センターの乳児向けの親子教室に参加していた。

詩穂は生後半年の娘の苺《いちご》を連れていた。たまたま隣に座ったのが、マンションの隣人の礼子だった。廊下ですれ違ったことはあったけれど、話をしたことはなかった。

「そうなんだ……村上《むらかみ》さんだっけ？　まだ二十代だよね？」

「村上詩穂です。二十五歳です」

「そっか、まだ若いのに子供がいて偉《えら》いよね。私は長野礼子」

礼子は詩穂よりも五つ以上は年上に見えた。耳にピアスをしていた。細い鎖《くさり》の先に小さいダイヤがついてチカチカ光っている。彼女の連れている男の子は一歳だそうだ。

「で、どんなお仕事してるの？」

「家事ですけど」

詩穂が言うと、礼子は手をひらひらと振って、その答えをどこかに追いやった。

「そうじゃなくて、復帰後の仕事のこと。保育園に入れないってことは在宅の仕事？」

「まあ、在宅と言えば在宅かな……。私、主婦なので」

「え……」

礼子は戸惑《とまど》い、答えを探すように、目を宙に泳がせていた。

「娘さん、持病があるとか？　あ、介護してるんだ」

「いえ、あの、私には仕事と家事の両立なんて無理だなと思って、それで……」

「ああ……今は就職するのも大変だものね」

会話は途切れ、礼子は他の母親と話しはじめた。営業って大変でしょ、と誰かが言っている。そんなことないです、と礼子が謙遜《けんそん》し、いやいやと他の母親たちが持ち上げている。

それで気づいた。みんな育児休業中の会社員なのだ。法規制緩和のこととか、システムがどうとか、堅い言葉が飛び交《か》っている。専業主婦は一人もここにはいないのだ。

急に心細くなって、手遊びの時間が終わると、部屋から出た。階段を降りながら、苺の頭に鼻を押しつけると甘い匂いがした。そこでブランケットを忘れてきたことに気づいた。

「イマドキ、専業主婦になんかなってどうするんだろう」

取りに戻って引き戸を少し開けると、礼子の声が聞こえて、詩穂は立ち止まった。

「絶滅危惧種だよね、このあたりでは。地方にはまだたくさんいるかもしれないけど」

「家事なんて、いい家電があれば仕事の片手間にできるし、専業でいる意味あるのかな」

「旦那《だんな》がお金持ちなのかな。でも、そうは見えなかったよね」

「まだ二十五歳だって。情報弱者っていうか、時流に乗り遅れちゃったんだろうね」

最後に言ったのは礼子だった。ブランケットは別の日に取りにこよう。そっと引き戸を閉めたつもりだったが、ガタンと音がしてしまった。

礼子がぱっと顔をこちらに向け、目が合った。しまった、という顔をしていた。でも自分は間違っていないという表情も浮かべていた。

急いで階段を降り、玄関でベビーカーを開こうとしたが、うまくできなかった。他の母親たちが追いついてきそうで手が焦った。この気持ちに覚えがある。中学のクラスメイトたちが部活にいくのを横目で見ながら、スーパーへ歩いていく時の気持ちだ。

ベビーカーをゆっくり押しはじめる。周りのことなんか気にしない。結婚して、子供が生まれて、今度こそ家事に専念しようと決めたのは自分だ。

自分は二つのことが同時にできない。

十四歳で母を亡《な》くし、家事を一手に引き受けていた頃にそれを思い知った。

夫の虎朗《とらお》にはつきあう前から「主婦になりたい」と言っていた。そうしたら、とうなずいた虎朗も器用なほうではない。独り暮らしていた頃の部屋は散らかっていた。家に帰るとご飯が炊けている。おかずもお味噌汁《みそしる》もある。それだけで虎朗は無邪気に喜んでくれた。

でも、専業主婦が絶滅しかかっているなんて思わなかった。

こういうところなんだろうな、不器用だと言われてしまうのは。

十八歳で実家を出てから通った美容学校でも、詩穂は毎日のように居残りだった。勤めていた美容室でも、一人ひとりに時間をかけてしまい、よく怒られた。指名してくれるお客さんは多かったけれど、回転率を上げないと利益にはならないと言われた。

自分はいつも一歩遅い。父に家事を押しつけられたのもそのせいかもしれない。

さっきのワーキングマザーたちの目には、時代の真ん中を歩いているという自信が漲《みなぎ》っていた。保育園が増えていくのも世の中が彼女たちを応援している証拠だろう。

これからは、あの人たちが多数派で、こっちは少数派なのだ。

詩穂はベビーカーを押しながら、虎朗と結婚して住みはじめた街並みを眺めた。

賑やかに立ち話をする主婦は、そういえば、最近見かけない。子連れの女性もいない。みな働きに出ているのだろう。子供も保育園か学童に預けられているのだろう。昼間の街は不気味なほど静かだった。本当に自分と同年代の主婦は減っているのだ。

自分は人生の選択を誤ったのだろうか。ベビーカーを押す速度が増していった。


それから二年たっても、詩穂は主婦仲間に出会えなかった。児童支援センターに毎日のように行って友達になってくれそうな人を探すのが日課になった。

朝、目が覚めると、苺を子供用の椅子《いす》に座らせ、ご飯を食べさせる。慌《あわ》ただしく虎朗を送り出してから、散歩の準備にとりかかる。幼児は毎日陽《ひ》に当てなければならない。

「さんぽ、さんぽ」

と、急かす娘の声に煽《あお》られながら、リュックに必要なものを詰める。

予備のオムツとお尻拭《しりふ》きとビニール袋。汚れた場合の着替えを一揃い。ハンドタオルにウェットティッシュ。お腹が空いたと言い出した場合に備えて、ラップに包んだおにぎりもいくつか入れる。虫除《むしよ》けとムヒ。絆創膏《ばんそうこう》も必要かもしれない。最後に水筒を水切り籠から出して水気を拭う。パッキンが黒ずんでいないかチェックして、麦茶を入れる。

「ママ、はやく、いこ！」

苺にまとわりつかれ、麦茶をこぼした。深呼吸して母が教えてくれた言葉を唱える。

ゆっくり、ゆっくり。

急いでいる時ほど、ひとつひとつの作業に時間をかけたほうがいい。

「お待たせしました！　じゃあ、行こうか」

廊下に出て、苺の手をしっかり握り、もう片方の手で鍵をかけてから出かける。

児童支援センターは静まり返っていた。広々とした多目的ホールは午後になると学童の子供達でいっぱいになるが、今は誰もいない。

「今や、小学校の七割、八割の子供のお母さんが働いているらしいわね」と、児童支援センターの職員が前に言っていた。学校から帰ってランドセルを家に投げこみ、外に遊びに行くなんてことは、もうなくなってしまうのだろうか。苺が小学生になった時、遊ぶ友達が一人もいないということはないだろうか。不安が胸に兆す。

苺は転がっているボールに飛びつき、「ママ、あそぼ」と投げてくる。詩穂は投げ返す。苺はまた投げてくる。子供と遊ぶのは得意だ。でも毎日となるとさすがにしんどい。

壁時計の針の音が、チク、チク、と耳に響いた。

二年前、ここで出会ったワーキングマザーたちのことを思い出してしまう。

詩穂が「はい、どうぞ」とボールを投げ、苺が「はい」と投げ返す、そんな間にも、彼女たちは実績を積み上げ、給料を稼いでいる。同僚たちと今朝のニュースについて話したり、ランチに行ったりしている。そう考えると、胸がじりじり焼かれる。

美容室で働いていた頃は、人間関係が面倒でしょうがなかった。お客さんの話に相《あい》槌《づち》を打つのにも疲れていた。でも一人になってしまうよりははるかにマシだった。

カタリ、と音がして目を上げると、一人の母親がホールに入ってきた。髪を一つに結ったまじめそうな人だった。抱っこ紐《ひも》から生後三ヵ月くらいの赤ちゃんをおろしている。あのくらいだとまだ座ることもできない。

「あの、こんにちは」

彼女の前にボールが転がっていったのをいいことに、詩穂は話しかけてみた。

「育休中ですか？」

彼女は黙《だま》って首を横に振った。

「じゃあ主婦ですか？　私も実はそうで……」

話がしたかった。何でもいい。晩ご飯は何にするつもりだとか、いい柔軟剤はないかとか、他愛もない会話をする相手が欲しかった。しかし、彼女は硬い声で言った。

「違います」

彼女は立ち上がると、「そろそろ行こうね」と赤ちゃんに話しかけ、詩穂に会釈《えしゃく》した。失礼します、という意味だろう。そのまま出て行ってしまった。

苺はもうボール遊びに飽きていて、むこうで三輪車を引っ張り出して乗っている。今日も、話し相手はできなかった。

児童支援センターを出ると、雨の匂いがした。梅雨がやってきたのだ。リュックに長靴とレインコートを入れてくればよかった。苺は日に日に成長するし、天気も刻々と変化する。リュックの中身が全問正解だったことはない。でも、失敗しちゃった、と笑い合う相手はいないので、なるべく落ちこまないようにする。

「だっこ」

家までの道を半分ほど歩いたところで、苺は座りこんだ。二歳七ヵ月の子供の体重は十二キログラム。ここで体力を失いたくない。「立ちなさい」と言いたい気持ちをおさえ、深呼吸する。

「苺、お花を探して歩こうか」

帰り道の家々の庭の紫陽花は今が盛《さか》りだった。

「先に見つけるのはママかな？」

苺はぱっと立ち上がった。紫、青、ピンク、まだ緑色のやつ。紫陽花が咲いている家々を、娘の手を引いてめぐっていく。

「わあっ、あそこのは、おほしさまだよっ」

萼《がく》が星形になっている紫陽花を見つけ、苺は寄っていき、じっと眺めている。

「さわってみようか」と、萼を指でつまむと、水のように冷たかった。でもほのかに温《あたた》かかった。苺は手を後ろに回してイヤイヤをしている。

「こわい」

「えー、なんで怖いの？　お花だよ？」

「こわい」

たしかに、小さい子からしたら、花はふしぎな存在かもしれない。動かないし、食べない、おしゃべりもしない。でも触ると命を感じる。

「そっか、お花は怖いのか」

手を繋《つな》ぎながら言うと、苺が「おはなはこわいよ」とまじめに繰り返したので、笑ってしまう。ふたりとも細い雨に濡《ぬ》れていた。握った手を軽く振りながら歩く。

「あめあめふれふれ、かあさんが、じゃのめでおむかえ、うれしいな」

苺もつられて歌い出す。

雨が降ったら傘を持って迎えに来てくれるお母さんは主婦なのだろう。昔につくられた歌だ。結婚して子供が生まれたら主婦になるのが当たり前だった時代の歌。

このまま主婦でいてもいいのだろうか。いつの間にか、足が速くなった。

「ママ、まって」

足が縺《もつ》れた苺に手を引っ張られる。気づいた時には苺は転んでいて泣き声をあげた。

「ごめん、ごめんね」

抱き起こしながら、ゆっくり、ゆっくり、と自分に言い聞かせる。

詩穂と苺が住んでいるのは、築四十年の鉄筋コンクリートの分譲マンションだ。田舎にUターンした老夫婦の持ち物で、内装は二十年くらい前に改装されたきりらしい。お風呂はバランス釜で、ふすまの片面は唐草模様《からくさもよう》だ。家賃は四十平米で月九万円。

虎朗が稼いでくる給料の手取りの半分近くが消えてしまうが、都心から電車で十五分のこの街ではかなり安いほうだ。だからエレベーターがないくらいで文句は言えない。

「だっこ」と言われ、膝《ひざ》をすりむいた苺を抱っこして三階まで登った。

苺をおろし、駆け出さないように手を繋ぎ、鍵を探し当ててさしこもうとした時、隣の部屋の前に誰かがいるのに気づいた。

長野礼子だった。隣の部屋に住んでいるワーキングマザー。

二年前、児童支援センターで会って以来、話はしていなかった。お互いの線が交わることはもうない。そう思っていた。

礼子の肩からは保育園バッグが二つかかっていた。抱っこ紐の中に赤ちゃんがいた。ぶらさがっている足の太さや長さから月齢六ヵ月くらいか。

二人目が生まれたのには気づいていたけれど、もう保育園に入れて働いているのか。

たくましいなと思った。夫婦で働けば収入は二人分になる。二人目を産むことに躊《ちゅう》躇《ちょ》もなかったのだろう。耳から垂れている小さなダイヤも相変わらずチカチカ光っていた。

それにしても、ワーキングマザーが昼間の街にいるなんて珍しい。赤ちゃんが熱を出して保育園に呼び出されたのかもしれない。

なぜ、ぼうっと立っているのだろう。部屋には入らないのだろうか。……いや、じろじろ見るのはよくないと思い直し、「入って」と、苺に言った。ドアを閉めている時、

「ゲームオーバー」

呻《うめ》くような声がした。続いて、どさりと何かを落とす音がした。

どうしたんだろう。詩穂はドアを少し開けた。

礼子はしゃがみこんでいた。体調が悪いのだろうか。保育園バッグが落ちている。変な感じがした。ドアを閉めながら首を傾げていると、苺が脱いだ靴をポイしながら言った。

「おにいちゃん、いなかったねえ」

それだ。礼子にはもう一人、男の子がいるはずだ。二年前に一歳だったから、今は三歳のはず。そっちはまだ保育園にいるのだろうか。……いや、礼子は保育園バッグを二つ持っていた。両方とも迎えに行ったのに違いない。じゃあ、あの男の子は今どこに?

ゲームオーバー。その言葉が耳にこびりついていた。

苺を部屋にあげ、換気のために窓を開けた時だった。隣のベランダのほうから、ガ

ラガラと窓を開ける音がした。

「あれ？」

礼子はまだ廊下にいるはずだ。扉が薄いので、もし部屋に入ったら扉が開閉する音がするはずだった。ということは、誰が窓を開けたのだろう？

「苺、ちょっとじっとしててね」

子供用のロックを外してベランダに出ると、隣のベランダの手すりから、男の子の顔がひょこっと覗《のぞ》いた。室外機に手をかけている。これはもしかして、あの典型的な！

室外機によじのぼり、手すりから乗り出して落下。夕方のニュースでよく見るやつではないだろうか。アナウンサーが「母親が目を離した隙《すき》に」と決まり文句を吐く。

「ねえ！」詩穂は身を乗り出して呼びかける。「僕、お名前は？」

「アツマサ」

「アツマサくん、そこ登っちゃだめだよ」

こちらをむかない。室外機のどこに足をかけるか夢中なようだ。

「じゃあ、クイズ。そこに登っちゃいけないのはなぜでしょうか？」

「……おっこちちゃうから？」

アツマサはこっちを見た。よかった。苺と同じでクイズが大好き。

「ピンポーン、正解！」

ここからどうしよう。苺も部屋に一人にはしておけない。いい方法はないかと考える。

「あ、そうだ、今からゲームやろう、ゲーム」

アツマサはうなずいて口元を結んだ。母親譲りのまじめそうな目だった。

「今から十数えます。その間じっとしてられたらアツマサくんの勝ち」

真剣に首がたてにふられたのを見て、詩穂は「いーち」と叫びながら、部屋に戻った。苺の手を摑《つか》むと、「やあだ」と振り払われたので、抱きあげる。玄関に走る。「にーい！」苺が手足をバタバタさせ、詩穂の頰骨《ほおぼね》に当たる。「さーん！」と廊下に出ると、礼子は赤ちゃんを胸に抱いたまま、廊下に座りこんでいた。

「アツマサくん、ベランダに出ている。……しーい！」

礼子は愕然《がくぜん》として顔を上げた。

「あの、あの子、内鍵かけちゃって、部屋に入れないの」

「そういうことか。外鍵は？　ごーお！」

「あの子が持って入っちゃって」

「ああもう、じゃあ、うちのベランダから行くしかない。苺見てて。ろーく！」

急いで部屋に戻る。「なな！」と叫びながらベランダに出る。

アツマサはきまじめに室外機に登らず待っていた。詩穂は靴下を脱ぎ捨てた。「はーち」とか「きゅーう」とか言いながら、隣のベランダの柵にとりつき、乗り越えた。足の裏が冷たい、と思った瞬間滑りそうになり、ひやりとした。落ちたら骨折ではすまない。

「じゅう！」

なんとかアツマサの前に着地すると、「おれのかちぃ」と歓声があがった。ほっとして足が震《ふる》えた。どうして室外機に登ったのか尋ねると、「のぼりたくなった」とのことだった。

「あほだねえ。さ、ママが待ってるよ」

礼子の部屋は広々としていた。角部屋で、詩穂の部屋よりも二つ部屋が多いらしい。リビングの天井は高く抜かれていてダウンライトがついている。年季の入ったコンクリートの壁が剝《む》きだしなのがむしろ趣《おもむき》になっていた。これがリノベーション物件なんだ、と圧倒される。同じボロマンションでも大きな違いだ。

でも、高そうなソファの上には洗濯物がたたまれずに積まれてあった。キッチンのテーブルには保育園のプリントが積まれてなだれを起こしている。なかなか大変そうだ。

アツマサの手を引いて玄関を開け、廊下に出る。

「迷惑かけて本当にごめん」

礼子は平身低頭だった。詩穂は赤ちゃんに目をやった。

「下の子、熱があるんですか」

「……ああ、うん、そうなの、三十九度あるって保育園で言われて、小児科に行くところだったの。保険証を取りに戻ったの」

礼子は二つの保育園バッグを拾いながら言った。それぞれ星夏《ほしか》、篤正《あつまさ》、と名前がついている。アツマサはそういう字を書くのか。

「篤正くんまで引き取って帰ったんですか。元気そうなのに」

それは、と礼子は顔を強《こわ》ばらせ、きまじめな顔で言った。

「保育園は保育に欠ける子供のための施設だから。親が休んでいるのに預けっぱなしにするのはだめなの」

「休んでるって……子供を小児科に連れていくのは結構しんどい仕事なのに」

すでに礼子はしんどそうだった。額に汗が滲《にじ》んでいる。彼女も熱があるのかもしれない。

「でも、会社を休んでいたら、世間から見れば休んでるってことだから」

家事を仕事だと認めなかった二年前の礼子を思い出して、詩穂はつい言った。

「うちで篤正くん、預かってましょうか？」

「え？　……いえいえ、そんな悪いし、そっちだって忙しいだろうし」

「でも私、専業主婦だし、時間はたっぷりありますよ」

礼子は気の抜けた顔で詩穂を見た。

「だから、小児科行っている間だけでも、ね？」

「でも迷惑だから」

頑固《がんこ》だ。しかたがない。詩穂は腰をかがめ、篤正の顔を覗きこんだ。

「ね、うちで戦いごっこする？」

「するーっ！」

篤正はもう打ち解けてくれたらしく、わざわざ玄関に取って返し、これレンジャーのやつだよ、と甲虫みたいにビカビカしたスニーカーを持ってきて見せてくれた。

「よし、じゃあ、おいで」

と、勝手に決めてしまって、詩穂は礼子を見上げる。

「おやつにアイス食べさせていいですか。アレルギーは?」

「アイスたべる!」

篤正が絶叫するのを見て、礼子は迷うように、抱いている星夏に目をやった。そして、重大な決心でもするようにうなずいた。

「じゃあ、お願いできる? 本当にすまないんだけど。アレルギーはない。すぐ戻る」

「ゆっくり行ってきてください。急がなくていいから」

詩穂は裸足《はだし》のままで廊下にいた子供たちを部屋に入れ、先に苺の足を拭こうとした。篤正が待ちきれずに駆けこんでいく。しまった。あっちから先に拭くべきだった。

「アイス、どこ?」と、苺が地団駄を踏む。

先に昼ご飯にするつもりだったが、しかたがない。一日くらい順番が違ってもいい。

「アイスほしい人は、並んでください」

詩穂がアイスをよそうのが待ちきれなくて、ふたりは足にタックルしてくる。アイスをすばやく皿に移し、冷凍庫に戻す時、ジップロックのタッパーがいくつか見えた。

　昨日作ったカレーだった。子供用の甘口と大人用の辛口がある。

「ちょっと、押さないで、アイスがこぼれます」

　熱がある上に、篤正がこんなに元気では、夕飯を作るのもつらいだろう。二人がアイスを食べている間、詩穂はちょうどいい大きさの紙袋を探した。

　礼子が迎えに来たのは一時間後だった。息が切れて苦しそうだった。

「遅くなってごめんなさい。小児科ってどうしていつも混んでるんだろう。少子化なのに」

「大丈夫ですよ。楽しく遊んでましたから」

　礼子は篤正を引き取ると、頭を下げた。

「詩穂……さんだったよね。本当にありがとう。おかげで私も解熱剤もらえました」

「篤正くんと苺、戦いごっこ思い切りやりました。すぐ昼寝しちゃうと思う。あ、星夏ちゃんも寝てる。これで少しは休めますね」

「いいえ、二人が昼寝したら私は仕事しないと。早退して迷惑かけたし」

「え、仕事するんですか……」

　熱があるのに無理するなあ、と思いながら、詩穂は紙袋を差し出した。

「これ、カレーです。うちで作ったやつで恥ずかしいんだけど、よかったらお夕飯に食べてください。こっちが大人用で、こっちが子供用。間違えないで」

「悪いよ、こんなの。お宅の夕飯用でしょう？」

「ううん、これは買い物に行けなかった日のためのストックだから。まだあるし、なくなったら作ればいいし、ほんのお裾《すそ》分《わ》けです」

半ば強引に押しつける。

「こういう時のストック」

礼子はつぶやき、くしゃっと笑った。

「さすが主婦だね。私なんか夕飯作るだけで必死で、毎日が自転車操業で、ストックなんてとても……」

ふっと糸が切れたような笑顔だった。

礼子が自分の部屋に入っていくと、詩穂もドアを閉めた。そういえば、カレーにゴボウが入っていることを言い忘れた。歯触りがよくなるのでうちでは毎回入れる。でも、あんな所帯染みたカレー、どう思われただろうか。急に恥ずかしくなった。

少し疲れたので、夕飯はシジミの味噌汁に挑戦することにした。

作ったことのない料理は食卓を賑やかにしてくれる。疲れている時ほど、気持ちが上向くことをしたほうがいい。

砂抜きは苺と一緒にやった。最近はなんでも手伝いたがるのだ。手間は二倍かかってしまうけれど、できるだけやらせることにしている。

「アサリと違って、シジミは塩水でやらなくていいんだって。真水でいいんだって」

実家の父は貝類が嫌いだったので、結婚する前から、作らないまま今まで来てしまった。

商店街の魚屋さんに教えてもらった通り、暗いところに置き、上にザルを載せる。しばらく待っていると、シジミたちは水管を出して、ぴゅっぴゅっと水を吐いていた。

「すごーい」苺の目が吸い寄せられる。

「うん、ママも初めて見た」

娘の小さな膝が、自分の膝に触れていて温かかった。苺は幼稚園に行くまでは母親と二人きりだ。だから、詩穂がこの世界のことを一から教えてやらなければならない。

二時間後、詩穂がシジミを熱湯にザーッと入れると、苺は「ええーっ」と叫んだ。

「かわいそうだけどね、命をいただきますってして、苺は大きくなるんだよ」

できあがった料理を並べると、スマートフォンで写真を撮った。虎朗に送るのだ。昨日の夜に喧嘩《けんか》をしたせいか今朝はムスッとしていた。これで少しは気持ちを和《やわ》らげてほしい。

いただきます、と苺と手を合わせ、シジミのお味噌汁の味見をする。磯の香りが胸いっぱいにひろがり、独身時代に虎朗と行った海を思い出した。

「これ、イヤ」と、苺は顔をそむけている。

「そっか、苺にはまだ無理だったか」

もう一つの献立のアスパラと豚バラの炒めものは食べてくれたのでほっとした。保育園児と違って、苺の体は詩穂が作る三食だけでできている。そう思うと、一食一食気が抜けないのだった。

夫の虎朗が帰ってきたのは、一時を回った頃だった。

虎朗は十八歳の頃から、居酒屋チェーン店で働いている。二年前に新宿店の店長になってからは、日付を跨《また》いで帰ることが多くなった。店長に抜擢《ばってき》されたのは、「このツラが買われたんだろう」と自分で言っていた。

名前の通り、虎みたいに図体が大きい虎朗が、背中を丸めて、「どうかされましたか？」と出ていくと、態度が悪い酔客でも大人しくなるのだそうだ。家にいる時はごろごろしている虎朗が、職場では強面《こわもて》で通っているなんてピンと来ないけれど。

シジミ汁を見て「苦手なんだよなあ」と顔をしかめた虎朗に、詩穂は言う。

「だめだよ、なんでも食べなきゃ。うちは稼ぎ手が一人しかいないんだから」

結局、全部たいらげてくれた。愛を感じた。しかし、詩穂がワイシャツを洗濯機に入れている間に、虎朗はのそのそと布団にむかっていく。しまった、と追いかけていくと、もう苺に抱きついて、幸せそうに目を瞑《つむ》っていた。

「ちょっと、まだ寝ないで」と、その足に股《また》がる。「昨日も言ったじゃん。もう一週間もろくに話してない。虎朗がすぐ寝ちゃうから」

「まだ寝てない」声がもう眠そうだ。

「今日ね、苺に紫陽花を触らせようとしたら、お花は怖い、って言ったの。最初はわかんなかったんだけど、でも考えてみたら子供にとっては花って……。ねえ、聞いてる？」

「聞いてる、聞いてる」

「それから、隣の長野さんちの子を預かった。篤正くん。戦国武将みたいな名前だよね」

寝息が聞こえてきた。もう、と詩穂は虎朗の足をひっぱたいた。

しかたがない。ゴミ捨てにでもいこう。苺から離れて一人で外に出られるのは、虎朗が帰っている間だけだ。ゴミ捨てが唯一の自由時間だなんて笑ってしまうけれど。

一階に降りると、生温い風が吹いていた。ゴミ袋を置いて詩穂は空を見あげた。

雲の切れ間から一つだけ星が見えた。

あの星と自分は何億光年も離れている。夕方の子供向け番組でそう言っていた。気の遠くなるほど宇宙は広い。それに比べたら自分の不安なんてちっぽけだ。

眺めているうちに、星の瞬《またた》きが、清らかな光になって、胸の奥に深くさしこまれる。

これで、明日も苺と二人きりの長い昼を乗り越えられる気がする。

三階まで登ると、額に汗が滲んだ。ううんと伸びをしていると、四階に続く階段を誰かが登っていくのが見えた。ゆったりとした白いシャツの背中だった。

礼子だ。

どこへ行くのだろうと考える。四階には、礼子の住居はない。

少し迷ったが、詩穂は後を追うことにした。

礼子は気づいていない。四階、五階と、上へ吸い寄せられるように登っている。屋上まで上がると息が切れた。外に出ると生温い風がいっそう強く、重く吹いていた。

礼子は鉄柵にむかってふらふらと歩いていた。

糸が切れた人形のようだった。指が鉄柵を強く摑み、足が柵の下部分に乗った。履《は》いているビーチサンダルの底に体重がぐっとかかっているのを見て、詩穂は息を吞んだ。

「ねえ！」

礼子は肩をびくりとさせて、ふりかえった。

「詩穂さん」

悪事を見つかった子供のように、慌てて鉄柵から手を離している。

「あそこ登ってみませんか？」

詩穂は屋上の片隅を指さした。コンクリート製の灰色の建物があり、その上に水色の丸い給水タンクがあった。どちらにも細い梯子《はしご》がついている。

礼子は「え？」と顔を歪《ゆが》めた。「何言ってるの？」

「あ、すべるから裸足になったほうがいいですよ」

詩穂は灰色の建物に向かって歩いていく。自分からサンダルを脱ぎ、梯子に足をかける。はがれかけたペンキがちくちくと足の裏にささった。

「ちょっと、そんなところに登っちゃだめなんじゃないの？」

「私、よく気晴らしで登ってますから」

梯子を登りはじめる。礼子が「怒られないの？」と下で言っている。

「いいじゃないですか。ちょっとくらいルール違反しても」

詩穂は礼子を見下ろした。

「本当にゲームオーバーになるよりマシでしょう？」

礼子の目がゆっくり見開かれた。詩穂を見上げて黙っていたが、「聞いてたんだ、あの時」と唇を震わせた。詩穂はうなずいた。

「聞いてました」

礼子は悪い夢を見ているような顔で、その目を給水タンクに向けた。

「高いところ、苦手ですか？」

詩穂が尋ねると、「ううん」と、礼子は言った。そして躊躇《ためら》いがちにサンダルを脱いだ。足が梯子にかかる。そこからは、びっくりするくらい速く登ってきた。

詩穂も負けないように登った。灰色の建物に登ったら次は給水タンクだ。細い鉄棒を掴み、さらに細くなった梯子を登っていく。頂上にたどりつくと梯子は途切れ、捕まるものがなくなる。いつもここまで来ると足が震える。

「場所空けて」

気づくと、礼子が詩穂の鼻先まで来ていた。バランスを崩さないように動き、二人はタンクの球に貼りつくように座った。詩穂は黙っていた。礼子も何も言わなかった。しばらくして、

「惨《みじ》めだって思ってるでしょう」

礼子が小さく言った。

「いえ、そんな」

「思ってるに決まってる。みんなで馬鹿にしたんだものね。家事なんて仕事の片手間でできるって」

詩穂はざらりとしたタンクの表面を触る。二年前のことをこの人も気にしていたのか。

「片手間になんかできなかった」

礼子は言った。そして、そこから一気に喋りはじめた。

「毎朝五時に起きてる。そうじゃないと自分の身支度をする時間がないから。子供がいるからってみっともない格好で職場には行けないでしょう？　みんなより遅く行く

分、子供たちが起きる前にメールチェックもしておかなきゃ。それから篤正の朝ご飯と星夏の離乳食と二種類作って、服だって素直に着てくれなくて、出社する頃にはもうクタクタなの。でも、そんなのは言い訳にならない。時短勤務な分、昼休みだってとらずに仕事して、気づいたらもうお迎えの時間なの」

「旦那さんは？」

共働きの夫婦は家事を分担するものではないのだろうか。

「むこうはもっと激務で、六時半には家を出てしまうの。深夜まで帰ってこない」

「礼子さんのご両親は？　旦那さんの実家は？」

「どっちも飛行機の距離。だから平日は一人でなんとかしなきゃいけない。調子が悪くてもう立てないって思うような日も、子供はご飯を食べるでしょう？　だから熱が出てないってことにするの。具合なんて悪くないと思いこむの。この子たちを寝かしつけてから、洗濯して、保育園に持っていくオムツに一つずつ名前を書いて、残った仕事をして、それが終わるのは一時か二時で、やっと横になれたって目を瞑って、目を開けたらもう朝なの。また最初からやり直し。朝が来るのが怖い」

「星夏ちゃんが一歳になるまで休めなかったんですか？」

「待機児童問題って知ってる？　ゼロ歳でも難しいけど、一歳になってしまったらさらに入るのが難しくなる。だから育休は三ヵ月で切り上げた。今はみんなそうしてるよ」

「でも、そんな小さかったら、まだ夜に起きることも多いでしょう」

詩穂が言うと、礼子はうなずき、両手で目を覆った。

「……何度も起こされる。だからほとんど寝てない」

薬指に銀色の結婚指輪が光っていた。

「復帰して三ヵ月、自分が何を食べたのか覚えてないの。疲れてるのかどうかもわからない。でも子供を産んだのも、働き続けるって決めたのも自分だからって、なんとか頑張ってきた。でももう限界で……。気づいたら、体が勝手に動いて階段を登ってた」

礼子は両手から顔を上げ、遥《はる》か下の道路に視線を移している。

「ここからだったら確実に終わりにできるんだろうね」

詩穂も道路に目を落とした。止まれ、という白い文字が、ここからだと拡大鏡がいるくらいに小さい。はじに置かれたゴミ袋に、ネットがかかっていないことに気づいた。誰だろう。あんな杜撰《ずさん》なことをしたのは。カラスにつつかれてしまう。後で直しておかなくちゃ。

「私が主婦だったら……」

礼子がつぶやいた。

「もうずっと、篤正にレトルトカレーしか食べさせてないの。主婦だった母はそんなことはしなかった。自分が嫌でたまらない。もし私が主婦だったら、詩穂さんにもらったカレーみたいに手をかけて作ったものを、篤正や星夏に食べさせてあげられたんだと思うと」

「いや、そんなに手をかけたものじゃ……」

「もし私に詩穂さんみたいに気持ちに余裕があったら、今日みたいに篤正を危険に晒《さら》すようなことも、しなくてすんだのかも」

大きい穴が空いている。そう思った。眼下の道路みたいに暗い穴が、礼子の前にぱっくりと空いていて飲みこもうとしている。

「礼子さん」

吸いこまれそうな目で道路を見つめている礼子に、詩穂は呼びかけた。

「見て、私たちの街」

礼子はゆっくり顔を上げた。そして、詩穂の指の先に目をやった。

「このマンション、ボロいけど、高台に立ってるから、すごく遠くまで見えるんです」

　見渡す限り、一戸建てやアパートや背の低いマンションがこまこまと並んでいる。狭い道は陰になっていて見えない。くっきりと見えるのは広いバス通りだ。両側に商店や小さいレストランが軒《のき》を連《つら》ねている。その上に、黒々と横たわっているのは終電車が走り終わった高架だった。大きくうねる黒い線は川。大雨が降るとすぐにあふれる。水源は街境にある大きな公園の池だ。

「たかが家事じゃないですか」

　と、詩穂は言った。

「一つ一つ、ゆっくりやれば、主婦じゃなくても、ちゃんとできます。多少、手抜きしたって大丈夫。なんとかなりますよ。……礼子さんが元気でさえいれば」

　礼子の目に涙がふっと湧《わ》いた。みるみるうちにあふれてくる。

「助けて」

　涙が頰を伝い、顎《あご》から、給水タンクの上に滴り落ちる。

「誰か助けて」

　泣いているのに声は静かだった。

「このままじゃ私、ほんとにゲームオーバーになっちゃう」

詩穂は街へと視線を移した。この時間になると通りに人はいない。いくつかの家の窓に小さい灯《あか》りがともっているだけだ。

遠くの庭に、白い紫陽花が一つだけ、浮かび上がるように見えた。

「紫陽花を探してみたらどうでしょう」

そう言うと、礼子が怪訝《けげん》な顔で詩穂を見た。

「梅雨時でも、日の光が射《さ》さない時でも、咲いてる花ってあるじゃないですか。それと同じで、どこかに助けてくれる人が必ずいますから。……たとえば、主婦とか」

礼子が息を呑んだのがわかった。

「この街にも探せばまだ少しはいます。私もいるし、他にも探しましょう。そしたらきっと大丈夫」

礼子の眉間《みけん》に深く皺《しわ》が刻《きざ》まれ、涙をたたえた目で詩穂を見る。

「二年前はごめん」

唇が震えている。

「時流に乗り遅れちゃったとか、情報弱者とか、言ってごめんなさい」

「あ、別に、あの時のことを責めたかったわけじゃ……」

礼子は首を激しく振った。

「ずっと謝ろうと思ってた。怖かったんだと思う。……うちの母も主婦だったから、違う道を歩むのが怖かった。ワーキングマザーなんて私にできるのかなって。だからイマドキ専業主婦なんてって言って、自分の選んだ人生は間違ってなかったんだって思いたかった」

怖い、か。花に触れるのをおそれていた苺の強ばった顔を思い出した。未知のものになるのは怖いんだろうな。それがたとえ、他人から見て素敵な姿だったとしても。

詩穂は言った。

「でも主婦も怖いですよ」

昼間の街で過ごす時間は一人ぼっちで、とても長い。自分の選択は正しかったのか、誰かに尋ねたくて、話を聞いてもらいたくて、叫《さけ》びだしたくなることがある。

「私だってこの街に来てから色々ありました。礼子さんみたいにもう終わりかもしれないって思った時だってあったし」

「そうなの？」

「家事って、一生懸命やりすぎたら、たぶんみんなそうなるんです」

「……私だけじゃないの？」

「そうですよ。私なんか不器用だし、何もかもが嫌になることもしょっちゅう」

そういうことを初めて人に喋った。こうして礼子と給水タンクに登っておしゃべりできたことが奇跡みたいに感じられた。

「でも、家事は毎日やらなければならないものだから。一日も休みがなくても、熱があっても、放り出して逃げることはできないんですよね。子供がいたら特にそう」

十八歳の時のようにはいかない。詩穂には虎朗がいて、苺がいる。今度は誰のせいでもない。自分が選んだ人生なのだ。

「だから、行き詰まった時は、ここに来て街を眺めるんです」

道ばたの花を見る。新しい料理に挑戦してみる。寝る前のひとときに星を見る。日々の暮らしを愛《いと》おしむことができるように努力している。

「ゲームオーバーにならないために？」

「そうです」

詩穂はうなずいた。礼子は黙って街を見つめていたが、

「そっか、主婦でもそうなんだ」

と、腑抜《ふぬ》けたような顔でつぶやいた。

「だったら、私も、星夏の熱が引いたら、二人とも保育園に預けて、一人でゆっくり休んでみようかな」

「それがいいと思います。体調が悪い時は休むものです」

「一日くらいなら楽してもいいのかな」

「そんなの楽のうちに入らないと思いますけど」

世の中にはもっと楽をしている人がいる。ぽっかりと空いた穴のそばで何もせずに、誰かがそれを埋めてくれるのを待っているだけの人だっている。

二年前、礼子は主婦を馬鹿にしたかもしれない。でも、主婦がいなくなった穴を自分で埋めようとしていた。誰にも助けを求めず、一人きりで。ワーキングマザーという人たちを未知のものだと怖がっていたのは詩穂のほうだったのかもしれない。

「カレー、ほんとに美味しかったなあ。ゴボウが入ってて栄養満点だった」

礼子は憑《つ》き物が落ちたような声で言っている。

「誰かの作ってくれたご飯ってなんであんなに美味しいんだろう」

遠くの庭に咲く白い紫陽花を眺めてから、詩穂は言った。

「本当にそうですね」

強い感情がこみあげてくる。ずっと誰かとそういう気持ちについて話したかった。

一人で家事をやるしかなかった十四歳の時からずっと。

「また作りますよ。あんなものでいいなら、いくらでも」

「ありがとう」

礼子は詩穂を見上げて弱々しく笑った。そして言った。

「そろそろ帰ろうか。愚図愚図《ぐずぐず》してたら夜が明けちゃう」

朝が来たら、また長い昼がはじまる。子供以外、誰とも話さない一日がはじまる。

礼子ともっと仲良くなれたら、と思った。ワーキングマザーと専業主婦、交《まじ》わるはずのない線だった。でも、選んだ人生はまるで違うけれど、二人とも同じ穴を見つめて生きている。穴の縁ギリギリを一人で歩いている。

「私でよかったら、いつでも話を聞きますから、何でも言ってくださいね」

「うん、そうする」

「ほんとに聞きますから」と、詩穂は言った。

もっと話したかった。色んなことを、他愛のないことを。

細い梯子を降りながら、詩穂は明日の夜も作ったことのない料理を作ろうと思った。

第二話　苦手なパパ友

ママ友が見つからないなら、パパ友という手もあるなどと思ったのが間違いだった。女だろうと男だろうと、気の合わない人はいるものだ。

中谷達也《なかたにたつや》、という、そのパパ友に出会ったのは、近所の〈あじさい児童公園〉だった。

入り口の花壇《かだん》に青い紫陽花が今を盛りと咲いている公園で、狭い敷地の中に、滑《すべ》り台と砂場とブランコしかない。それでも苺はこの公園が好きだ。

昨日、夜更《よふ》かししたせいで詩穂は疲れていた。礼子と屋上の給水タンクに登り、話をして、お互いの部屋に戻った頃には二時半を過ぎていた。

乳児の熱は簡単に下がらない。星夏のために礼子は二日か三日は会社を休むだろう。朝、虎朗を送りだしてから、隣の家のチャイムを鳴らしてみたけれど、返事がなかった。

苺をいつものように散歩に連れていくことにして、出がけに駐輪場を覗いたら、礼子の電動自転車がなかった。篤正だけでも保育園に連れていったのかもしれない。〈あじさい児童公園〉の前を通りかかったのは、児童支援センターへ向かう途中だった。

「今日は公園行かないよ。暑いし」

詩穂の手を苺は振り払った。公園に駆けこんでいく。

「苺、待って」

苺は砂場に飛びこみ、先に来ていたヨチヨチ歩きの女の子のスコップを奪った。

「だめだよ。かしてってちゃんと言わないと。……ほら、離しなさい」

詩穂が手をかけると苺はスコップを抱えこんだ。二歳児のくせに凄《すご》い握力だ。むむむ、と引っ張っていると、女の子に付き添っていた父親が言った。

「一緒に遊ばせればいいじゃないですか」

顔を上げると、カジュアルな白シャツの胸が見えた。カーゴパンツのポケットから手がヘアゴムを引き出している。娘の目にかぶさった前髪を一つ結びにしてやっている。

「他にもいろいろ持ってきていますから」

詩穂よりも少し年上に見える、一重まぶたの男性だった。

肩からメッシュバッグを下ろして、ハートや星の形をつくれるプラスチックの型を並べている。砂場で遊び慣れていると見える。それに子供の髪を結ぶのがうまい。

遊ばせながら、あたりさわりのないことを話した。父親の名字は中谷、娘の名前は佳恋《かれん》で、一歳二ヵ月だということ。坂を降りたところに一戸建てを買い、最近移り住んできたということ。

「今日はお休みなんですか」と、詩穂は尋ねた。

「いえ、四月から育児休業です」

「へええ、凄いですね」

「何が？」と、中谷は眉をひそめる。何か変なことを言っただろうか。

「いえ、その、男の人が育休取るのが……」

少しずつ増えている、というのは知っていた。でも間近に見るのは初めてだったのだ。

「母親は妊娠期間と産休を含めて一年は自由を拘束されるでしょう。育休を取ったら、計二年はベストコンディションで働けない。妻の会社は外資系で、長く椅子を空けたらポジションを奪われる。ですから交替で僕が二年育休を取ることに。これは夫婦で決めた協定です」

「二年も……ということは保育園には入れないってことですか」

「幼児のうちは熱をよく出しますし、突発的に休まれたりしたら職場に負担がかかりますし」

今日休んでいるはずの礼子のことを思い出して、詩穂は「はあ」と言った。

「でも、男の人が育休を取るなんて、やっぱり凄いです」

中谷は少し顎をあげて「それはまあ」と詩穂を見た。見下されているのだろうか。

「復帰後に遅れを取り戻せるだけの自信がなかったら取れないでしょうね」

「はあ……」

「保育園には、空きがでやすい三歳から入れるつもりです。その頃に妻が二人目を妊娠して産休と育休に入れば、今度は僕が休まずに働ける。完璧な計画でしょう」

家族というより会社みたいだ。でも詩穂はさっきの中谷の言葉に希望を見つけた。

「二年間も育休を取るんだったら、これからは毎日公園に来るんですか？」

この際、育休中の父親でも構わない。話し相手が欲しかった。

「そちらも育休中ですか？」と、中谷に尋ねられて、詩穂は口籠《くちごも》った。

「……私は主婦です」

二年前の児童支援センターで絶滅危惧種と呼ばれた時から、そう名乗るのに躊躇いがある。

「最近では珍しいですね」

案の定、中谷は真顔になった。詩穂は冗談めかして言った。

「古き良き生活って感じです」

「古き、良き……？」

中谷は小さく首をかしげた。

「夫が会社に行き、主婦が一人で家事をする生活スタイルが主流になったのは、たかだかここ六十年とか、五十年のことですよ。農業や漁業などの第一次産業従事者よりも、会社勤めなどの第三次産業従事者が多くなり、核家族が増えたのは戦後ですから」

言われてみれば、ＮＨＫの朝ドラでは主人公のうちはだいたい大家族だ。たしかにみんなで協力して家のことをやっていたシーンを見た気がする。

「古いというよりは期間限定の特殊な生活スタイルだったというべきでしょう」

「はあ」

「そのような認識もなしに、主婦になったんですか」

「……すみません」つい謝ってしまう。

「育休中の家事というのは一種のプロジェクトですから。異分野の仕事をする前に、その業界のことを調べておくのは当たり前じゃないですか」

「さすがビジネスマンですね」

「役人です」

「そうなんですか」

すでにスイッチを苦手な人相手のモードに切り替えていた。美容室に勤めていた頃も、こういうお客さんはいた。ひたすらうなずく。対処方法はそれしかない。

「役人ってことは区役所にお勤めですか」

「いいえ、霞《かすみ》が関《せき》です」

中谷はスコップを砂により深く突きさす。佳恋と苺にせがまれて山を造っている。国の仕事をしているということか。知っている限りの省庁の名前をひねりだそうとしたが、日射しが強いせいか頭が働かず、一つしか思い浮かばなかった。

「大蔵省、とかですか」

「大蔵省はもうありませんが……」

「えっ、そうなんですか？　びっくり」

「知らないでいられたことのほうが驚きです」

「でも、テレビのコマーシャルで、大蔵大臣って何度も言うの、ありますよね？」

「あれは明治の官僚制度をイメージしたコマーシャルですから。平成十三年にすでに大蔵省はなくなり、財務省になっています」

「じゃあ中谷さんは財務省なんですか？」

「国交省です。省庁は他にもたくさんありますよ」

急な山の斜面をスコップで叩いて固めている中谷を見つめながら、「そうなんですか」と詩穂は言った。国交省がなにをしている省庁なのか、すぐには思い出せない。

「昔の若い女性は大事な労働力でした。日中の家事や育児は年寄りや年長の子供に任せ、自分は家業を行わなければなりませんでした」

中谷はさっきの話に戻っている。

「今も同じです。低成長。超少子高齢化。養わなければならない人数が増えているこの時代に、女性を家事に専念させるような贅沢《ぜいたく》をさせる余裕はもうこの国にはないんです」

「……すみません」また謝ってしまう。

「まあ、そんなわけで、これからは毎日この公園に来ますから。子供たちの年齢も近いし、一緒に遊ばせた方が何かと効率的でいいでしょう。……あ、それから」

中谷はバケツを持ち上げ、詩穂の前に差し出した。

「やることがないなら水を汲《く》んできていただけますか？　山の麓《ふもと》に湖を造成したいので」

日射しが強くなっていた。頬をちりちり焼かれながら、詩穂はバケツを受け取った。


「それから、湖が完成するまで一時間もかかったんです」

中谷父子と過ごした午前中のあれこれを、詩穂は坂上《さかがみ》さんに入れてもらった麦茶を飲みながら話していた。つまりは愚痴《ぐち》を吐いていた。

「さんざん形にこだわって、いざ水を入れたら浸《し》みこんじゃって。それはそうですよね、砂なんだから。子供たちはそれでも喜んでたし、暑いし、そろそろ帰りましょうって私は言ったんですけど、中谷さんが、『水位を保つ方法があるはずだ』って言いはじめて」

坂上さんは苺に冷えた桃も出してくれながら、目尻に笑い皺をつくる。

「男の人はこだわるのよねえ」

坂上さんに出会ったのは、二年前、児童支援センターで礼子と話してから、一ヵ月が過ぎた頃だった。ワーキングマザーたちと出くわしたくなくて、その頃の詩穂は児童支援センターから足が遠のいていた。

坂上家は、詩穂の住むマンションから五分ほど歩いた坂の途中にある。手入れの行き届いた和風の一戸建てで、庭には季節ごとにいろいろな花が咲く。

苺を抱いて、この家の門のそばにぼうっと立って紫陽花を眺めていた詩穂に声をかけてくれたのが坂上さんだった。それからは家の前を通るたびに話しかけてくれ、家にもあげてくれる。

旦那さんは十年前に亡くなっている。娘も自立している。坂上さんは独り暮らしだった。夏の午前中は、つばの広い麦わら帽子をかぶって、庭の雑草を抜いていることが多かった。

「子供たちに小石を集めさせて、底に敷き詰めて、また水を入れたんです。それでも水は浸みこむじゃないですか。そしたらマジメに考えこんじゃって、そうなるとこっちも帰れる雰囲気じゃないし、今日の午前中だけで物凄い日焼けしちゃいましたよ……。美味しい、これ」

「そう？　いつものミネラル麦茶よ。スーパーで売ってるやつ」

「うちと同じだ。でも、なんでだろう。ここで飲むと美味しく感じる」

この家はどこもかしこも、きちんと片付いている。行くたびに、置物の位置が変わっていたり、季節の花が飾られたりしていて、楽しい。

坂上さん自身は、いつも動きやすい、さっぱりとした服を着ている。それに、小さいイヤリングや、ガラスの指輪を足して、さりげなく華やかにしている。

作ったことのない料理を作ると食卓が賑やかになる、と教えてくれたのも坂上さんだ。

母が生きていたら実家もこんな風だったのかなと思いながら、たまに遠慮がちに足を延ばしてみる。本当の娘ではないから入り浸《びた》れはしないけれど、ここに来るとホッとする。

グラスの表面に張りついた水滴が庭の緑を映して光るのを見ていると、気分もおさまってきた。

「そんなに怒ってる詩穂ちゃん、初めて見たわ」

坂上さんはまた麦茶を注いでくれる。

「毎日公園で会うかと思うと気が重いです。児童支援センターに行く道順変えようかな」

「すなば、たのしかった」

苺が銀色のフォークを振りかざして言った。

「そりゃあね。二時間も遊べたら苺ちゃんは満足だわよね」

「もっと、いきたい」

詩穂が溜《た》め息をついていると、坂上さんが言った。

「苦手な人とつきあうのも主婦の仕事なのよねえ。私が若い頃は家事も育児もするパパなんて勿論《もちろん》いなくて、全員ママだったけれど、そりゃあ人間関係が大変だったわよ。子供がいなかったらつきあわないって人とも仲良くやらなきゃいけないでしょう」

「うちの母も苦労してたのかな」

無口な母は人づきあいが上手なほうではなかった。訪ねてきた叔母《おば》に、ご近所に気を遣って疲れてしまう、と愚痴を言っているのを聞いたことがある。

「私なんか、変な商品を買わされそうになったり、宗教に勧誘されたりしたこともあった」

それに比べたら、湖づくりにつきあわされるのなんて、可愛いほうかもしれない。

「私があと三十歳くらい若ければねえ、詩穂ちゃんとママ友になれるんだけど。私もいつまで元気かわからないし、やっぱり同年代のほうがいいわよね」

「いいえ、聞いてもらってスッキリしました。あ、もうお昼だ」

詩穂は麦茶を飲み干した。苺が「まだ、かえらない」とテーブルにしがみついたので、やむなく、「抱っこしてあげるから」と交換条件を出して、坂上家を出た。

門扉《もんぴ》の手前に、ハンカチを束ねたような白い紫陽花が咲いている。その蕚に、詩穂はそっと触れながら通り過ぎる。柔らかくてしっとりしている。

「また、こうえん、いきたい」と、苺が言った。「かれんちゃんにあいたい」

「はいはい、わかりました」

詩穂は苺を抱き直して歩いた。マンションに着く頃にはびっしょり汗をかいていた。


駐輪場には礼子の電動自転車が戻っていた。三階に上がって、隣室のチャイムを押そうかどうか迷ったが、昼寝中だったら悪いと思ってやめた。

礼子は星夏の熱が下がったら職場に戻る。昼間の街にはいない人なのだ。

中谷とうまくやっていかなければ。父親が苦手だからといって、苺から初めてできた友達を奪ってはいけない。「頑張ろう」とつぶやいてから、鍵を開けた。

今日はアジの干物が二〇パーセント引きだった。ガスレンジで焼いて、箸で身をほぐして、ご飯茶碗にのせてやる。苺は最近、椅子に座るのをいやがり、詩穂の膝で食べる。

最初のうちは苺に食べさせるのが精一杯で、自分はほとんど食べられなかったが、何度もやっているうちに交互に食べられるようになった。でも、食べた気はしない。味もわからない。たまには最初から最後まで邪魔されずに、のんびりご飯を食べたいなあと思う。

「今日はアジだよ」帰ってきた虎朗に言うと、

「うん、メールの写真見た」と、気乗りしない様子だった。

「肉がよかった？　できるだけ脂がのってるの選んだんだけど」

肉だと苺は嚙《か》めないので、大人と子供と別メニューになる。家計がちょっと膨《ふく》らむ。いい方法はないかと思案していると、虎朗が「いや、別にいい」とテーブルに座った。

「帰ったら飯があるってだけで、それで感謝感謝です」

「肉だけだと栄養が偏《かたよ》るからなあ。でも明日は肉にするか。なんとか考えてみる」

出会った頃の虎朗は荒《すさ》んでいた。早くに両親を亡くし、高校卒業とともに自活しなければならなかったことが悔しかったのだろう。毎晩飲み歩いては新宿の街を徘徊《はいかい》していたらしい。

当時、詩穂は同じ新宿にある美容室で働いていた。カットモデルをやってくれないか、と店の前で声をかけたのがきっかけで、虎朗は詩穂の常連客になった。店に通いはじめて二年たった頃、服を買うのにつきあってくれと誘われ、回数を重ねるうちに彼氏と彼女になった。

「ごちそうさま。なんだかんだ言って、うまいな、アジ」

虎朗はあっという間にたいらげ、お風呂に入った。しばらくして「あー」と咆哮《ほうこう》が聞こえてきた。今夜は店が混んでいたらしい。立ちっぱなしで疲れたのだろう。

詩穂と結婚し、苺が生まれてから、虎朗は人が変わったように仕事に身を入れるようになった。こんな子煩悩《こぼんのう》な人だとは知らなかった。家族が欲しかったのかもしれない。

虎朗は両親を亡くした後、祖母も亡くしている。詩穂が実家と疎遠《そえん》だという事情を受け容れて結婚してくれたのも、虎朗が天涯孤独《てんがいこどく》だったからだろう。虎朗の両親が生きていたら問題になっただろうなと思う。

そんなことを考えながら皿を洗っていると、虎朗が髪を拭きながら浴室から出てきて、布団のほうへ歩いていく。苺の横にごろりと横たわり、抱きついている。

「いやあ、可愛いなあ。なんでこんなに可愛いのかな。おい、苺っ、パパに説明しなさい」

また言っている。

虎朗自身、両親に可愛いと言われて育ったらしい。中学生になって、隣の学校の上級生に「ツラがムカつく」と絡《から》まれるまで、自分は愛くるしい少年だと信じていたそうだ。あの時はショックだったと、虎朗が語るたび、詩穂はお腹が痛くなるほど笑う。

「今日ね、公園でパパ友に会ったんだよ」

「……ママ友？　へえ、よかったじゃん」虎朗はもう眠そうだ。

「パパ友」と、詩穂は訂正する。「中谷さんって言って、国交省に勤めてるんだって。国交省ってなにするところだっけ。ねえ。……ねえ、聞いてる？」

「山とか、崩《くず》してるイメージ」

「なにそれ？　一歳の子がいて、名前は佳恋ちゃんっていうの」

「一歳か。いいなあ」

詩穂は黙った。虎朗は最近、苺より小さい子を見ると羨《うらや》ましそうにする。赤ちゃんを見かけでもした日には、凶悪に見える目を糸みたいに細めている。二人目が欲しいのだろう。

苺に弟か妹をつくってやりたいらしい。両親が死んでも兄弟がいれば一人ぼっちではない。ウマが合わなくても、いないよりはマシだ、とよく言っている。

いないよりはマシだ、か。中谷が思い浮かんだ。坂上さんのところでさんざん愚痴ったけれど、腹を立てる相手がいるというだけでも、たしかにマシなのかもしれない。

「でも、まだ二人目をつくる勇気はないなあ……」

そうつぶやいて、虎朗を見ると、すっかり伸びていた。柔らかいお腹が上下している。

詩穂は嘆息《たんそく》して立ち上がった。先に寝てろ、と言われても、起きて帰りを待っているのは虎朗と暮らしの小さな喜びを味わいたいからだった。それでも今日は聞いてくれたほうだ。

いつもは、明日は苺とどう過ごそうか、と考えてなかなか眠れない。でも明日は公園に行けば中谷父子がいる。安心して目を瞑ると眠りにひきずりこまれた。

「奥さんが専業主婦になること、旦那さんはよく承諾しましたね」

旦那さんはどんな人ですか、と問われて、詩穂が虎朗のことを一通り喋《しゃべ》ると、中谷はあきれたようにそう言った。

今日も白いシャツを着ている。昨日と少しデザインが違った。ほどほどに品がよく、かといってビジネスっぽくない。ステッチやボタンや、細かい所までセンスがいい。

「変ですか」と、詩穂は尋ねた。

「いや、だって」

中谷は、何を当たり前のことを訊《き》くのだ、という顔をした。

「終身雇用が保証されていた一昔前ならいざ知らず、今じゃ大企業だっていつ倒産してもおかしくないでしょうし、リスクヘッジとして共働きにしておくのが無難でしょう」

「そういうものですか」

「超高齢化で年金や健康保険の負担は増える一方ですし、教育費も高騰《こうとう》してますしね」

人生設計が甘い、と言いたいのだろう。でも、うちはうちだ。そう思おうとした

が、

「自由に使える金も少なくて、飲み会も断ったりすることが多いでしょうね」

これにはぐさっときた。たしかに虎朗は友達と飲みに行かなくなった。定休日は家でごろごろしている。昔はあちこち店を回って服を買うのが好きだったのに、最近はユニクロばかり着ている。

同じ男から見ると、奥さんが専業主婦の男はかわいそうに見えるのだろうか。

「男の人なのに育児がうまいねとかって言われませんか」詩穂は話題を変えた。

「自分に娘が生まれてみてわかりましたが、育児スキルに男女差はない。やるかやらないか、能力が高いか低いか、それだけのことです。男性なのに、という言い方は偏見なのでよそでは言わないほうがいいですよ」

言い負かされるばかりでは悔しくて、

「……でも、忙しくて家のことはできないってお父さんもいるでしょう」

礼子の夫の話を思い出しながら言うや否や、中谷が「それは」と鋭く言った。

「その男のキャパシティが狭いだけの話です。家庭と仕事の両立にはマネジメント能力が必要ですからね。仕事が忙しいというのはそこから目をそらすための言い訳ですよ。ただまあ、すべての男に満足なレベルを求めるのは酷《こく》な話でしょうね。メディアは、これからはイクメンの時代だなんて煽ってますけど、能力には格差がありますから」

「はあ……」

うなずきすぎて首が疲れた。詩穂は苺を手伝って砂の街に小枝を刺しはじめた。

美容師時代は客商売だったから、お客さんの自慢話に我慢もしたけれど、昼間の公園でお金ももらわないで聞いていられない。しみじみ思った。

奥さんがいい人なんだろうなあ。

「どういう意味です」

中谷が詩穂を見ていた。しまった。心の声が口に出てしまっていたらしい。

「いえ、あの、佳恋ちゃん、すごく可愛いし、素敵な人なんだろうなって」

「違いますよね。僕を揶揄《やゆ》していましたよね」

「そんな風に聞こえましたか？　おかしいなあ」

中谷は誤魔化《ごまか》されないぞという顔で、こちらを見ていたが、佳恋がどさりと砂の上に尻餅をついたのに気づき、そちらをふりかえった。あーん、と佳恋は泣いている。

「立ちなさい」

中谷が手を出さずに言う。佳恋は首を横に振って泣いている。

「泣いていても何も解決しないよ」

部下に言い聞かせるような口調だった。厳しいな。詩穂は思わず近寄って、佳恋を抱きあげた。ポケットからハンドタオルを出して涙をふいてやる。

「痛かったねえ。転んじゃってびっくりしたねえ」

中谷は詩穂をにらむように見上げた。

「甘やかさないでください」

わずかな怒りがその目にこもっているのに、詩穂は内心驚きながら言った。

「でも、泣いてるんだから。痛がってるし」

「過保護に育てたら、将来社会にとって有用な人間にはなれません」

「外で働くのが苦手なら、私みたいに主婦になればいいし」

「いちご、プリキュアになりたい！」

苺がスコップをふりあげ、砂が撒き散らされた。

「……どこまでも考えの甘い人ですね」

今度は中谷が疲れた顔になった。詩穂と過ごすのにうんざりしてきたのかもしれない。

「これからの世の中を生き抜くための強さを、僕は佳恋に教えてやりたいと思っているんです。外で働いていない人には時代の趨勢《すうせい》がわからないのかもしれませんが」

「でも、私のほうが家事と育児をやってる時間は長いですから」

「経験というのは量より質ですよ」

「ほら、佳恋ちゃん、中谷さんより私のほうに懐《なつ》いてますよ」

子供たちの手前、会話は穏やかだったが、水面下で火花がバチバチ散っている。

坂上さんもこんな息詰まる時間を、ママ友たちと過ごしたのだろうか。

美容室の同僚たちには変な人もいるにはいた。でも今思えば、美容学校を出て、同じ職業を選択したという点で、みなどこか似ていた。趣味も近かった。

でもこのパパ友との共通点は、同じくらいの年の子供がいることしかない。

大学を出てもいない主婦と霞が関の役人がうまくつきあっていくなんて、やっぱり無理があるのではないだろうか。詩穂は目を上げ、砂場を覆《おお》っている東屋《あずまや》の天井の隙間から空を見た。

「……あ、飛行機雲」

詩穂が指さすと、苺も「わあ」と空を見上げた。佳恋もまぶしそうに見ている。

中谷もつられて見たが、すぐにつまらなそうに下を向いている。

「ただの航跡雲《こうせきうん》です。ジェット機の排気ガスの水分が冷えて雲になるんですよ」

詩穂は聞き流した。

「きれいだねえ」

空を突っ切って伸びていく白い線。あそこに乗っている人たちは日常を大きく離れ、どこか遠くへ旅だっていく。

「いつか苺が大きくなったら、あれに乗ってどっか行きたいなあ」

夢だなと思った。

「いつでも行けばいいじゃないですか」

「でも、家族三人分の航空券なんて、けっこうしますよ」

「マイレージを貯めればすぐですよ。うちは夫婦ともども海外出張が多いので、あっという間に貯まるんです。佳恋が一歳になったばかりの時も行きましたよ。ハワイに」

「……凄いですねえ」それしかもう言うことはなかった。

中谷を見るのも嫌になり、公園の入り口に目を向けると、そこに女性が一人、ぼうっと立って、こちらを見つめていた。

まじめそうな顔つき。どこかで見たことのある風貌《ふうぼう》だった。でも思い出せなかった。着ている服が違うとか、髪型が違うとかで、女性は印象がガラリと変わるものだ。

やっぱり知らない人かもしれない。

それにしては詩穂を凝視している。詩穂だけではない。苺や、中谷父子のことも、嘗《な》めるように見つめた後、くるりと方向転換して、公園の脇の道へ入っていった。

公園を囲む住宅のどれかに住んでいるようだ。詩穂たちが話す声がうるさかったのだろうか。

「苺ちゃんのお母さん」

と呼ばれて、詩穂はふりかえった。中谷がバケツを差し出していた。

「宅地造成のために水を使います。汲んできてください」


その日の帰りも坂上さんの家に寄った。

「聞いてくださいよ！」と、柵越しに言った詩穂を、坂上さんは「今日はなに？」とおかしそうに迎えいれてくれ、カルピスを出してくれた。

苺は大喜びして、ストローで氷をついて遊びはじめた。

「私が主婦でいることの何がそんなに気に食わないんでしょう」

もちろん、中谷のことだ。勢い余ってズズッと音をたててしまった。苺が真似をして、ズズッとやっている。悪い見本になってしまった。

「何を言ってもつっかかってくるんですよ。あなたはダメ、僕は完璧って」

坂上さんは小さく切ったタオルで苺の口を拭いてくれている。便利そうだなと思って見ていると、坂上さんは得意げに笑った。

「もう使わなくなったタオルを切っているの。私はティッシュを使うのがどうでも苦手でね。あると余計に使ってしまうでしょう」

たしかに布なら他のものと一緒に洗濯すればまた使える。いちいち安い箱ティッシュを探して歩いたり、箱を捨てる手間もない。うちでもやってみようかなと思った。

「安心してるんじゃないかしら」

坂上さんがタオルを丸めながら言った。詩穂は残りのカルピスを飲み干す。

「誰ですか？」

「そのパパ友さん、主婦に会えて、どこかで安心しているのよ」

坂上さんは庭を見た。真っ白に咲き誇っている紫陽花を愛でている。

「そうかなあ。主婦より僕のほうがエラい、みたいな言い方でしたけど」

「男の子は俺のほうが強いって言うものなのよ」

「もういい大人ですよ」

「死んだ主人もそうだったわ。味噌汁のダシは鰹からとるべきだって講釈なんかしてた。たまに私が爆発するとびっくりするの。そんなに怒ってたなんて知らなかったって」

　ふいに父の後ろ姿が思い出された。

　詩穂の卒業式の朝、父は何も疑わずに出勤していった。気づいてもよかったはずだ。詩穂が少しずつ家の中を整えていたことに。詩穂がいつまでも家にいることを前提に喋る父に、うまく受け答えできない時もあったのに。それでも父は気づかなかった。

「主婦なんか、どんなに文句言っても傷つかないし、いなくなったりしないものだって、主人は思ってたんでしょうね」

　カルピスを飲み終わった苺に折り紙を渡しながら、坂上さんは微笑んだ。

「時々、思ったものよ。たまには姿をくらましてやろうかって。どんなにか胸がすっとするだろうかって」

　詩穂は笑おうとした。でもうまく笑えなかった。自分は父に対して、本当にそうしたのだ。

　十八歳で家を出た後、詩穂は実家から十駅ほど離れた美容学校の寮に入った。

父はうちから通わせるつもりだったから、合格した時はケーキを買ってきてお祝いしてくれた。でも、その学校を詩穂が選んだのは寮があるからだった。寮は古くて、同級生と相部屋だったけれど、寮費は破格に安かった。

父に内緒で入寮手続きをして、署名をし、判子も捺《お》した。そんなことは詩穂にはお茶の子さいさいだった。ガスや電気の支払いをするのも、町内会の回覧板を回すのも、高校の授業料を銀行で振りこむのも、父は詩穂に任せていた。主婦の仕事は書類仕事が多い。自筆でサインしてください、とあっても実際にはチェックされないことが多いと、詩穂にはわかっていた。

母が積み立てていた学資保険には、四百万円入っていた。娘はもしかしたら大学に行くかもしれない。母はそう思っていたらしい。おかげで美容学校の学費も寮費も賄《まかな》える。お年玉用の通帳に四百万円を振りこんで、詩穂は家を出たのだった。

詩穂が消えた後、父は美容学校に連絡して、娘が寮にいることを知り、何度か会いに来た。でも詩穂は会わなかった。寮母さんに説得されても逃げ続けた。

何度目かの時に、父はあきらめたらしい。案外早かった。娘に徹底的に避けられたことがショックだったのかもしれない。寮母さんに、正月には帰るように伝えてくださ い、と言い残して帰っていったらしい。

正月には帰らなかった。一度でも帰って、父の生活ぶりを見たら、うっかり手を出してしまうかもしれない。またあの家に閉じこめられてしまいそうで怖かった。時折、胸に影がさした。父は夕飯は食べているのか。皺のないワイシャツを着ているだろうか。元気だろうか。

男の子は何歳になっても無邪気、と坂上さんは言った。そうかもしれない。丸めて床に放られた靴下を身を屈めて拾う時、詩穂は父を大きな子供のように感じたものだ。

あれに比べたら、家事を全て引き受けている中谷は立派だ。何百倍もマシだ。口が悪いくらいなんだというのか。そう自分に言い聞かせていると、

「苦手な人ほど、仲良くする努力をしたほうがいいものよ」

と、坂上さんが苺に折り紙の鶴をつくってやりながら言った。

「国交省のお役人さんなんでしょう？　苦手だろうとなんだろうと、ニコニコしておけばいいわ。もしかしたら、いいコネになるかもしれない」

「坂上さんってたまに腹黒い」

詩穂が言うと、坂上さんは声をたてて笑った。それから、真顔になった。

「主婦っていうのはそういうものよ。味方を増やしておくの。そうしたら、いつか自

分がいなくなった時に、その人たちが苺ちゃんを助けてくれるから。大変だし、しんどいけど、これも立派な家事の一つよ」

「ふうん」

母が死んだ後、同級生の母親たちはみな「大変でしょう」と言った。でも積極的に助けてくれはしなかった。やっぱり母は人づきあいが下手だったのかもしれない。あるいは父が断っていたのかもしれない。プライドの高い人だったから。

「虎朗さんだって詩穂ちゃんが急にいなくなってしまったら困るでしょう」

「坂上さん」

一つ、胸の奥に引っかかっている思いを、詩穂は言った。

「奥さんが専業主婦だと、かわいそうなのかな」

坂上さんは目をぱちくりさせた。あわてて説明する。

「中谷さんに言われたの。奥さんが主婦だと旦那さんは自由にお金を使えないって。私、今まで考えもしなかった。でも、周りが独身や共働きだったら、行く店だって高めになるだろうし、つきあうの大変だよね……。虎朗は我慢してるのかな」

「さあ。詩穂ちゃんと私じゃ、時代が違うから。昔は、奥さんに小遣いを絞《しぼ》られてるなんて話は、どこの旦那さんも冗談で言ってたものだけど」

「私だけが贅沢をしてるのかな」

虎朗にだけ我慢をさせているのだろうか。もしそうだったらどうしよう。

その時、「くさい」と苺《こ》が鼻を押さえた。詩穂は顔を上げた。本当だ。

「坂上さん、これ麦茶が焦げるにおいじゃない？」

「麦茶なんて沸《わ》かしてないわよ」

「いや、これは麦茶だと思う」

詩穂は台所に急いだ。においがきつくなった。やっぱりだ。鍋がコンロにあり、覗くと底に茶色いものがへばりついていた。スイッチを切り、換気扇を回す。

「……あら、沸かしてたのね」

坂上さんが後からやってきて、驚いた顔をしている。

「いやだわ、最近、物忘れがひどくって」

「私も前に、苺を寝かしつけながら眠っちゃって焦がしたことある」

そう言いながら、詩穂は自分をくるんでいた温もりがふっと消えたような、恐ろしい感覚にとらわれていた。坂上さんは麦茶を沸かしたこと自体を忘れている。

「ＩＨでよかった、ほんと」

「娘がね、この前リフォームしてくれたの。独り暮らしだからガスは危ないって」

「優しい娘さんだね」

坂上さんの娘は気づいているのだろうか。ただ心配しているだけなのか。

「優しいかもしれないけど、しょっちゅうやってきて、ご飯食べて帰ってくのよ。いったい何歳まで面倒見ればいいのって話よ」

坂上さんはいつもより陽気だった。麦茶の話から逃げたいみたいだった。これからは頻繁《ひんぱん》にここへ様子を見にきたほうがいいかもしれない、と詩穂は思った。

「直接訊いてみたら？」

突然、言われて詩穂は「え」と鍋から目を上げた。

「虎朗さんによ。我慢してるの？　って」

「ううん」

重苦しい気持ちになった。もし、我慢している、と言われたらどうしよう。詩穂が主婦になったおかげで、俺の人生は台無しだと言われてしまったら。中谷にさえ会わなかったら、こんな物思いをすることもなかったのにと恨めしくなる。やはりあの人とは仲良くなんかなれない気がするのだった。

今夜は肉じゃがにした。節約のためにしらたきとニンジンは省《はぶ》いて、じゃがいもとタマネギと牛肉だけにする。鍋底で炒《いた》めて、油が回ったら、だし汁を注ぎこみ、砂糖と醤油で味をつける。蓋《ふた》をして十五分ほど煮込むだけ。この料理は単純でいい。アクをすくっていると、また昔のことが思い出される。

美容学校の卒業が近づいた頃、父からハガキが来た。お祝いしようと書いてあった。実家から職場に通うといい、ということも書いてあった。詩穂は無視したが、寮の最終日に父が迎えに来るかもしれないと思うと不安になり、早めに寮を出ることにした。

寮の仲間との別れは辛く、抱きあって泣いた。荷物を持って寮を出ようとすると、寮母さんに呼び止められた。

お父さん、ここに来た時におっしゃってたわよ、と退寮の手続きをしながら言った。妻が死んでから私と娘はとてもうまくやってきたんです、って。私も離婚して娘と離れて暮らしているからわかるけど、あなたのやっていることはひどいことよ。お父さんを一人にしちゃ可哀想《かわいそう》。ずっと黙ってきたけれど、最後だから言おうと思って。少しはあなたも大人にならなきゃ。これからは親孝行しなさいね。

詩穂は顔を青くして黙っていた。

就職も決まって、これからは自分の力で生きていける。そんな門出の日なのに、封印してきた思いが体の奥から噴《ふ》き出してきて、目の前が真っ白になった。

母が死んだ後、父が詩穂のために何をしてくれたというのか。

なにも、だ。父は母が死んだ後も、自分の生活をイチミリも変えなかった。休みもくれなかった。

母の葬儀の後、詩穂が冷凍のグラタンをレンジで温めて出した時、「こういうのは嫌いだな」と、父は箸もつけなかった。「外で食べてくる」と、上着を着て家を出ていった。

だから詩穂は、それから冷凍のものは出さなかった。レトルトも使わなかった。

三百六十五日、夕ご飯をつくった。

詩穂が戻ってくれば、またそれをやってもらえると、父は思っているのだろうか。

足が震えた。また自分の人生を台無しにされてしまう。

新しい住所だけはハガキで教えようと思っていた。でも、やめてしまった。それから、苺が生まれるまで一度も連絡をとらなかった。

結婚する時、虎朗と約束をした。

詩穂は毎日ご飯をつくる。夕方になったら献立はこれですよと虎朗に連絡する。

虎朗は好き嫌いせずに食べる。一日一回、詩穂の話をちゃんと聞く。

そうやって詩穂は専業主婦になった。

居酒屋も美容室も朝から晩まで立ち仕事だ。どちらも土日はかき入れ時なので休めないし、保育園は平日しかやっていない。自分たち夫婦には仕事と家庭の両立は無理だったと思う。

うちはうち。よそはよそだ。なのに、なぜ心がざわざわするのだろう。正しい暮らしをしていない気分にさせられてしまう。

「ママ」と、呼ばれて詩穂は現在に引き戻された。

苺が足に抱きついていた。「抱っこ?」と尋ねるとうなずく。ちょうど煮こみに入ったので、抱きあげてやる。台所の小さな窓からは夕方の白い月が見えた。「あれは?」と尋ねられて「おつきさま」と詩穂は答える。

「おつきさま」と、苺は大事そうに発音する。

詩穂がおつきさまだと言ったから、苺はあれをおつきさまだと覚える。苺にとっては、詩穂だけが言葉の先生だ。そう思うと、誇らしいような、怖いような気持ちになる。

外で働く父と母が交替で育てている子は、保育園に行っている子は、もっとたくさんの言葉を教えられるのではないか。この先、差がついてしまうことはないのだろうか。

経験は量より質だ、と中谷は言っていた。

高学歴で一戸建てに住んでいる中谷夫婦と、低学歴で賃貸マンションに住んでいる詩穂と虎朗では、苺に与えられる経験の質も、低くなってしまうのだろうか。

今夜も虎朗は遅かった。

「久しぶりに食うとうまいな、肉じゃが。……おかわり」

皿を突き出している。おかげで明日の昼に食べようと思っていた分もなくなったが、

「美味しかったでしょ」

詩穂は嬉しくなって、空っぽになった鍋をシンクに入れた。

「行平鍋《ゆきひらなべ》で時間をかけてコトコトやったからだよ。圧力鍋だとこうはいかない」

「高い鍋を買えるような給料じゃなくてすみませんねえ」と、虎朗が混ぜっ返す。

「負け惜しみで言ってるんじゃありません」

お風呂に入って戻ってきた虎朗を詩穂は「ねえ」と呼び止めた。和室に行かれてしまうと、また寝てしまう。「明日も遅いの?」

「ああ、吉田《よしだ》が風邪引いたせいで、人手が少ないから」

「吉田、また風邪か」

同じ店に勤めている若い男性社員だ。虎朗の話によく出てくる。

「彼女が連絡してきやがった。役に立たねえくせに、女にモテやがって」

虎朗は冷蔵庫を開けて麦茶を出し、コップに注いでいる。今夜しか尋ねるチャンスはないかもしれない。詩穂は勇気を出して言った。

「虎朗はかわいそうだって言われない？」

「は？」

麦茶が気管に入ったらしい。激しく咳きこんだ後、虎朗は口を拭いながら言った。

「……昔は言われたけど。近所のババアに、ご両親がいなくてかわいそうに、とか。でも俺ももう高校生だったたし、そのババアのほうが足ヨロヨロしてたしな」

「そうじゃなくて、今のこと。職場の人に言われない？」

「俺が？　銃で撃たれて皮とかはがれたら言われるかもな」

面白くない冗談を言っている。まどろっこしくなって詩穂は尋ねた。

「奥さんが専業主婦だと肩身狭いんじゃないの」

開けっ放しにした冷蔵庫がピーピー鳴っているのを閉めて、また言った。

「虎朗だけに働かせて、お金を稼がせて、お小遣いだってたいして渡してないでしょう」

「ああ、そういうことか」

虎朗は頭をかいた。次に目をこすり、まともな答えを捻《ひね》り出そうとしている。こっちは真剣に尋ねているのに、もう眠いのか、と腹立たしくなった時、虎朗が言った。

「ま、でも、詩穂も働いてるだろ。飯作ったり、苺の世話したり」

またコップに麦茶を注いでいる。

「俺は土日も休めないしさ、詩穂は家にいてくれなきゃ、苺の面倒を見てくれる人がいない。……俺の給料は二人で稼いでいるようなもんだろ」

「そう言ってくれるのは嬉しいけど」

詩穂はうつむいた。

「もっと飲みに行ったりしたくない？」

「いや、早く帰って、詩穂の飯食って寝たい。昔、飲み歩いてたのは、帰っても誰もいなかったからってだけだし。……あ、そうだ、まだ苺の顔見てなかった。行っていい？」

どうぞ、と言うと、虎朗はのそのそと和室に向かっていく。

心の奥から温かいものが湧いてきて、詩穂はシンクに向かった。虎朗が使ったコップがそのまま置いてあるのを見ても、今日は腹が立たなかった。じわっと涙が滲んできたのを、手首で拭い、コップを洗う。布巾で水気を拭いて、食器棚におさめた。

翌日はまた晴れた。梅雨の切れ間というやつだ。

詩穂は布団を干した後、畳を拭いた。苺に乾いた布を渡し、詩穂の後から乾拭《からぶ》きさせた。苺は掃除ごっこができて嬉しがっていた。窓を開けて畳を乾かす。風が吹きこんできて髪を吹き抜けていった。ついでに、たわしや、スポンジや、まな板をベランダに干した。水切り籠の細かいところを、古い歯ブラシで磨いて、ピカピカにして、これも干す。

終わってから、畳の部屋に入ると、足がさらさらした。苺がさっそく寝転ぶ。

「ママ、みて！」

「なあに」

隣に寝転がると、天井に光の玉が幾《いく》つも連なって揺れていた。太陽の光がベランダのメダカ鉢に反射して映っているのだ。しばらく二人で光の揺れを眺めた。

いつか母ともこうしたことがあったっけ。幼い頃の遠い記憶だ。

風が吹いていている。木の葉がサワサワと揺れる音がした。鳥の声も聞こえた。

平日の午前中に、こうしているのが、なんだかとても贅沢なことに思えた。

「ママ、わらってる」

「うん、贅沢な暮らしをしてるなあと思って」

そういう意味では中谷の言った通りなのだ。

これは正しい暮らしではないのかもしれない。自分は時代の趨勢のことを何も知らないのかもしれない。でも、そんなことは全部忘れて、「きれいね」とか「ぶどうみたいに見えるね」とか、言い合うこの時間は、きっと遠い将来、詩穂の宝物になるだろう。

思い出すだけで、泣きたくなるような、まばゆい記憶になるだろう。

しばらく苺と光の玉を眺めた後、「そろそろ公園に行こうか」と詩穂は立ち上がった。


のんびり出たせいで、苺を連れてたどりついた頃には、公園の時計の針は十一時ぴったりを差していた。

もう帰ってしまったかもしれない。そう思って砂場を見ると、中谷がコンクリートの縁に座っていた。

「今日は随分遅いですね」

白いシャツの胸には佳恋が抱かれている。眠そうな顔で指をしゃぶっていた。苺が近づいても目を細めたままだ。かなり長い時間遊んでいたのかもしれない。

「もしかして待っててくれたんですか？」

詩穂は砂の上に造られた長い壁のようなものを見て言った。

「いいえ」と、中谷はいつもと変わらない調子で言った。「集中してたら、あっという間に時間が過ぎました」

そうだろうか。幼児と二人きりで砂場にいるのは結構つらい。すべてが効率的に進む職場から来た人だからこそ、変化のない日々を送るのはきついはずだ。

どんなに精巧《せいこう》な砂の構造物をつくっても評価する人はこの公園にはいない。

詩穂が来るのを、中谷は首を長くして待っていたのだ。そう思うことにした。

霞が関の役人だろうと、主婦だろうと、今、二人は同じ仕事をしている。家事をしている。私たちは友達というよりも同僚だ。まったく別々の生き方をしているからこそ、足りないものを補《おぎな》い合って、子供と過ごすこの長い昼を、一緒に乗り越えたいと望んでいる。きっと向こうもそう思っている。

「飲みますか？」

詩穂はリュックを下ろして水筒を出した。カルピスを作ってきたのだ。

「はい、これ、苺のおままごと用のイケアのコップですけど、ちゃんと洗ってきましたから大丈夫です。……水分補給しないと熱中症になっちゃう」

詩穂はコンクリートの縁にカップを四つ置き、カルピスを注いだ。

「カルピスって、塩分含まれてないですよね」

「そのダメ出し、されるだろうと思って、ジャーン、サラダ煎餅《せんべい》です」

これなら佳恋も食べられるはずだ。詩穂に差し出されたコップと煎餅を中谷はじっと見つめていたが、珍しく「助かります」と素直に受け取った。

先に娘にカルピスを飲ませている。腕が日に焼けていた。育児をしているとみんなそうなる。国の中枢でデスクワークをしていた雰囲気はすでにこの人にはなかった。

自分もカルピスを飲み干し、サラダ煎餅をかじると、中谷は生き返った顔になった。

「もう来ないかと思いました」

「……私がですか？」

「昨日の夜、妻に話をしたら言われたんです。その主婦の人、もう来ないかもよって。達ちゃんの言い方はきついからって」

「達ちゃんって言われてるんですか」

「そこ、引っかかります？　じゃなくて、きついですかね、僕の喋り方？」

真剣に尋ねてくる中谷の目を見ていたらおかしくなってきて、詩穂は吹き出した。

「いいえ、私は全然気になりません。きついかな？　そうでもないと思うけど」

嘘だった。でも、味方を増やしておくの、という坂上さんの言葉が胸に留まっていた。主婦は時に腹黒くならなきゃいけない。それも家事のうちだ。

「ですよね？　樹里《じゅり》は大げさなんだよな」

ぶつぶつ言っている中谷に、詩穂は砂の壁を指差して「あれは？」と尋ねた。

「堤防です。テトラポッドも造りたかったんですが、砂場グッズでは無理でしたね」

「テトラポッド？」

「波消しブロックです。護岸のために置かれます。……今、写真を見せます」

中谷はスマートフォンを出し、急いで検索している。詩穂は空を見上げた。

「あ、また飛行機雲」

「どこにいくんだろうねえ」と、苺がつぶやいている。

「苺ちゃんのお母さん、テトラポッドの写真は見ないんですか？」中谷がうるさく言っている。

飛行機に乗ることはしばらくないだろう。遠くの国へも行けないかもしれない。

でも、この昼間の街にいたから出会えた人もいる。主婦仲間やママ友がたくさんいた時代には、決して交わらなかったであろう人と、いま詩穂は話している。それは、遠くの国に行くのと同じくらい得難い時間なのではないだろうか。いつか、遠い将来、詩穂にとって大切な宝物になるかもしれない。

たとえ、相手が苦手なパパ友だったとしても。

「テトラポッドの写真はいいです。あんまり興味ないので」

詩穂は、スマートフォンを差し出している中谷に言った。

「それから、私にも名前があります。詩穂って呼んでください。そっちは達ちゃんでいいですか？」

「それだけはやめてください」

中谷は顔をしかめ、詩穂から目をそらして空を見上げた。まぶしそうに飛行機雲を眺めている。その横顔が一瞬だけ、やんちゃ盛りの男の子のように見えた。

第三話　時流に乗ってどこまでも

今度こそゲームオーバーだ、と思った。

「水疱瘡《みずぼうそう》ですね」

と宣告されて、長野礼子は蔦村《つたむら》医院の診察室で星夏を抱いたまま呆然としていた。

「何日、保育園を休めばいいんでしょうか」

せめて二日くらいにしてほしい。しかし、小児科医の若先生はあっさりと言った。

「さあ、個人差がありますけど、五日から七日くらいですかね」

目の前が真っ暗になった。水疱が瘡蓋《かさぶた》になったら登園していいですよ、と言う声が遠くから聞こえる。診察室を出ながら、同僚のイマイの顔が思い浮かんだ。きっと言われる。

「僕がやるってことですか」

篤正を産んだ後、礼子は花形の営業部から、総務部に異動になった。そこで同僚になったのがイマイだった。今までは影が薄すぎて話したこともなかった。

ゲームが趣味で、彼女を作るのは諦め、チワワを飼って暮らしているらしい。年齢は三十二歳。礼子よりも三歳も年下だ。入社以来、総務部で燻《くすぶ》っている。

そんな後輩に、礼子はここ三ヵ月、頭を下げっぱなしだった。先週も星夏が熱を出して、礼子が作った社内改装プランのプレゼンを代わりにお願いするはめになった。

「長野さんがいなくても大丈夫でした。うまくいきましたよ」

イマイは自分の手柄のように言っていたが、当然だ。資料とは、誰がプレゼンしても伝わるように作るものだ。役員からの評判がよく、イマイは社内改装の担当者になった。

引き換えに、イマイが担当していた新人研修の計画づくりを引き継ぐことになった。イマイから渡された計画書を開いて目眩《めまい》がした。書店で買ってきた研修のマニュアル本を写してあるだけだ。突貫工事で作り直した。新人は会社の宝なのだ。ちゃんと育てなければ。平日や週末の夜中に、子供たちを寝かしつけてからパソコンを開き、ようやく計画書を完成させた。上司にもオーケーを貰《もら》い、明日はいよいよ本番という所だった。

それなのに、水疱瘡。

礼子は星夏を抱いたまま、気力を振り絞って、部署宛に、明日の新人研修には出られなくなりましたと、メッセージを送った。すぐにイマイから返事があった。

「部署内で話し合った結果、やはり僕がやることになりました。長野さん、ほとんど会社にいないですね。もっとゆっくり復帰したほうがよかったんじゃないですか？」

言われなくてもわかっている。体だって完全には回復していない。夜中の授乳もまだ続いている。産後三ヵ月で復帰したのは、一斉入園が行われる四月を逃したら保育園に入れないからだ。今はみんなそうだ。無理をして早期に復帰している人は大勢いる。

テレビのニュースで報道されている待機児童問題なんて、氷山の一角でしかない。それに入れればそれで解決というわけではない。むしろ入った後のほうが過酷だ。でも、そんな話は会社ではできない。子育ての話はいまや会社ではタブーだ。一度、「子育ては大変でしょう」と話題をふられて、「大変だけれど、子供は可愛いし、産みたい人がいるなら応援する」と答えたことがあった。その場ではみな笑顔だった。

しばらくして、その場にいた女性の一人が「出産しろという圧力を感じた」とあちこちで言っていることを知った。彼女はこうも言っていたらしい。

「持てる者というのは、持たざる者への配慮もなくなってしまうものなんですね」

持てる者なのだろうか、私は。

彼女が極端な考えの持ち主だということはわかっている。でも考えてしまう。

仕事が終わったら映画の絶叫上映に行こう、塊肉《かたまりにく》を食べに行こう、と話している同僚たちを見ていると、あっちのほうが持てる者ではないかと思えてならない。

自分はこれから駅まで走っていき、重く濡れたオムツが詰まったバッグを背負って、子供を二人乗せた電動自転車を漕《こ》ぐ。深夜に泥で汚れた子供服を強い薬液で洗う。渾身《こんしん》の力でこすっても泥は落ちない。でも代わりの服を買いにいく時間も体力もない。篤正の朝食パンも買い忘れ、早めに出てコンビニで買って自転車に乗せたまま食べさせることもあった。

せめて明日の朝、雨が降りませんように。レインコートを着せたり、長靴を出したり、余計な業務が増えませんように。震えるように祈りながら目を閉じる。

翌朝、雨音で目が覚める。風で飛ばないように作られた重いレインコートを着て自転車を漕ぐ。雨に濡れた子供たちが風邪を引きませんように。そう祈りながら、車体重量が三十キロの三人乗り電動自転車を、駅の駐輪場の二階まで全身の筋肉を使って押しあげていく。

骨が軋《きし》むような重い労働が、彼女からは見えない。彼女の耳に届くのは「子供は可愛い」という一言だけだったのだろう。

自分よりも仕事のできない同期が出世していくのを、この三年で何度も見送った。

「彼らは私生活を犠牲にして仕事に専念したのだから」と、礼子を宥《なだ》める人もいた。イマイも、じきに礼子を追い越していくのだろう。

でも、仕事に専念できる人しか出世できないなら、誰も子供なんか産まない。

総務部で行っている採用活動は年々難しくなっている。少子化のせいだ。会社の主力である若者向けの商品の売上も下がる一方だ。でも、上司は市場が縮小を続けていることを嘆きはしても、その流れに必死に逆らって子供を産み、ふらふらになりながら育てている母親たちの家庭内での労働を評価シートにつけることはない。

「あなたのために予定を合わせて会議を設定しているんですよ」

と、言われ、すみません、と頭を下げるたびに自分が縮んでいく。子供なんか産んですみませんと、口の中でつぶやく。でも、これからの社会は誰の世話もしないでいい人たちを中心に回っていくのですか、という言葉も喉まで出ている。

あなただって小さい頃は、しょっちゅう熱を出して、そのたびにお母さんは小児科に連れていってくれたはずだ。リンゴをすって食べさせてくれたはずだ。ＧＤＰにも算出されないその仕事をあなたは覚えていないだろうけれど、それはたしかに労働だったのだ。

人生の選択肢が増えた。それはとても素晴らしいことだ。女性はみな結婚と出産をすべきだと言う人が現われたら、礼子は猛然と反論する。

でも、かつて専業主婦が担《にな》っていた労働は、男性だけでなく、女性からも見えなくなってしまった。大変だよね。しんどいね。そう言い合える相手もいなくなってしまった。

子供を産むことは職場においてはリスクであり、それを受け容れたのはあなた自身だ。どんな問題が起きても、自己責任で解決すべきことなのだ。そんなメッセージを、礼子は、同僚の言葉の端々から感じた。二人目を妊娠しました、と報告した時、上司は溜め息をつき、「なんとか配慮しますよ」と言った。みんな最大限配慮している。これ以上は勘弁してくれと言いたいのだろう。

だから、道路の向こうからやってくる大型トラックを見るたび、体が道路のほうへ動きそうになっているなんて、誰にも打ち明けてはいけないのだ。

仕事は前倒し、前倒しでやっている。定時ギリギリまで粘り、駅に向かって全速力で走る。礼子はいつでも体がちぎれるほど走っていた。一分でも一秒でも前に走って時間を作る。でもどんなに前倒ししても、子供の病気という爆弾で吹っ飛んでしまう。ゲームオーバーだ。

また悲観的になってる。だめだ、あきらめては。

礼子は気を取り直して、処方箋を待つ間、蔦村医院の外に出た。

子育てにはお金がかかる。保育園の利用料金も礼子の収入の半分を食っている。国立大学の学費ですらまた上がる。ここでふんばらなければ子供たちの将来はないかもしれない。

この地区に一つしかない小児科併設の病児保育所に電話した。子供が病気でも預かってくれる所だ。でもすでに予約でいっぱいだった。「明日は二十人待ち」だと言われた。

「朝になったらキャンセルが出るかもしれないので、待機していてください」

朝まで出勤できるかどうかわからない。そんなことを許す職場があるだろうか。

礼子は待合室に戻ってまた長椅子に座りこんだ。胸に抱いた星夏はずっしりと身の詰まった重さだった。抱いているだけで体力が奪われていく。

「大丈夫ですか」

顔を上げると、蔦村医院の若奥さんが目の前に立っていた。一年半くらい前に、小児科の若先生のところに嫁いできた若い美人だ。それから時々受付を手伝っている。

「お母さん、まだ具合悪いんですか？　先週は熱がありましたよね？」

心配そうに礼子の顔を覗きこんでいる。礼子はすばやく笑顔をつくった。

「いえ、今週はもう大丈夫です」

「ならいいんですけど……。これ、処方箋です」わざわざ持ってきてくれたらしい。

開業医は儲かるんだろうな、と若奥さんの磨かれた爪を見て思う。のんびり受付に座って、昼間は女子大時代の友達とランチでもしているのだろう。だから余裕があるのだ。

ああ、また専業主婦を見下している自分がいる。

この前、星夏が熱を出した晩、隣に住む主婦に助けてもらったばかりだというのに。

彼女の名前は村上詩穂といった。

二年前、児童支援センターで気まずいことがあったのにもかかわらず、快く篤正を預かってくれた。ゴボウ入りのカレーもお裾分けしてくれて、屋上で話を聞いてくれた。

あの時、給水タンクの上から見た、夜の街が忘れられない。どこまでも屋根が続いていた。ほとんどの家は電気を消していた。夜とは休むものだったのだ。人間を眠らせるために太陽は沈むのだ。それなのに、遠くに見える高層ビル群は煌々《こうこう》と輝いていて、休むな、と礼子を急きたてる。誰かに押しつけられたわけでもない。これはお前が望んで引き受けた労働なのだ。会社から見たらお前は仕事をしょっちゅう休んでいることになる。子供から見たら母親をしょっちゅう休んでいることになる。お前はすでに二重に休んでいるのだ。だからもう一秒も休んではいけない。仕事も家庭もと欲張ったお前へのこれは罰なのだ、と。

気を失うことが増えたのは今月に入ってからだ。鍋を火にかけている時や、篤正や星夏とお風呂に入っている時に、意識がふっと飛ぶ。それは数秒だったり、数十秒だったりする。バッテリーの切れたコンピュータみたいにブラックアウトする。気づくと星夏が腕からお湯の中へと滑り落ちそうになっていて、ヒヤリとしたこともあった。

いつか子供たちを殺してしまうのではないか。篤正がベランダに出て室外機によじ登っていたと詩穂に聞いた時、礼子は震えが止まらなかった。もう無理だと思った。

それで屋上に来たのだ。体が勝手に動いていた。足が勝手に階段を登っていた。

なのに、夜の街をぼうっと見ているだけで、体が自然にゆっくりと緩んでいった。

たかが家事じゃないですか、と詩穂は言っていた。

——一つ一つ、ゆっくりやれば、主婦じゃなくても、ちゃんとできます。

それを聞いて涙があふれたのは安心したからではない。

悔しかったからだ。

時流に乗っているつもりだった。最先端の暮らしをしているはずだった。なのに、年下の詩穂の前で、礼子は恥も外聞もなく泣いていた。なんで私はこんなところにいるのだろう。ふらふらと屋上に登ってきて、どこへ行くつもりだったのだろう。見下していた主婦に助けられて恥ずかしかった。二年前のことを潔《いさぎよ》く謝ったのは負けたくなかったからだ。

——星夏の熱が引いたら、二人とも保育園に預けて、一人でゆっくり休んでみようかな。

そんなことできるはずがないのに、強い女性なのだと詩穂に思われたかった。

主婦は時間が有り余っているから、赤の他人におせっかいなんか焼けるのだ。むこうが偉いわけではない。偉いのは仕事も家事も頑張っている自分だ。年金だって健康保険だって税金だって自分で払っている。こっちのほうが上なのだ。

それは自分でも抑えることのできない激しい思いだった。だからかもしれない。

――私、専業主婦だし、時間はたっぷりありますよ。

詩穂のあの言葉にすがってても罰は当たらないだろうと思ってしまったのは。


チャイムを押すのには勇気が要《い》った。それでも、えいやっと押した。この前のように篤正を預かってもらえたら、持ち帰った仕事ができる。最初はそのくらいの気持ちだった。

詩穂はすぐ出てきた。星夏を抱いて立っている礼子を見て目を丸くしている。

「あれ、また熱ですか？」

足に苺がしがみついていた。おっかなびっくり礼子を眺めている。

「あ、苺ちゃんは近づかないほうがいいかも。うつるから」

「もしかして水疱瘡？」詩穂は星夏の顔に発疹《ほっしん》を見つけたらしい。

「さすが、見つけるのがはやいね」

「いえ、違うんです。苺も先月やって大変だったから、つい発疹に目がいくんです」

詩穂は、あれ大変ですよねえ、と顔をしかめて溜め息をついている。

「苺ちゃん、水疱瘡やったんだ」

奇跡が起きた、と思った。気づいた時には言っていた。

「あの、だったら、うちの星夏、預かってもらえたりできるかな？」

「あ、いいですよ。一週間は連れて出られないですものね。まだハイハイしないなら和室に寝かせておくだけだし。……うん、大丈夫。篤正くんを迎えに行く間、預かればいいですか？」

頼られて嬉しいのか微笑んでいる詩穂を眺めて、礼子はおずおずと言った。

「預かってほしいのは明日なの」

「明日？　……ああ、大丈夫ですよ。どうせ公園行くくらいしかすることないですし」

「朝から夕方まで預かってもらえたり、することも可能？」

そうしてもらえたら、新人研修を自分の手でできる。

「え……それは長いですね」

詩穂は、ううん、と迷うように考えこんでいたが、うなずいた。

「まあ、いいですよ。星夏ちゃん、もう離乳食ですよね。今は五分粥《ごぶがゆ》くらいかな？　久しぶりに作ってみます。なんだか懐かしいな」

詩穂と話していると、実家の母を思い出す。

学校に行く直前になって、お習字の紙がないと幼い礼子が泣き出した時、母もうんと考えていた。でも最後はなんとかしてくれた。つい言っていた。

「今週いっぱいそうしてもらえないかな。そうしてもらえると本当に助かるの」

新人研修は一日では終わらない。レポートを提出させたり、上司に報告したり、業務は山のようにある。そのすべてをイマイに押しつけるわけにはいかない。

詩穂は「どうしよっかな」と腕組みしている。礼子は慌てて付け加えた。

「ごめんね、こんなこと図々しいよね。でも、うちは実家が遠くて頼れなくて」

「この前、言ってましたね」詩穂は同情的な顔になる。

いけるかもしれない。そう思ったら一気に前に出る癖が元営業部の礼子にはある。

「助けてくれる人を探せって、詩穂ちゃん言ってたでしょう。そしたら大丈夫だって」

「……言いましたね、たしかに」

「でも私は昼間の街にはいないから歩き回って探す暇もない。詩穂ちゃんしかいないの」

詩穂は小さく息をつくと、覚悟を決めたようにうなずいた。

「わかりました。じゃあ、とりあえず明日は何時に来ます？」

力が抜けた。自分の部屋に戻ると、礼子は会社に電話した。出たのはイマイだった。出社できることになったと告げると、イマイは「助かります」と言った。

「僕、ほんとは、今日は早く帰るつもりで、明日も有給取るつもりだったので」

新発売のゲームを徹夜で並んで買いにでも行くのだろうか。たしか先月の有給休暇はそうやって過ごしたと言っていた。イマイが年を取ったら、その年金や健康保険は、篤正や星夏が負担するのだろうか。そんなことまで考えてしまって、自分が心底嫌になった。

詩穂は完璧に星夏を預かってくれた。

渡した水疱瘡の薬も塗《ぬ》ってくれた。二日目に引き取りに行った時には爪も切ってくれていた。「余計なお世話かと思ったんだけど、顔を引っ掻《か》いちゃうので」と言っていた。

三日目は、仕事中に〈前髪を切ってもいいですか〉と、詩穂からメッセージが届いた。

〈前髪が目に入ってしまっているので。私、元美容師なんで、変にはしませんから〉

会社から帰って迎えに行くと、星夏の髪はこざっぱりとしていた。

「助かる。星夏、動くから切るの怖くて、毎朝ゴムで結んでたの」

「私、子供の髪切るの、昔から得意なんです」

詩穂は得意げだった。そして「そうだ」と秘密を打ち明けるように言った。

「ドライヤーのフィルター、掃除してます？　風量が回復して髪が早く乾きますよ」

帰ってから、半信半疑でやってみた。予想以上に埃がたくさん溜まっていた。取り除くと、詩穂の言う通り、あっという間に髪が乾くようになった。なんだか涙が出た。

この三年間、「大変そうですね」とか「頑張って」とか、同僚たちにはさんざん言われたけれど、具体的な改善策をもらったのは初めてだった。

四日目の昼には〈瘡蓋になってきましたよ〉と詩穂からメッセージがあった。

これで登園禁止が解ける。ほっと息をついて、来週に迫った新卒向けの会社説明会の準備を続けた。やっと終わった頃に、スマートフォンがブルブルと震えた。

見ると、保育園、という文字が浮かんでいた。心臓がきゅっと縮みあがる。

「篤正くんの体に赤いポツポツがあります」

嘘でしょう。礼子は隣席のイマイを見た。来週は旅行のために有給を二日とりたい、とさっき上司に申請していた。ゲーム旅行かもしれない。現地でしかゲットできないアイテムがあるのだと話していたことがあった。

会社説明会の日は、イマイの旅行日程と重なっている。とても言い出せなかった。来週いっぱい休むかもしれないなんて。旅行をキャンセルしたらお金だってかかるだろう。

結局その日は早退した。上司には「上の子が熱を出して」とだけ説明した。

「来週は大丈夫？　イマイくん、休みだけど」

不安げな顔になった上司に、ただの風邪ですので、と嘘を言った。

走って電車に乗り、篤正を保育園に迎えに行った。篤正は隔離《かくり》されて額を冷やされていた。保育士はほっとした顔で「ママが来てくれたよ」と篤正の髪を優しく撫《な》でた。

でも礼子は、来週どうしよう、とそれしか考えられなかった。

「水疱瘡ですね」

二度目の宣告を受け、ふらふらと蔦村医院を出てくると、すぐ前にある〈あじさい児童公園〉から「礼子さん」と呼ぶ声がした。詩穂だった。砂場にいる。さっき、メッセージに、〈もう感染しないと思うので散歩に連れていきます〉と連絡があったっけ。

「会社、早退したんですか？」

星夏は、詩穂の胸の抱っこ紐の中で、陽の光を浴びて眠っていた。

「篤正も水疱瘡だって」

詩穂は息を呑み、篤正の顔を眺めている。

「図々しいってわかってるんだけど、来週の月曜から、篤正を預かってもらえないかな？」

それしか方法がなかった。詩穂が何かを言う前に、礼子は「お願い」と懇願した。

詩穂は砂場をふりかえった。苺を見つめ、激しく迷っているようだった。

苺のそばに、白いシャツを着た若い父親がいることに、礼子は気づいた。夫だろうかと思ったが、すぐに違うと気づいた。

マンションの廊下で顔を合わせる詩穂の夫は、もっと図体が大きくて、そんな自分を持て余している印象の男だった。すれ違う時は身を壁に寄せ、子供を連れた礼子を先に通してくれる。たまに篤正に「よう」と馴《な》れ馴《な》れしく挨拶《あいさつ》もしてくる。

でも、砂場にいる若い父親は目元が怜悧《れいり》で、腕時計はセイコーだった。元営業の癖で値踏みしたが、あれはかなり高いやつだ。詩穂とはまったくレイヤーの違う社会の住人に見える。

どういう知り合いなのだろう。そんな疑問を抱いた時だった。

「来週さえ乗り越えられればいいんですね？」詩穂が言った。

助かった。礼子は篤正の熱い手をぎゅっと握る。「ほんとにありがとう」

「……あ、星夏ちゃん、よだれ。拭いてあげるね。その前に手を洗ってきます」

詩穂は星夏を抱いたまま、水道のほうへパタパタと歩いて行った。これで会社説明会をイマイに押しつけなくてすむ。

「詩穂さんのお隣さんですか？」

若い父親が砂場にしゃがんだまま話しかけてきた。無遠慮に礼子を見つめている。

「保育園はこの近くなんですか？」

探るような訊き方だった。来年から入れるつもりで情報収集しているのだろうか。

「篤正は駅前のところで、星夏は隣の駅から十五分くらい自転車で行ったところです」

「同じ園に入れなかったということですか」

言い方が皮肉めいていた。保活――保育園に子供を入れるための活動のことだ――

に、しくじったんですね、とでも言いたいのか。思わず礼子は言った。

「今は二人とも認可に入れたってだけで奇跡ですから、別々の園なんてもう普通ですし」

ちょうどそこに詩穂が手を拭きながら戻ってきた。礼子の言葉を聞きとがめて、

「どういうことですか？　別々の園って」と、首をかしげている。

どこから説明してよいかわからず、礼子は保育園バッグに目を落とす。

「中谷さん、どういうこと？」

詩穂に言われ、中谷、と呼ばれた若い父親がやれやれという顔で説明している。

「保育園の審査は点数で行われます。両親ともにフルタイムなら四十点。上の兄弟が入っていれば、さらに一点。一年か二年前まではこれで兄弟が同じ園に入れました」

中谷はやけに詳しかった。すでに色々と調べ上げているのだろうか。

「しかし、一人目でも認可に入れなかった、いわゆる待機児童が爆発的に増えて、状況は変わりました。プラス二点持っている待機児童が募集枠を埋めてしまうと、上に兄弟がいる子もはじき出され、第二希望以下の園に回されてしまうんです。なので兄弟で別の園というのは今はもう、よくあることなんです」

詩穂は信じられないという顔をしている。

「でもそれって送り迎えが物凄く大変じゃないですか。園の行事だって二倍になるだろうし。園同士で相談して、できるだけ兄弟一緒にするとか、できないんですか？」

「できないですね」中谷が言った。

「なんで？」

「審査は保育園ごとに縦割りで行われ、横の調整はしないんです。兄弟別々でも認可に入れたのだから、問題は解決、後は親が努力しなさいというのが保育課の言い分です」

「へえ、いかにもお役所って感じですね」

詩穂は小さな顎を上げて怒ったように言った。

「そんなことになってたなんて。っていうか、中谷さんはなんで知ってるんですか」

「あなたが無知すぎるんですよ。今の親はみんな産む前にそれくらい調べます」

中谷の言う通り、働く親にとっては当たり前の話だ。わざわざ説明する必要はないと礼子は思っていた。

「そうかなあ。テレビでもそこまで言ってないし、みんな知らないと思う。会社の人は知ってるんですか？」

「……それは、知らないと思うけど」礼子は口籠る。

そもそも子供の話自体、職場ではしにくい。人事部も入園に必要な勤労証明書は作成してくれたが、別々の園なんですか、とは問われなかった。

「ほら、私だけじゃない」詩穂は勝ち誇ったように中谷に言う。「兄弟で別々の園なんて、おかしなことが起きてるなんて誰も思わないですよ」

礼子も最初はそう思った。でも、保育課の人に、入れただけで感謝した方がいいと言われてしまったら、受け容れるしかなかった。

「……まあ、おかしくても、そのルールでやらなきゃいけないから」

ここであきらめるわけにいかないのだ。手が耳にいき、プラチナの鎖が垂れ下がったピアスを触る。先に小さいダイヤがついて揺れている。

四年前、営業部で成績一位になった。その夜、ハイブランドの店に入って、大枚をはたいてこのピアスを買ったのだ。人の何倍も努力してきた。子供を産むまで同期では一番優秀だったはずだ。そんな自分が最先端にいることをあきらめていいはずはない。

もうお昼なので一緒にマンションに帰りましょう、と詩穂は言い、苺の手を引いて先に歩きはじめた。その後について礼子も歩きはじめた。その時だった。

「シッターを雇えばいいのに」

声が追ってきた。ふりむくと、中谷が砂で山をつくっていた。いやにしっかりとした造りだった。トンネル工事がはじまっていた。中谷は立ちすくんでいる礼子に言った。

「仕事と家事の両立を赤の他人に助けてもらうというのは、どうなんでしょうね」

なぜ公園で会っただけの人が説教してくるのだろう。中谷はなおも言った。

「主婦にタダで家事をやらせて、自分だけキャリアを築いて、良心の呵責《かしゃく》はないんですか」

「タダでなんて、そういうつもりでは」

「でも対価を払うつもりはないんでしょう」

なぜかはわからないけれど、中谷は礼子に腹を立てているように見えた。

「……失礼します」

礼子は会釈して公園を出た。詩穂は青い紫陽花が咲いている花壇の前で待っていた。

「あの、中谷って人、何なの？」歩きながら尋ねた。「仲が良さそうだったけど」

「別に仲良くはないけど……。パパ友です。あの公園で毎日のように会うんです」

「なんでこんな平日の昼にいるの？」

保育園の審査について詳しかった。無職には見えない。

「育休中だそうです。二年間って言ってたかな？」

「二年？」

つい大声になった。男が育休を取る話はもう珍しくない。でも二年は初めて聞いた。

「奥さんの職場は外資系で、両立は大変なので、交替で育休を取るんだそうです」

そんなことをしてくれる夫がいるのか。夫の量平《りょうへい》と引き比べて——比べてはいけないのだろうけど、地面にへたりこみたい気分になった。

「あ、ちなみに中谷さんは国交省にお勤めだそうです」

それでか。社会の頂点から下界を眺めているような言い方だったのは。

交替で育休を取る。それなら待機児童問題にふりまわされなくてすむ。職場にも迷惑がかからずにすむ。子育てもきっちりできる。完璧なプランだ。復帰した後にキャリアを取り戻す自信もあるのだろう。何より夫婦平等だ。礼子よりも時流に乗っている。

「あの、これ、こっそり礼子さんに訊くんですけど、国交省って何する所なんですか」

詩穂がまじめな顔で言った。

「国交省は、国土交通省だから、国土と交通のことを主にやってるんだよ」

「ああ、なるほど！」

「気象庁とかも、国交省の管轄なんだよ。天気予報なんかもそう」

「そっか、天気予報もやってるとこなのか……」

詩穂は考えこむ顔になった。しばらくして、愚図りはじめた苺を「よいしょ」と抱っこしてから、詩穂は空をにらんだ。

「前にテレビで見たんですけど、海の上に降る雨って、本当に降っているのかどうか確かめられないそうなんです」

「え？」何の話だろう。

「衛星とかでだいたいのことはわかっても、正確に観測はできないんだって」

「まあ、たしかに、海にはレーダー建てられないものね」

梅雨の空はどんよりしていて、午後から雨が降るとたしか予報で言っていた。

「たまたま通りかかった船だけが、その雨を見るんです」

詩穂はまだ空を見ていたが、礼子が怪訝な顔をしていたのに気づくと苦笑いした。

「ああ、すみません。天気予報って聞いて、その話を思い出してしまって。誰も見てない雨を見るってどういう気持ちなんだろうって」

「ただの雨でしょう」

「でも、自分が見てなかったら、なかったことになってしまう雨ですよ」

「詩穂ちゃんって、たまに不思議なことを言うね」

礼子が言うと、そうでしょうか、と詩穂は恥ずかしそうにうつむいた。

「中谷さんにも言われたことあります。話に脈絡と論理性がないって」

なるほど、あの男がいきなり説教する相手は礼子だけではないのか。

「呑気すぎるとも言われました。日中、子供と二人きりなのがいけないのかなあ」

言ったそばから、道ばたの紫陽花のそばで立ち止まり、苺に触らせようとしている。

「ほら、苺、怖くないよ。しっとりしてて、冷たくて、気持ちいいよ」

たしかに呑気だ。見ているだけで眠くなる。疲れが吹き出してきて、礼子はあくびをした。

篤正の水疱瘡は長引いた。週末が明け、詩穂に預けて四日目、木曜の昼にようやく〈瘡蓋になりました！〉とメッセージが届いた。

夕方、星夏を保育園に迎えに行き、その足で銀行に寄った。お金を引き出し、封筒に入れ、鞄にギチギチに詰まった書類の間に押しこんだ。それからマンションに帰った。

村上家のチャイムを押すと、篤正が飛びだしてきた。熱も下がって破壊の限りを尽くす三歳男児に戻っている。案の定、台所にレゴがばらまいてあった。

「ごめん、これ、篤正の仕業だよね」

「あ、これは私がやろうって言い出したんです。台所の椅子が怪物なんです」

「レゴをぶつけて、やっつけてたんだよ！」と、篤正が言う。

「うん、やっつけたよね。……それより、ちょっとご報告があって」詩穂は申し訳なさそうに眉根《まゆね》を歪めた。「篤正くん、鼻にビーズを詰めちゃって」

「え！　なんで、そんなアホなことしたの？」

「三歳の子に多いそうです。入れてみたくなるんだって」

思わず溜め息が出る。なぜ入れるんだ。入れたくなるんだ。

「すみません。私がビーズを拾い忘れてたのが悪いんです。耳鼻科に行って取ってもらったんですけど、奥に入っちゃってたら手術だって言われて肝を冷やしました」

「ごめん、大変だったよね」

「いえ、ちょうど虎朗が今日は休みで家にいて、一緒に行ってもらったんで大丈夫」

やっぱりこれを持ってきてよかった。礼子は鞄から封筒を出して差し出した。

「これ、お礼」

詩穂は怪訝な顔で封筒を見た。目をぱちくりさせている。「なんですか？」

「いいからもらって。タダでお願いしようなんて気はなかったんだから」

嘘だ。中谷に指摘されるまで気づかなかった。礼子が強引に封筒を握らせると、詩穂はおそるおそるという風に覗いている。その顔が強ばった。

「……ちょっと、こんなに！　だめです。もらえません」

「いいの。先週と今週、計八日間、一日あたり八時間も預けたんだもの。これくらいもらって当然だよ。私、調べたの。シッターさんに頼んだらこんなものじゃすまないんだよ」

「じゃあ、ジュースとかおやつとかお昼ご飯代だけ」

「ううん、詩穂ちゃん、どうか全額納めて、でないと、またお願いできない」

「……また？」

詩穂は目を上げる。礼子は封筒を押し返した。

「来週、どっちかが熱を出すとも限らないでしょう。ね、お願い。受け取って」

詩穂は少し曲がった封筒に目を落としていたが、つぶやくように言った。

「旦那さんは？　礼子さんと交替で休んではくれないんですか？」

「うちの夫は無理なの」

礼子は廊下に走り出ようとする篤正を押さえながら言った。

「ザ・男社会、って感じの職場で、子供のために休むなんて有り得ないの」

砂場で娘と遊んでいた中谷の細身の背中が思い浮かぶ。あんな夫もいるなんて知りたくなかった。我が身が余計に切なかった。詩穂も同じことを思ったのだろう。

「そうなんですか。やっぱり中谷さんは特殊なんですね」

「あ、でも」と、礼子はあわてて言う。「量くんも、あ、うちの夫のことね。……量くんも土日はがっつり家事してくれるの。でも平日は無理。どうしたって無理なの」

詩穂はまだ封筒を受け取るかどうか迷っているようだったが、礼子は「じゃあ、そろそろおいとまします」と、封筒からぱっと手を離して扉を閉めた。

対価は払った。タダで利用しているわけじゃない、と自分に言い聞かせながら、礼子は慌ただしく夕飯の仕度に入った。今日もレトルトのカレーだった。

量平が帰ってきたのは午前一時だった。イベント会社に勤めているにしてはこれでも早いほうだ。二時や三時になることも多い。

「やばい、疲れた」と、ソファにへたりこんでいる。

丸めた靴下を床に放ってもいた。あれは誰が拾うのだろう。詩穂には、夫は土日に家事をしてくれる、なんて見栄《みえ》を張ったけれど、量平は土日も仕事でいないことが多かった。

「会社の人と食べてきた」

量平の夕飯はほとんど外食だった。そのほうが助かるが家計は膨らんでいく。

「篤正、明日から保育園に行けるって」

「あ、そう。なんだっけ。水疱瘡だっけ?」

礼子はしばらく黙った後、「水疱瘡だよ」と言った。何度も言ったのに忘れていたようだ。

「俺、明日は帰れないかも」

今週末もいないのか。また意識が飛びそうになったが、抗議はできなかった。

詩穂には言わなかったが、量平も一度だけ、育児休業をとったことがあった。

篤正が生まれた時に、実家の母から介護で忙しくて手伝いに行けないと連絡があった。それを聞いた量平は「じゃあ俺が育休取るよ」と言ってくれた。男性で取るのは会社で初めてなのだと、周りにも吹聴していた。たった二週間の育休だったけれど、三食つくってくれ、オムツ替えも、ミルクづくりもしてくれた。篤正が夜中に泣きだした時は三時間もあやしてくれた。

でも、復帰した日、同僚の男性に言われたらしい。

「育児休暇、楽しめました？　ゆっくり休めましたか？」

悪気はなかったのだろう。でも量平は反論できなかった。すべての家事を引き受ける二週間がどれほどきついか、うまく説明できなかったらしい。休暇じゃない。育児休業だ。それすら言えなかったらしい。

――俺は休んで遊んでたことになってる。

名誉挽回のためには同僚よりも働かなければ。でなければ出世できない。そう思ったらしい。残業も、休日出勤も、今まで以上にやるようになった。

星夏が生まれた時は、量平は育休を取らなかった。

いつの間にか平日の家事は礼子一人でやることになった。そうしようと話し合ったわけではない。いつの間にか、比重が傾いていったのだ。量平は次第に保育園にも関心を示さなくなった。別々になるんだって、と報告した時も「そう」と言っただけだった。

「じゃあ、俺、もう寝るわ」

立ち上がった量平に、礼子は言った。

「お隣の主婦の子、覚えてる？」

「ああ、若い子だろ。おっとりした感じの。たまに廊下ですれ違う」

「実は先週と今週いっぱい、子供たちを預かってもらってたの」

「そんなに休むの？　水疱瘡って怖いな」

「ただで預けるわけにいかないから、お金渡したんだ、私」

「え、金？　いくら？」量平は眉をひそめる。

「八万円」

「はあ？」大声が部屋中に響き渡った。「なんでそんな大金」

「プロのシッターさんに頼んだらもっとかかるんだよ。安いところでも一時間千七百円くらいする。交通費もこっち持ちで、八時間も預けたら、一日で二万円はかかる」

「いやいや、そんな大金払って会社行くとか、おかしいから」

「でもタダでお願いするわけにいかないでしょう」声が震えた。「もし、詩穂ちゃんが預かってくれなかったら、今月は何日会社に行けたかって話なんだよ」

「しょうがないだろ、子供の病気なんだから」

「じゃあ、今度は量くんが休んで看病して」

「いや、それは無理でしょ。俺は遊びで会社行ってるわけじゃないんだから」

「私だって一緒だよ！」

「なに興奮してんだよ。俺だって休みの日は一日、子供たちの面倒見てるだろ」

「なんでみんなそんなに他人事なの」

疲れているのだろう。つい思いを吐き出してしまう。

「会社も、保育課の人も、量くんも、みんな、どうしてそんなに私を独り《ひと》にするの。私たちはこれだけやりました。感謝しなさい。後はあなたがなんとかしなさいって」

助けてくれたのは詩穂だけだった。隣に住む専業主婦だけだった。

でも、それにすら、利用しているとか、対価を払えとか、責める人がいる。みんなが決めた沢山のルールをどんなに真剣に守っても、ゲームオーバーになってしまう。

「私、二週間前、屋上から飛び降りようとした」

とうとう礼子は言った。言ってしまった。

「は？」量平は目を見開く。

「もうどうしようもなくて、ふらふら階段登って」

「やめろよ、俺を責めるのは。俺だって疲れてるんだから」

「そっか、量くんのほうが疲れてるのか」

それを言われたらおしまいだ。どっちが疲れているかの水掛け論になってしまう。

「ごめん、頭冷やしてくる」

礼子は玄関に出てビーチサンダルを履いた。まとめてあったゴミ袋を持って廊下に出る。外のゴミ置き場から、マンションの正面玄関に戻ってくると、そこに詩穂がいた。

「あ、礼子さん、ちょうどよかった」

詩穂は笑顔になった。やはりゴミ袋を持っている。

「ちょっと話したいことあって、今から少しいいですか？」

嫌な予感がした。でも、だめだとは言えなかった。礼子がうなずくと、詩穂はサンダルをパタパタいわせながら、外にゴミを捨てに行き、すぐに戻ってきた。そして、

「あれ、なんだろ」

と、郵便受けを覗きこんでいる。白い封筒を一通出して裏表を見ている。

「なんにも書いてない。……ま、いっか。行きましょう。また屋上にしましょうか」

白い封筒をワンピースのポケットに押しこみ、詩穂は先に階段を上がっていく。

屋上は夕方の雨で濡れていた。

「やっぱり、眺めいいね、ここ」

礼子は夜の街に目をやった。さっきは勢いで量平に「飛び降りようとした」なんて言ってしまったけれど、自分は本気で死のうとしていたのだろうか。

そうではない気がする。死にたいとは思っていなかった気がする。なんとか生き延びる道を探していたような気がする。だから、あの時、詩穂から「息抜きしましょう」と言われて、素直に給水タンクに登ったのだ。

ここからだと色んなものが見える。

室外機。屋上に干されたまま忘れ去られたらしいタオル。絡まっているようにしか見えない電線。衛星放送のパラボラアンテナ。視界のはしでマンションの窓の一つがすっと明かりを消した。その屋根の連なりを見つめるうちに、

「どうして二人も育てられるなんて思っちゃったんだろう」

そんな弱音が喉の奥から出てきた。詩穂は少し黙ったが、

「とりあえず高いところに登りましょうか」

と、丸く水色に浮かび上がっている給水タンクを見上げた。

「ちょっと濡れてるかもしれないけど、いいですよね」

詩穂は先にすっすっと登っていく。ワンピースの裾がぬるい風ではためいていた。

足首が日に焼けていた。蚊に刺された跡もある。公園で子供と遊んでいるとそうなる。

「ここ、どうぞ。……やっぱり濡れてますね」

詩穂はきっちり半分、場所を空けて待っていた。

「帰ったらすぐ脱いじゃうから大丈夫」

そう言って、給水タンクの上に座ると、礼子は自分から話を持ちかけた。

「私、思ったの。主婦って会社の総務みたいだなって」

機先を制しなければ、と思った。詩穂がしたい話の中身を、うすうす察していた。

「経費を抑えたり、社食を運営したり、社員の健康管理をしたり、総務がいなかったら会社は回らない。家庭も同じ。でもね、うちには総務部がないの。営業部門が二つあれば最強だって思いこんで、切り捨ててしまったんだ」

「私、そういう難しい話はちょっとよくわからないんですけど……でも」

詩穂はワンピースのポケットから封筒を出した。それを礼子に差し出す。

「やっぱりこれは貰えない。返します」

八万円の入った封筒だ。もう預かれないと言いたいのだろう。

回避しなければ。詩穂がいなければ仕事が続けられない。礼子は受け取らなかった。

「こういうこと言ったら失礼かもしれないけど、苺ちゃんが幼稚園に入るまではパートもできないでしょう。旦那さん一人の給料じゃ、学費だってきついんじゃない？　うちの手伝いしてくれたらお金を稼げるし、お互いウィンウィンで助かると思うんだけど」

必死になるあまり、営業の席で言うような口調になってしまった。

「ううん、それはそうかもしれないけど」

と、詩穂は腕組みをしている。

「私が主婦になったのは、二つのことが同時にできないからで……。篤正くんも星夏ちゃんも可愛いけど、でも、いつ預かるかわからない状態で待機する生活はしんどいです」

「でも、詩穂ちゃん、お金、要らないの？」

思わず言うと、詩穂は「要らないわけじゃないけど」と、まじめな顔になった。

「うちはうちで貯金してますから。……あ、見ます？　実は持ってきたんです」

ポケットから預金通帳をひっぱり出している。マジックで「苺貯金」と書いてある。

「これ、見てもいいの？」

「額が少なくて恥ずかしいですけど、苺を妊娠した時から毎月貯めてるんです」

さすが主婦、慎ましい、と思いながら礼子は通帳を開いた。

衝撃的だった。礼子が子供たちのために積み立てている貯金よりも残高が多い。毎月二万円ずつ積み立てられている。ボーナス月には五万円。児童手当も丸ごと入っている。

「うちはそれが精一杯なんです。でも地道にやってれば大丈夫じゃないのかな、って楽観的に考えてもいて。節約するのも好きなんです。ゴボウの皮を捨てないでキンピラにするとか、合わせ調味料はその都度つくるとか、考えるのって楽しいので」

それだけでこんなに貯金ができるものなのか。

それとも量平の言う通り、大金を払って会社に行くほうがどうかしているのか。

「でも、篤正くんたちを預かっていると、そんな余裕もなくなっちゃって、このままだと暮らすのが楽しいって思えなくなるんじゃないかって、夕方に少し怖くなりました」

それで呼び出したのか。通帳まで持ってきたのは、よくよく考えてのことなのだろう。

「同じお金を払うのならシッターさんに頼むのは無理なんですか？」

無理ではない。でも、呼ぶたびに家を掃除して、子供たちの食事も自分で用意しなければならない。その余裕さえも礼子にはない。なによりシッターの前では泣けない。

「お願い、私を見捨てないで」声が震えるのがわかった。

「見捨てるわけじゃないですよ」

心外だという顔で詩穂が言った。

「ただ、礼子さんはたくさんのことを抱えこみすぎていて、その全部を私がなんとかするのは無理だって言っているだけで。……でも、どうしたらいいんでしょうね」

詩穂は通帳をポケットに戻しながら、礼子を見た。

「一緒に考えましょうか」

一緒に、という言葉が礼子の心に響いた。詩穂は夜の街に目をやった。

「うちは母が早くに死んだので、十四歳の時から家事をやらなければいけなかったんです。それが結構大変で、勉強もできなくなって、部活も辞めることになって。……子育てしてたわけじゃないし、礼子さんの大変さとは比べ物にならないけど、でも、自分の大事にしてたもの、キラキラしたものが、どんどんなくなってしまう恐しさ、少しはわかります」

十四歳から家事を一人でやっていたのか。

少女の詩穂がエプロンを着けて台所に立っている姿を想像すると健気で可愛らしかった。でも篤正や星夏に自分が同じことをさせるかといったら否だ。つい尋ねた。

「お父さんは何もしてくれなかったの？」

「最初はやってくれてたんです。むしろ張り切ってました。でもすぐ放り投げちゃって」

詩穂の声が透き通ったように、礼子には感じられた。

「だんだん私がやることになりました。父は何もしなくなりました」

見たこともない詩穂の父の姿が、なんとなく量平に重なった。

「仕事が忙しかったのかもしれない。でも、仕事をしながら家事も育児も必死にやっている礼子さんを見てると、それだけじゃなかったのかもしれない、と思います」

詩穂は目を上げた。暗い空にも雲があってゆっくり動いていた。

「父はプライドの高い人でした。誰かに頭を下げて助けてって言ったり、家事を教えてもらったりなんかできる人じゃなかった。だから娘にもできる、簡単で楽な仕事だって思うことにしたんじゃないかな。俺はできるけどやらない。これは自分がやるべきじゃない。そう思っていたかったんだと思う」

ぞくりとした。おっとりしているわりに、この子は人をよく見ている。

「もっと、いろんな人に頼れませんか？」

詩穂は自分の話は終わりにしたようだった。眉間に皺を寄せて考えこんでいる。

「誰にも助けてもらえないと思ってるのは、礼子さんだけだと思うんです。昼間の街だけじゃなくて、会社にだって、助けてくれる人はきっといますよ」

会社でそんなことが通用するだろうか。そう思いながら、礼子はうなずいた。うなずくしかなかった。詩穂は八万円の入った封筒を返してきた。礼子は受け取った。

風が吹いて耳のピアスがちりちりと震えた。

たしか、このピアスの値段も八万円だったな、とぼんやり思った。

部屋に戻ると、量平はいなかった。寝室を覗くと、もう寝ていた。待っていてくれなかったのか。絶望的な気持ちになりながら、台所へ行くと、景色が変わっていた。

シンクにいっぱいだった洗い物が片付いていた。もしや、と思って、洗濯機の中を覗くと空っぽになっていた。干してくれたらしい。ソファに放りだしてあった乾いた服も、畳まれていた。篤正のものと、星夏のものと、ちゃんと分けてある。

屋上から飛び降りようとした、というあの言葉が量平の心に届いたのだろうか。

育休を取って家事をすべて引き受けてくれていた日々のことを思い出し、じわり、と涙が滲んだ。

詩穂の言う通りだ。誰も助けてくれないと思っているのは自分だけなのかもしれない。

量平ともっと話し合って協力すれば、詩穂だけに頼らずにすむかもしれない。

翌朝、出勤するとイマイが席にいなかった。

支社に送らなければならない資料を、チェックのためにイマイに預かってもらっていたのだが、どこに置いたのだろう。上司に尋ねてもイマイの居場所がわからなかった。

あちこち探して回り、困ったな、と廊下で立ち止まった目の先に非常階段があった。耐火シャッターを兼ねている厚い扉が少し開いている。中を覗くと、丸まった背中が見えた。

イマイだ。顔を手に埋めている。

「どうしたの？」と、声をかけると、驚いたようにふりむいた。

顔がぐじゃぐじゃだった。礼子はハンドタオルをポケットから出して渡した。予備はカバンにある。子供たちの世話をしていると、何枚持っていても足りない。

「……すみません、ちょっと、いろいろあって」

イマイはハンドタオルで顔を拭った。いろいろって？　と尋ねようとして、礼子は思いとどまった。給水タンクの上で詩穂がそうしてくれたように、黙って待ってみた。

「ココアが死んだんです」

誰？　と一瞬思った。すぐ思い出した。イマイが飼っていた犬の名前だ。

「凄く人見知りで、俺しか散歩に連れてけなくて、だから実家出る時に東京に連れてきたんです。先月癌《がん》だってわかって、手術もしたんですが、あっという間でした。凄く苦しんで、夜もずっと鳴いてて、有給とって病院に連れていったりもしたんですが」

徹夜でゲームを買いに並んでいたわけではなかったのか。

「そっか。そうだったのか。そんな時に、私ばっかり休んでごめん」

「でも、長野さん、社内改装の件も、新人研修の件も、準備を完璧にやってくれたでしょう。僕は寝不足で、ほとんど集中できなくて、だから、ほんとに助かりました。子供いるのに、すごいなあと思いましたよ。二日有給とったのは、いよいよ面倒みられなくなって、実家の母に預けに行っていたんです。それが最後のお別れになって……」

「ゲーム旅行じゃなかったんだ。全然知らなかった。言ってくれればよかったのに」

「だって犬ですよ。長野さんだって、子供が病気になっても弱音吐かずに、涙一つ見せずにたくましくやってるのに、僕が先に泣くわけにいかないじゃないですか」

イマイの目からはポタポタと涙が落ちている。礼子ははっとした。

雨だ。

これは海の上に降る雨なのだ。自分はそこに通りかかった船なのだ。見る人がいなければなかったことになってしまう涙。それを今、自分は見ている。給水タンクの上で泣く礼子を見て、詩穂もこんな気分だったかもしれない。だから助けてくれたのだろう。

会社でも、プライドも過去の栄光も捨てて弱音を吐くことができていたら、もっと助けてもらえたのかもしれない。でも礼子は耐えてしまった。強がってしまった。だから、イマイも強がるしかなかった。一人で泣くしかなかった。

雨を見てしまった以上はなんとかしなければ。

礼子は耳からピアスを外し、ポケットに入れた。足を踏み出し、イマイの隣に座った。

「私、たくましく見える？」

「そりゃあ、凄いですよ。営業の長野さんって言ったら猛烈で有名でしたから」

「そっか、なんか笑っちゃうな。毎日テンパってばっかりなのに」

「何が大変なんですか？　聞いといたほうが、僕もサポートしやすいかも」

礼子は自分の話をした。平日は夫に頼れないこと。病児保育が一杯なこと。毎朝、二つの保育園に送り迎えしていること。そのうち一つは二駅も離れたところにあること。でも、ベビーカーで通勤電車に乗ると嫌がられるから、どんな大雨でも自転車を漕いで行くこと。

イマイは黙って聞いていたが、ぽつりと「無理ゲーだな」と言った。

「なにそれ？」

「ルール設定がめちゃくちゃだったり、厳しすぎたりして、誰もクリアできないゲームのことです。ファミコン初期のころに出回ったんです。お年玉を貯めて買ったのがそれだったりすると腹立って、ゲーム会社に電話したこともありますよ。クソゲーとも言います」

「クソって」

礼子は笑った。それじゃあゲームオーバーになっても仕方がない。

「長野さんも電話したほうがいいですよ、まずはその保育課ってやつに。兄妹が別々の園なんてどう考えても無理ですよ」

イマイは涙の乾いた目で礼子を見た。

「ゲームでも同じです。プレイする側がバグを見つけて、メーカーに報告することなんかざらですよ。そうやって業界を育てていかなきゃだめなんです」

「業界を育てるか」

そういう発想はなかった。イマイはしばらく考えてから言った。

「僕も微力ながら力を尽くします。子育てにかかわらず、家庭の事情を抱えた人が、もっと柔軟な働き方ができるように、制度を変えていく必要があるかもしれない」

総務部で長く働いているだけあって、すぐそういう所に頭が回るようだった。

「ペットのために休んだりしてもいいように」と、礼子は言った。

「そうです」イマイは大きくうなずいた。「今は少子化で、人材難なので、そうやって会社の魅力を高めていかないと、採用応募の人数だって増えないかもしれない」

ハンドタオルをきっちり畳みはじめたイマイは、前よりも少し頼もしく見えた。

「あ、ちなみに、ペット、という言い方は、愛犬家や愛猫家には好まれませんので、言わないほうがいいですよ。ココアは僕のかけがえのない家族だったんです」

「それは配慮が足りずに失礼いたしました」

礼子が冗談めかして頭を下げると、イマイは口の片端をあげて不器用に笑った。

たまには弱音も吐いてみるものだ。

これからはどんどん吐こうと思った。仕事も家事も一人で抱えこんでゲームオーバー寸前になった愚かなワーキングマザーの話が、誰かの役に立つ日が来るかもしれない。

篤正と星夏を寝かしつけてから、礼子は部屋の片付けをした。昨日と同じ労働の繰り返し。それでも、いつもよりも楽しかった。

一つ一つ、ゆっくり、か。

詩穂の言う通りだ。時流に乗るよりも、自分のペースでやったほうが、不思議と仕事は捗《はかど》る。急いで走るよりも、ゆっくり歩いた方が、周りの気持ちにも気づける。

最後に床から拾ったのは白い封筒だった。机の上にあったのを篤正が落としたらしい。

八万円が入ってるんだった。危ない危ない、と中を確認すると、便箋《びんせん》が入っていない。

た。

あれ、お金は？　慌てて引き出し、開いてみると、活字が並んでいた。

〈主婦は社会のお荷物です。この世から消えてしまえ〉

礼子は顔をしかめた。なんだ、これ。誰がこんなものを書いたのだろう。

すぐに気づいた。この封筒は村上家の郵便受けに入っていたものだ。詩穂が間違えたのだ。八万円の入った封筒は茶色かった。暗かったので礼子も気づかずに受け取ったのだ。

連絡しなきゃ。スマートフォンを手にとり、メッセージを打とうとして、もう一度、手紙の文面に目をやった。これっていわゆる嫌がらせではないか？

もしそうなら——詩穂に見せたくないと思った。ただ詩穂もそのうち取り違えたことに気づくだろう、と考えている間にスマートフォンが震え、メッセージが届いた。

〈ごめん、礼子〉

量平からだった。まだ会社にいるようだ。すぐに二通目が来た。

〈俺、鹿児島に転勤になった〉

頭をふっとばされたようだった。鹿児島って日本列島のどの辺りだっけ。足がふらついてソファに座った。これからは土日も家事を一人でやるのか。今よりも無理なゲームになる。

八万円のことも、嫌がらせの手紙のことも、すべて頭から消し飛んでいた。

第四話　囚われのお姫様

夜中じゅう、虎朗が咳をしていた。背中を丸めて苦しそうだったので、詩穂は台所に立ってタマネギをむいた。時計を見ると四時だった。クシ切りにして枕元に置く。咳にはこれが効くとレシピサイトのクックパッドに書いてあった。クックパッドには食べるものに関することなら何でも書いてある。しばらくすると虎朗の息が穏やかになった。

翌朝、昨日は苦しそうだったね、と言うと、虎朗は、覚えてない、と眠そうだった。

「じゃあ、タマネギ置いてあげたの、気づいてなかったの」

詩穂は目玉焼きの皿を並べ、小さいおにぎりを苺にくわえさせる。

「どうりですげえタマネギくさいと思った」

「蔦村医院、行ったほうがいいよ」

また一晩中咳をされたらかなわない。気になって眠れない。

「いい、もう治った」

虎朗は自分でおかわりをして、半熟の目玉焼きをのせ、かきこんでいる。箸が茶碗の底に当たってカツカツいっている。決してお上品ではないけれど、虎朗が食べているものはどんなものも美味しそうに見える。もう一杯おかわりをして味噌汁をかけようとしている。

「ちょっとやめてよ」詩穂は顔をしかめる。

「うちでしかやんないから大丈夫」

「こんなお行儀《ぎょうぎ》の悪いパパがいたら王子様と結婚できないよねえ、苺？」

苺は最近、ディズニーのチャンネルでやっている子供向けのアニメ〈ちいさなプリンセス ソフィア〉が好きなのだ。おかげでスカートばかり穿《は》いている。

「けっ、なにが王子だ。そんな穀潰《ごくつぶ》しやめとけ。苺はパパと結婚するんだよな？な？」

虎朗は娘の顔を覗きこむ。結婚しようと詩穂に言った時よりも真剣な顔をしている。

「でも、パパ、汗くさいしね」

「そういうこと教えんな」

こちらをむいた虎朗の目は据わっていた。苺が言った。

「いちご、パパとケッコンしない」

「ほら！　お前が余計なこと言うからだろうが！」

そんな怒らなくても。詩穂は次のおにぎりのラップをむいた。

「どうせあと二年か三年もしたら、苺だって幼稚園で好きな人できるよ」

聞きたくない、と耳を塞いだ虎朗に、苺が追い打ちをかける。

「パパはあせくさい」

虎朗はすっかり怒って、口もきかずに通勤用のリュックをかついで出ていった。

「いってらっしゃい」と、詩穂は玄関にむかって手を振る。

虎朗は出勤したらすぐ制服に着替える。それでも詩穂は毎朝ワイシャツを用意する。

アイロンがかかったものを着ていないと会社員に見えない顔だということもあるけれど、詩穂はワイシャツを着た虎朗を見るのが好きだった。首が太めで、肩幅の広い虎朗が一番上までボタンをとめると、これがピタリとはまる。私はこんなかっこいい人と結婚したのか、と悦《えつ》に入りながら一日がはじまることが、詩穂には大切なのだった。

「パパ、怒ってたね」

「おこってたね」

苺が笑い、そのまま前屈《まえかが》みで激しく咳をする。虎朗の風邪がうつったのかもしれない。

まったくもう、パパがちゃんとうがいと手洗いをしないから、と背中をさすってやりながら、詩穂はこの子が大きくなったらどんな人と結婚するんだろうと思った。

「王子様と結婚できるといいねえ」

苺と二人きりの昼を乗り越えるのがやっとの詩穂にとっては途方もなく遠い未来だ。苺の手がもっと小さな背中をさする日がいつか来る。そんな想像をすると目の裏が熱くなった。


蔦村医院の入り口には鉢植えの紫陽花が置いてあった。

「あお」と、苺がガラガラ声で言う。これは水色だよ、と教えたが、「あーお！」と言い張る。色の名前を覚えはじめたばかりで、頭の中にはまだ原色しか揃っていないのだ。

蔦村医院の待合室は右と左に分かれている。右は内科で大先生が担当している。左は二年前に新設された小児科だ。大学病院を辞めた息子がはじめた。もう三十五歳は過ぎているはずで、前髪に早くも白いものが混じっている。

それでも内科の常連客であるお年寄りたちからは若先生と呼ばれていた。

「ショコさん！」

靴を脱ぐのももどかしく、苺が受付に走っていった。

「あ、苺ちゃんだ」

給水機の前で手を振ってくれているのは若奥さんだ。蔦村晶子《しょうこ》という。詩穂より一つ年下の二十六歳で、子供はまだいない。週に三日、内科と小児科の間の受付にいる。

忙しい時間帯の手伝いだけなので、看護師の制服は着ていない。ノースリーブのワンピースを着ているのが、苺にはプリンセスみたいに見えるらしい。

「ようし、抱っこだ」

晶子が苺を抱きあげると、肩にかかっていたカーディガンが滑り落ちた。そんな細い腕のどこに苺を持ち上げる筋肉があるのか不思議だった。しかもピンヒールを履いて。

えへへ、と走って戻ってきた苺を長椅子に座らせていると、給水機のそばにやってきた患者のおじさんがニヤけながら、晶子のピンヒールに目をむけた。

「赤ちゃんはまだみたいね」

「そうなんです、残念ながら」

どうして年配の人たちは女の人が結婚すると靴をチェックするのだろう。

「子供いないと暇でしょう」

余計なお世話だ、と詩穂が思っていると、晶子が言った。

「桑原《くわばら》さん、その後、血圧は下がりました？　お酒は控えてますか？」

「酒控えるのは無理だね。でも薬飲めば血圧は下がるから」

「だめですよ、もっと体大切にしないと」

おじさんは鼻の下を伸ばしている。あの調子ではお酒を飲んでまた受診しにきそうだ。

内科側の長椅子で、時間を持て余すお年寄りたちの目は晶子に集まる。彼らの手には週刊誌があった。テロの脅威《きょうい》とか芸能人の不倫とか、刺激的な見出しが表紙に躍《おど》っている。

「私なんか、若い人の考えてることってわからない。うちの息子もまだ結婚しないの。もうあきらめモード。このままじゃ国が滅《ほろ》びるわよ」

　年配の女性が晶子に訴えていた。

「晶子さんみたいな結婚してる若い女の人にもっと頑張ってもらわないと」

なぜ晶子だけが頑張らなければならないのだろう。この待合室で順番を待っていると、うまく飲みこめない話ばかりが聞こえてきて、詩穂は疲れてしまう。

　晶子は忍耐強かった。どんな話にも「そうですねえ」とうなずいている。

　子供の扱いはもっとうまい。母親にさからってばかりの子も、晶子が「おいすにピッタンコしましょう」と言うと、面白いように長椅子に座った。何人もの子に同時に「トーマスすき」とか「ピアノひけるよ」とか話しかけられても、パニックにならずに受け答えしている。

「聖徳太子《しょうとくたいし》みたいだね」と、本人に言ったことがある。晶子は笑っていた。

「一応、プロですから」

　結婚する前はこの街の保育園に勤めていたらしい。月に一度の園の健康診断にやってくる若先生に見初められたのだそうだ。二人とも子供が好きで意気投合したらしい。

　なぜ知っているかというと、近くの薬局で薬剤師のおばさんが言いふらしているからだ。

「若いお嫁さんが来てくれてよかった。跡継ぎができなきゃ、この辺りのお年寄りはみんな困っちゃうの。往診やってくれるの、あそこだけだから。若先生が小児科の先生になったって聞いた時はどうなることかと思ったけど、お孫さんが内科を継いでくれれば安心」

薬を受け取りながら総白髪のおばあさんがうなずく。

「今はみんな百歳まで生きるんだから。私たち若先生の子にお世話になるのね」

「でも急がないと、年齢いっちゃうと卵子が老化するんですって。テレビで言ってたわ」

晶子の話なのに胸がきゅっとなった。二人目を産むなら焦ったほうがいいだろうか。

「今は私たちの頃と違って、みんな遅く産むからねえ」

大声で熱心に喋っている。きっと病院や薬局でしか人と会わないのだろう。

薬が出てくるのを待っている母子は他にもいて、おそらくほとんどがワーキングマザーだった。仕事と育児の両立で疲れきっているのか、みんな押し黙っている。でも心の中では詩穂と同じように突っ込んでいるのかもしれない。

もっと希望のある話をしてもらえないだろうか、と。

晶子に初めて会ったのは一年前、苺の一歳半健診で蔦村医院を訪れた日だった。

若先生は、服を脱いだ苺の体格や、足の関節の柔らかさを調べた後、元気に育ってますね、とニッコリした。そして、詩穂の顔をじっと見た。

「子育てのことを相談できる人は近くにいますか？」

「あの、はい、近所に住んでいるベテランの主婦の人に、たまに……」

当時は坂上さんしか昼間の話し相手がいなかった。

「同年代のお友達は？」

「主婦の人に全然会えなくて。今はみんなワーキングマザーなので」

「そういえば、うちに来る親御さんもほとんど働いてるなあ」

俗世間に馴染《なじ》んでいなそうな若先生につられて、詩穂は言った。

「昔の友達はみんなまだ結婚してないので、子連れで会うわけにいかないし……」

美容師時代の友達は、誘いを断ってばかりのうちに、だんだん連絡が来なくなった。

「なるべく一人にならないほうがいいんだけどな」

「はあ……」

その半年くらい前から詩穂は、このまま一人でいてはまずい、と児童支援センターにもまた足を運んでいた。〈あじさい児童公園〉も毎日覗いていた。それでも一緒に昼を過ごす人は見つからなかった。育休中の母親たちにも話しかけてはみた。彼女たちは地域で人間関係を作る気はなさそうだった。職場に戻れば同僚がいるからだろう。

診察室を出て待合室の左側に座っていると、晶子が受付を出てきて、詩穂のすぐそばにある絵本の棚の整理をしはじめた。そして苺に微笑みかけながら言った。

「私も専業主婦なんですよ」

晶子は声をひそめて、ちらりと受付を見た。

「医者の嫁はそういうものだ、って義母に言われて仕事辞めたんです」

受付には晶子のお姑《しゅうとめ》さんがいて、厳しい声で次の患者を呼んでいる。看護師らしく、白衣に身を包んでいたが、足が悪いのか立っているのがしんどそうに見えた。

「私でよかったら話聞きますよ。子育ての経験はないけど、幼児の体や心の発育のことは一通り大学で勉強しています。一歳児の保育の実地経験もあります」

あの言葉でどんなに気分が軽くなったか知れない。

しかし、晶子は詩穂と話す暇はあまりない。ひっきりなしにお年寄りたちに話しかけられている。

それに「母親失格の女優の素顔」とか「息子を東大に入れた母の献立」などという見出しが躍る週刊誌が広げられている前では、たまには一人でぐっすり寝たい、とか、ご飯を誰かに作ってもらいたい、などという弱音は喉に貼りついてしまう。

へたに子供の話で盛り上がれば、「ついに若奥さんも妊娠か」と誤解されてしまうのではないか。そんな遠慮もあって、挨拶するだけで一年が過ぎてしまった。

それにしても、あんなに急かされたらできるものもできないのではないか。

子供を作るというのは繊細《せんさい》な行為だ。たとえば、詩穂と虎朗は苺が生まれてから家族になってしまった。兄と妹のような感じで、くっつくのでさえ気恥ずかしい。虎朗も同じ気持ちなのか、めったに触れてこない。二人目が欲しいとたまに言うけれど、こんな状態でどうやったらできるのだろう、と思う。

「なんでそんなしかめ面で歩いてるんですか？」

いきなり話しかけられた。道路から顔を上げると、佳恋を抱いた中谷が、ニコニコマートの前に立っていた。買い物かごを取っている。今来たところらしい。

「あ、カレンちゃんと、カレンちゃんのパパ！」苺が飛び跳ねる。

ニコニコマートは駐輪スペースが三台しかない小さなスーパーだ。でも、たいていの生鮮食品と日用品は置いてある。駅前の西友《せいゆう》は遠いし、広すぎて苺を見失いやすい。だから詩穂はこっちに来ることが多い。

「中谷さんも、ここ、よく来るんですか？」

「いえ、よくは来ません」

中谷の目は、土日はポイント五倍、という幟《のぼり》に向けられている。

「いつもは駅前の成城石井《せいじょういしい》です。生鮮食品の質はやはり譲れないので。ただ、成城石井にはオムツが売ってませんからね」

「オムツだけ買いにくるんですね。ここ安いメーカーのやつが多いですしね」

「いえ、いつもはアマゾンの定期便で頼んでいます。うちはパンパースなどトップブランドしか使わないし、家まで届くので便利ですよ」

「へええ。じゃあ、どうして今日はわざわざこっちに？」

「それは、その……。夕方の定期便が来るまでに、二、三枚ほど足りなくなって」

ふうんと詩穂は思った。中谷も失敗することがあるのか。

「とりあえず、中に入りましょうか。ここ暑いし」

苺の手を引いてニコニコマートに入った。すぐにオムツコーナーを見つける。

「あった。佳恋ちゃんならMでいいかな？　最近はサイズの品揃えも減ってきてて、もうSは扱ってないんですよ」

「少子化ですしね」と、中谷がひょいとパッケージを取りながら言う。

「犬のオムツは扱ってるのに」

詩穂は隣のペット商品の棚を恨めしく見た。

「今や、この国では子供の数より犬猫の数のほうが多いですからね。いい加減、自分がマイノリティになっていることを自覚したほうがいいですよ」

また説教された、と思っていると、うしろから、

「ねえ」

と、声をかけられた。ニコニコマートのパートのおばさんだった。

「坂上さんって知ってるわよね？　ほら、そこの庭付きのおうちの、七十歳くらいの」

「ああ、はい、よく知ってますけど……」

「誰ですか？」中谷に問われる。

「近所の人。ベテラン主婦で、よくおしゃべりするの」

坂上さんとはこのスーパーでもよく会う。

「ちょっと困ったことになっちゃって。裏に来てもらえないかしら。娘さんに電話したんだけど、仕事中ですぐには来られないって言うものだから」

思わず、中谷と顔を見合わせる。

「困ったことって何ですか？」

「お店のものを、お金を払わないで持って出ようとしたの」

「万引き、ですか」

中谷の乾いた声を聞いて、まさかと思った。何かの間違いではないだろうか。

でも、次にパートのおばさんが言いづらそうに口にした事実はもっと重たかった。

「初めてのことじゃないのよ」


パートのおばさんに案内されたのは倉庫兼休憩室だった。

薄暗い廊下で苺を中谷に預け、詩穂は一人でその部屋に入った。

商品の段ボールが床に積まれている。そのうちの一つ、お菓子の段ボールに坂上さんが腰かけていた。灰色のスカートの上に、財布を握った手が行儀よくのっている。

「詩穂ちゃん……どうして……」

「たまたま店にいたんだよ」詩穂は隣の飲料水の段ボールに腰かけた。

「私、こんなことをしてしまったのは初めてでどうしたらいいのか」

いつもの坂上さんとは違う、憔悴《しょうすい》した姿だった。詩穂は戸惑いながらも言った。

「警察には届けないって、パートのおばさんが言ってた。お金を払い忘れただけなのに、こんな所で待っててもらって申し訳なかったって」

本当は初めてではないのだということは言わないことにした。

「私、今朝ね、風邪っぽくて、蔦村先生のとこに行ったのよ」

坂上さんが言った。

「そしたら、あそこの若奥さん、晶子さんがね、玄関のところの紫陽花の鉢植えにお水をあげてたの。綺麗《きれい》な水色の紫陽花よ」

「……うん、私も見た」

詩穂はとりあえずうなずいた。万引きの話から離れたいのかもしれない。

「でも、あんなに日当りのいいところに置いておいたら、あっという間に枯れちゃうんじゃないかしら。紫陽花は日陰の花だもの。教えてあげようと思ったんだけど、お水をあげている晶子さんの目があんまり真剣だったから、言い出せなかったの」

「次に会った時に言えばいいんじゃない？」

「でも枯れる時はあっという間なのよ。花屋で売っている紫陽花はね、わざと狭い所に閉じ込めて、大きな花を咲かせるようにしむけてあるの。広い所に植え替えてあげれば、日向でも大丈夫なんだけど。あんな狭い鉢じゃあね」

そのことが坂上さんの頭にひっかかっていて、離れないらしい。

「坂上さん、そろそろ行こう。私が家まで送るよ。苺も外で待ってるんだよ」

財布を掴む手が、ぴくりと動いた。

「娘には連絡がいったのかしら」

「……うん。でも仕事中で出られないんだって。私が家まで送るから、そこで娘さんを待とう。苺も外で待ってるんだよ」

「娘はね、四月にね、念願の部長になったの。女性では初めてのことで、今が正念場なんですって。結婚も出産もしなくていい、私は仕事を選んだんだって、あの子言ってたの。色んなものを犠牲にして頑張ってきた甲斐《かい》があったの」

自分のことのように誇らしげに坂上さんは言って、握った手を震わせた。節くれ立った手。家族のためだけに働いてきた手だった。

「家事をやる暇もないみたいで。だから私はね、週末に帰ってくるたびに、服にアイロンかけたり、ご飯作ったり、精一杯応援してきたの。あの子が家を出てからも、むこうの家に行って掃除もしたわ。そうやって一緒に頑張ってきたの。なのに……」

坂上さんは手に顔を埋《うず》めた。背中が盛り上がる。こんな年上の女性が慟哭《どうこく》するのを詩穂は初めて見た。

「私、わかるのよ。舅《しゅうと》も姑も、看取るのは、本当に、大変だった」

子供のようにしゃくりあげるベテラン主婦の背中を、詩穂はさすった。

「なのに、こんなことに、なっちゃって」

夜中に苺が目を覚ますことがある。わあっと泣き出す。そういう時は、泣き止むまで小さな背中をさすってやる。あれと同じことしかできなかった。

「娘の人生を邪魔するくらいなら、死にたい」

「そんなことにはならないよ、きっと」

それしか言えない自分が歯がゆかった。

「私もいるし、きっと大丈夫」

詩穂の腕に、坂上さんが顔を埋めた。背中をさする手が摩擦《まさつ》で熱くなっていった。


中谷は結局、坂上家までついてきた。

初期の認知症と思われる高齢女性と二歳児の面倒を詩穂さんだけで見るのは無理でしょう、などとクドクド言っていたが、佳恋と二人きりになる時間を減らしたいだけかもしれない。

玄関を開けると、ちょうど娘らしき女性がいて靴を脱ぐところだった。ニコニコマートからすでに連絡がいっていたらしい。

「詩穂さんですね。里美《さとみ》です。このたびはご迷惑をおかけしました」

里美はきれいに描かれた眉を歪めて頭を下げた。詩穂よりずっと年上だったけれど、黒く艶《つや》のある髪を無造作にまとめているのが今風だった。大きな玉のネックレスをしている。

里美は中谷を見て怪訝そうな顔をしたが、詩穂が「パパ友です」と紹介すると、ああ、と納得していた。里美の会社にも育休中の男性がいるのだそうだ。

里美が脱いだスウェードの靴に詩穂の目はいった。いつか遊びに来た時、坂上さんが玄関に座って、その靴にブラシをかけていた。娘のよ、と愛おしそうに言っていた。四十歳にもなる娘にそんなことまでするのかと、母を早くに亡くした詩穂にとっては驚きだった。

中学生の娘に磨かせた靴を履いて出勤していた父の後ろ姿が、里美に重なった。母親に何もかもしてもらってきた人に、いきなり介護なんてできるのだろうか。色んなものを犠牲にして頑張ってきた仕事はどうなるのだろう。胸の奥が不安でひんやりした。

白い紫陽花の咲いている門から出ると、

「他人の家庭に口を出さないほうがいいですよ」

こちらの心を見透かすように中谷が言った。それはわかっている。

詩穂はしゃがんで小石を拾っている苺に「行くよ」と声をかけた。

――これからはうちには来ないでいただきたいんです。

坂上さんを二階の寝室に連れていった後、里美に言われたのだ。

――母はもう小さい子の面倒を見られる状態ではないので。怪我でもさせたら責任が取れませんから。

中谷はそれをうしろで黙って聞いていた。

「心配しなくても怪我なんかしないのに。私が見てるわけだし」

来ないでくれ、と言われたことが胸にこたえていた。

「怪我云々《うんぬん》は口実でしょう」

「どういうこと？」

「わからないんですか？　実の娘からしたら、母親がよその子を孫同然に可愛がって、手まで繋いでいるなんて、複雑な気分になりますよ」

　でも、坂上さんが言ったのだ。苺と手を繋いで歩きたいと。もうすぐそういうこともできなくなるかもしれないから、と。

「里美さんは子供より仕事を選んだんだから、その辺はわりきってるんじゃないかな」

「さあ、どうでしょうか。女性は自分が持っていないものを持っている女性が嫌いじゃないですか。つねに自分が上でないと気に食わないのが女性でしょう」

「それは中谷さんのことでしょ」

　いつの間にか〈あじさい児童公園〉まで来ていた。

　苺が歓声をあげて砂場に走っていく。その背中を見つめて中谷は言う。

「いずれにしろ、あの親子の問題です。介入しないほうがいいですよ。だいたい娘の家の掃除までするなんて行き過ぎている。完全に共依存ですよ」

　ニコニコマートのバックヤードで、扉越しに坂上の話を聞いていたらしい。

「でも、その関係はもう崩れた。この先はお決まりのコースですよ。介護で仕事を辞め、親の年金で生活して、地域との繋がりも薄いので孤立、最後は思いあまって……」

　中谷は両手できゅっと絞める仕草をした。

「ちょっと、やめて」

「ありふれたケースだと言っているんです。今まではそういった事態に陥《おちい》るのは家事労働の経験に乏しい男性が多かった。でもこれからは実家頼りの女性もそうなる」

「そんなの、わかんないじゃないですか」

「いいえ、必ずそうなります」

中谷は言った。親戚に同じ境遇の人でもいるのだろうか。妙に感情的だった。

「主婦が子供に手をかけすぎたせいで、家事能力に乏しいくせに生活レベルだけは維持したいという大人が量産されてしまった。それも少子化の一因だとは思いませんか」

「中谷さんはどうしても主婦を悪者にしたいんですね」

「子供は甘やかしてはいけない。あの母子を見てその思いをさらに強くしました。さ、ここからは自分で歩きなさい」

佳恋を下ろし、砂場を指している。佳恋はじっと固まって父を見ている。

「眠くなっちゃったのかな？」

詩穂はしゃがみこんで佳恋の顔を覗いた。

「ごめんね、色んな所に連れ回したものね。……抱っこする？」

「いま抱っこしたら寝てしまいます。昼寝は一時から。この年齢から生活リズムを整えないと」

中谷は腕時計を見た。銀色のメタリックな時計で、よく磨かれている。

「昼寝の時間なんて、その日その日で適当でいいのに。幼稚園受験でもさせるんですか？」

「まさか」

中谷の顔が苦々しげに歪んだ。

「ああいうものは自己承認欲求のやり場のない主婦が打ちこむものでしょう。本人に資質があれば母親の助けなしに東大《とうだい》くらい自力で行きます。結局は本人の努力次第ですよ」

疲れる。

公園の時計を見上げたが、まだ十一時だった。空はどんより曇っていて逃げ場がない。

「やっぱり、二人目つくろう。次は男」

虎朗が帰ってきたのは一時半だった。

「なんなの、帰ってくるなり」

首からするりと抜かれたネクタイを受け取りながら、詩穂はあくびをした。

「今日、一日考えてみたんだけど、お前が俺の切ない気持ちをわかってないのは、苺が女の子だからなんだよな。男が生まれたら絶対わかるから」

まだこだわっていたのか。今日は朝からいろいろあったので、詩穂は眠かった。

「っていうか、遅かったね。忙しかったの？」

話をそらして、準備していたお皿を並べる。

「夏は恋の季節だ」

さっそくカツオのたたきを、ショウガを入れた醤油につけながら虎朗は呻いた。

「彼氏ができて忙しくなったからバイト辞めますとか、彼女と沖縄行くから一週間休みますとか、みんなあっさり……あっさり言いやがって」

虎朗は大きな溜め息をついて下をむく。そんなにシフトを回すのに苦労しているのか。

「パートに入ってくれそうな人とか、いないの？　誰かの奥さんとか」

あっという間に空になった茶碗にお代わりをよそってやりながら詩穂は言う。

「いない。そもそも奥さんが主婦の奴がいない。結婚してない奴も多いし」

「そうなんだ」

「前は苺の写真とかも普通に見せてたけど」

虎朗は少し黙って、鋭く切れ上がった目で詩穂を見た。

「あんまりいい空気にならないから、もう見せない」

「虎朗が娘自慢しすぎるんでしょ」

「みんな実家の話とかは普通にすんだけどな。お盆には帰って手足伸ばすとか、飯作ってもらってゴロゴロするとか。親の自慢はよくて、子供の自慢はなんでダメなんだろ」

詩穂は皿を重ねながら言った。

「虎朗のこと、みんな知らないんでしょ」

両親が早く亡くなったことを虎朗は人に話さない。思い出したくないのかもしれない。

「気軽に実家に帰れちゃう人にとっては、そんなのが自慢になるとは思ってないんだよ」

「詩穂はその気になれば帰れるだろうが」

虎朗は皿に箸を乱暴に置き、立ち上がると浴室に歩いていった。

「俺の気持ちはお前にはわからない」

もう遅い時間だ。早くお風呂に入らないと睡眠不足になってしまう。わかってはいたけれど、聞き捨てならない。詩穂は後を追い、肌着を脱いでいる虎朗の背中に言う。

「そっちこそ、実家があっても帰れないって気持ちなんかわかんないでしょ」

虎朗は顔だけこちらに向けて、

「まあ、みんな自分が持ってないものの話になると、冷静じゃなくなるんだな」

詩穂の目の前で浴室の扉をぴしゃりと閉めた。

言ってはいけないことを言ったかもしれない。虎の尾を踏む、という言い回しを思い出し、詩穂はバスマットの上で深呼吸した。そして扉越しに言った。

「ごめん、言いすぎた」

詩穂も母を亡くしている。でも虎朗のように突然だったわけではない。たった一週間ではあったけれど入院もしたし、話もできた。実家を出たのも自分で決めたことだ。

「虎朗の言う通りだね。私はその気になれば実家に帰れる。難しいことだけど、できなくはない」

ややあって、返事があった。

「……こっちこそ、ごめん」

詩穂はしばらく考えてから言った。

「二人目、つくる？」

「詩穂はどう思う」お湯を小さくはねる音が聞こえてきた。「苺の世話は大変か？」

「それは大丈夫。私、子育て好きだし。……でも」

年金や健康保険の負担は増える一方。教育費は高騰している。中谷はそう言っていた。専業主婦の身で、二人も子供を持っていいのだろうか。

「……俺の稼ぎじゃ足りないいか」

同じことを考えていたのか、虎朗が言った。詩穂はあわてて答えた。

「まあ、そこは私がなんとかパートして……。すぐできるとも限らないしね」

「ごめんな」

稼ぎが足りなくて、という意味だろう。

「なんで謝るの。店長にだって昇進したじゃん」

そのまま返事はなかった。詩穂はリビングに戻ってスマートフォンのカレンダーを開いた。じっと見ていると、浴室から虎朗が出てきた。

「タオル、洗濯機に入れた？」

「あ、入れてない」

「いつも床に落としたままになってます」

「悪い」

虎朗はパジャマを着ると、布団のほうへ歩いていく。詩穂はその後を追った。

虎朗はもう横たわっていた。腹がゆったり上下している。まだ寝てはいなかった。

奥に寝ている苺をじっと見ている。その傍らに詩穂は座り、虎朗の腕に手をかけた。

「なに？」

虎朗の顔が半分だけこちらをむいた。詩穂は勇気を振り絞って言った。

「今夜だったら妊娠するかもしれないんだけど」

虎朗の視線が暗闇を泳いだ。腕が強ばっているのが伝わってきた。

「……今夜は、ちょっと」

「そうですか」

腕から手を離し、詩穂は立ち上がった。

「いや、違うんだって。いやとかじゃなくて」

「ゴミ捨ててきます」

虎朗は追いかけてこなかった。ゴミ袋を縛《しば》って外に出た。梅雨明けはまだらしい。ぬるい風が吹いていた。急すぎたかもしれない。腕に触れたのも久しぶりだった気がする。

でも二人目を欲しいと言ったじゃないか。

苺はいつの間にか授《さず》かった。話し合いなんて必要なかった。一緒にいるだけで子供ができた。あの頃は何も考えていなかったのだ。

でも、苺を育てているうちに、少子化とか、高齢化とか、将来の不安とか、いろいろなものが見えてきて、否応《いやおう》なく耳に入ってきて、二人の間にはさまってしまった。

坂上さんの家にも行けなくなってしまった。同年代の主婦だけでなく、弱音を聞いてくれたり、相談に乗ってくれたりする先輩主婦までいなくなってしまう。

大丈夫だよ、と背中を押してくれる風はいつまでたっても吹かない。

いや、それだけじゃないか。空を見上げると雲から星が覗いていた。チカチカ瞬いている。詩穂は手を伸ばす。あまりに綺麗で、透き通っていて、たまに指で触れたくなる。

虎朗にとって自分はもうああいう存在ではないのだ。

それに気づいてしまった。やっぱり詩穂は今でも虎朗が好きなのだ。二人目をつくるとかつくらないとかの前に、自分に触れたいと思ってほしかった。愛されていることはわかっている。でも、それだけではいやなのだ。たとえ少数派になっても、この人と二人目の子を育てていきたいという強い気持ちが欲しかった。私は欲張りなのだろうか。ワガママなのだろうか。

　部屋に戻ってみると虎朗はぐうぐう寝ていた。あのやりとりの後によく寝られる。パジャマの半ズボンから出ているふくらはぎを、もう、と軽く叩いた。

「いたっ」

　と言ったきり、虎朗は呑気に眠っていた。


　翌朝、スマートフォンに中谷からメッセージが入った。今日は公園には行けません、という連絡だった。理由は書いていなかったが、佳恋が熱を出したのかもしれない。

　窓を開けると、太陽はすでに高く上がっていて、気温も高かった。

　苺はまだ少し咳をする。午前中はゆっくり屋内で過ごすことにして、昼前にニコニコマートに買い物に出かけた。その帰りに郵便局の前を通りかかった。

「ショコさん！」

　苺がぴょんぴょんと飛び跳ねた。

見ると、晶子が紫陽花の鉢植えを持って、花屋から出てきたところだった。

「苺ちゃん」と、手を振っている。「詩穂さんも」

「あじさい、かれてるね」

「あ、ほんとだ」

苺の言う通り、鉢植えの紫陽花が萎れていた。萼が乾いて、茶色くパリパリになってしまっている。昨日まで瑞々しかったのに一気に年を取ったように見えた。

「日向に置いてあったのがいけないんだって。本来は日陰の花だからって」

坂上さんの言う通りだ。本当にあっという間に枯れてしまうのだ。

晶子は鉢を抱きしめている。

「私みたいな無知な女が買ったから、可哀想なことしちゃった」

「坂上さんが言ってた。日陰に置きなさいって教えてあげればよかったって」

「坂上さんって広い庭の家に住んでる人？」

「そうそう。植物の世話が得意なんだよ。知ってる？」

「前に、内科が空いてる時にね、こっそり声かけてくれたことあるの。大変なところにお嫁に来ちゃったわねえ、って言われてびっくりしちゃった」

晶子がおかしそうに笑った。

「私の実家は下町の和菓子屋さんで、家もちっちゃくて。それがいきなり老舗医院の若奥さんだもの。玉の輿だねとか、シンデレラみたいとか、言われてばっかりだったから」

「まあ、住んでるマンションも凄いしね」

晶子は蔦村医院の裏手の高級マンションに住んでいる。外から見えないけれど、ゲストルームやバーベキューができるテラスもあるらしい。それも薬局のおばさんが言っていた。

大先生夫婦は蔦村医院の敷地内にある邸宅に住んでいる。外車が二台停まっている駐車場からは、息子夫婦の住む部屋の窓が見える。この話には薬の順番を待っていたお年寄りたち全員が溜め息をついた。それだけ近ければ何かあっても安心よね、と。

詩穂には舅姑がいないので嫁の苦労はわからない。でも、

「ちょっと近すぎる気もするけど」

というのが正直な感想だった。夫婦の生活が筒抜けではないか。

「まあ、しかたない。結婚した時にはもう買っちゃってたから」

晶子は微笑んで、足にまとわりついてきた苺を抱っこした。

「あれ、蔦村さんとこの。……どこ行くの？」

花屋の隣の、クリーニング店から店長らしいおじさんが出てきた。

「こんにちは。その後お加減はどうですか？　薬飲んでます？」

「飲んでる飲んでる。晶子さんはこれからお友達とランチ？」

「いえ、花屋に来ただけです。じゃあ」

晶子は苺を抱いたまま歩きだした。向かう方向はしばらく同じだったが、すぐに自転車に乗ったおばあさんに呼び止められた。サンバイザーを深くかぶっている。

「晶子さんじゃないの。どこ行ってきたの？」

「ちょっと花屋さんまで」

「この前、駅で見たのよ。綺麗なかっこして。どこ行くところだったの？」

「美容院です」

「どこの？」おばあさんはなかなか解放してくれない。

麻布《あざぶ》です、と晶子が答えると、そんな遠くまで、と驚いている。

「昔から担当してくれてる人が麻布に移ったので」

「でも、まあ、そんなことができるのも赤ちゃんができるまでのことだものね」

自転車を漕いで去る前に目が晶子のお腹にむいたのがわかった。詩穂は思わず自分のお腹を触る。自分も知らないうちに誰かから思われているのだろうか。早く次の赤ちゃんを、と。

「……いつもこんななの？」

再び歩きはじめながら詩穂は尋ねた。晶子はうなずいた。

「うちの患者さんなの。だいたい風邪とか生活習慣病とかだから、普段は元気な人が多くて」

「私だったら、あんなの疲れちゃうな。いつも見られて、話しかけられて」

「年を取ると話し相手がいなくなってしまうんですって。家の中で塞ぎこんでしまって、そのまま寝たきりになる人も多いし、できるだけ相手をしなさいって義母が」

「でも、どこ行くのって、ちょっとうるさいよね」

「義父にも言われてるの。どんなにしっかりしてても、六十五歳以上は老人だって。心も弱ってくるし、年を取ると嫌なことばかり記憶に残るようになる。あんたが子供にそうするのと同じで、優しくしてあげなければだめだって」

「でも、子供は麻布の美容院行ったくらいでチクチク言わないよ」

「しかたがない。お年寄りは昔から若者にうるさいものだから。結婚しろとか子供を産めとか言うものだから。挨拶代わりみたいなものだって思ってる」

そうなのかもしれない。でも昔に比べて高齢者は爆発的に増えている。

テレビを見ていると、地方に住むお年寄りはみんな顔見知りで、集まる場所があって、おしゃべりに花を咲かせている。あれはあれでつきあいが大変なのかもしれないけれど、みなよく笑っていて楽しそうだ。

それに比べて、道ですれ違っても挨拶もせず、無表情で歩いている都会のお年寄りを見ていると、あの人たちの抱える暗い思いはどこへ吐き出されるのだろうと心配になる。

結果、この街の残り少ない専業主婦、蔦村医院の若奥さんに集中豪雨のように降り注いではいないだろうか。

「お年寄り同士だと気が滅入っちゃうから、若い人のほうがいい、っていう人も多いの」

「それは私も同じだよ。私だって晶子さんと話したい。たまには若い人だけで話したい」

茶色く枯れた紫陽花の鉢植えを詩穂はにらんだ。

「今のお年寄りが若かった頃は、テレビもラジオも若い人のものだったんでしょう。この街だってどこ見ても若い人ばっかだったんでしょう。なのに、私たちはどこ見てもお年寄りばっかり。言ってもしょうがないのはわかるけど、でも、なんか不公平」

一気に言うと、晶子は目を見開いた。

「詩穂さん、そんなこと考えてたんだ」

「晶子さんだって考えてるでしょ」

「まあね」

晶子はくすりと笑った。

「ここだけの話、義父の診察室の窓からマンションの玄関が見えるの。だから外出するたびに、どこ行ってたのってよく訊かれて……。深い意味はないってわかってはいるんだけど、伊勢丹《いせたん》に服買いに行ってましたって正直に報告したら、服なんかそこの西友で買えばいいじゃないかって言われてしまった。なんかこう管理されてるようで」

「おじいさんのくせに服のことなんか言ってくるんだ」

大先生は服装に構わない人だ。白衣の襟元から覗くシャツは駱駝《らくだ》色だった。

「私だって、元美容師だし、若いし、そこそこのセンスはあると思うけど、それでも晶子さんのファッションに口出しなんかできない。図々しいよ」

晶子は吹き出した。

「だめだよ、そんなこと言っちゃ。義父は自分では若いつもりだから」

だったら、もっと楽しい話をするとか、趣味に没頭するとかして、本当に若々しくいてくれればいいのに。

坂上さんはそういう人だった。つねに自分を初々《ういうい》しく保っていて、次々に新しい植物を育てることに挑戦していて、だから詩穂は坂上さんをお年寄りだと思ったことがない。

中谷は里美を「甘えている」と言ったけれど、詩穂も気持ちの上では坂上さんにどっぷり甘えていた。いつまでも若いままでいてくれると思っていた。

「ありがと、詩穂さん。久しぶりに笑った。でも私は大丈夫。フェイスブックとかインスタグラムとかで、大学時代の友達とも繋がってるし。そこなら義父や義母の目も届かないし」

学校の教室でこっそりお菓子を食べる時のような顔をして、晶子は言った。

「そっか、だったらよかった。これからもたまにお年寄りの悪口言おうね」

「いいのかな、そんなことして」

「いいんだよ。たまにはストレス解消しないと、参っちゃうよ」

昔の主婦だってそうしていたはずだ。井戸端会議で舅や姑の愚痴を言って、うまくガス抜きしていたはずなのだ。今の主婦がやっていけないわけはない。

「そうだ、詩穂さんはSNSやってないの？　やりましょうよ」

ネットは苦手だと詩穂が言うと、晶子は教えてあげると言った。

「あそこはまだ、若者が自由にふるまえるところだから」

ううん、と乗り気でない詩穂の手を、苺がひっぱった。

「おばあちゃんちだよ」

いつの間にか坂上家の前まで来ていた。

庭には誰もいない。いつもならこの時間、坂上さんはつばの広い帽子をかぶって、お昼ご飯に使うミニトマトやクレソンを、庭の隅につくった菜園で収穫している。詩穂たちを見かけると、「ちょっと寄っていらっしゃいよ」と、麦茶を出してくれる。

「坂上さん、認知症かもしれないんだって」

詩穂が言うと、晶子は驚いた様子もなくうなずいた。もしかしたら昨日、里美が蔦村医院の内科に連れていったのかもしれない。

「坂上さん、たまに私にこっそり話しかけてくれるの。お嫁に来たばかりの頃は同居のお姑さんの目が怖かったんだって話もしてくれた。子供はまだか、このままじゃ家が滅びる、って毎日のように言われたんだって」

「へえ、そうだったんだ。初めて聞いた」

「当時は子供ができないのは女のせいだって風潮で、しかも妻は機嫌がいいのが一番だっていうのが口癖の旦那さんだったから、愚痴も言えなかったたって。夜に、門を閉め忘れたかもしれないって言い訳して庭に出て、暗い場所でそうっと泣いてたんだって」

詩穂は門を見た。今、そこには真っ白い紫陽花が咲いている。

「でも、今はお姑さんの気持ちがわかってしまうって言ってたよ。今まで、何人ものお嫁さんが自分の人生を犠牲にして継いできたのに違いないものをね、自分の代でおしまいにするんだって思い切るのは簡単なことじゃないって。……だから許してねって言われた。年を取った人が自分の願いを止められないのを許してあげてって」

ふいに胸がしめつけられた。

詩穂も苺が子供を持つ日のことを想像してしまうことがある。

この命が子供へ、さらにその孫へ、引き継がれていくのだ、と思わなければ乗り越えられない昼がある。坂上さんも、待合室のお年寄りたちも、そうだったのかもしれない。

「坂上さん、子供を持って一人前よ、って娘さんに言ってしまったことがあるんだって。凄く後悔してるって言ってた。あの子の人生はあの子のものなのにって」

いつか自分も苺に同じことを言ってしまうかもしれないと思った。だめだとわかっていても抑えられないかもしれない。それがきっと年を取るということなのだ。心の色々な部分が弱っていて、もうその頃には、自分ではきっと止められない。

坂上さんが里美の選んだ人生をやりすぎるくらい応援しているのは、そういう負い目があったからなのか。

晶子はしゃがみこんで苺の頭を撫でた。

「私、不妊治療もしてるの」

「……そうなんだ」

そうなんだろうと思っていた。夫婦ともに子供が好きなのだから。

「私にも夫にもはっきりした原因がないんだって。ストレスかもしれないって。……人間も動物だから、いま産んだら大変なことになるって思うと、無意識のうちに妊娠を避けるのかも」

茶色く枯れてしまった紫陽花の鉢に目を落として、晶子は言う。詩穂もしゃがみこんだ。まだ瑞々《みずみず》しさが残っているほうの萼を触る。

「広い所に植え替えてあげれば、日向でも大丈夫だって、坂上さん言ってたよ」

「そっかあ。でも、うちのマンションには庭がないからなあ」

太陽の下でたくましく咲く、坂上家の白い紫陽花を、晶子はまぶしそうに見上げた。

翌朝、苺の咳はまた強くなっていた。様子が変わったらまた来てくださいねと若先生に言われたことを思い出し、気温が下がる夕方になってから蔦村医院に連れていく。

「昨日は様子見ようって言ったけど、ひどくなってるね。咳止め出しておきましょう」

若先生は処方箋を書きながら、詩穂をちらりと見た。

「お母さんのほうは大丈夫ですか？」

「私は咳ないです」

「いや、一年前に言ってたから。子育ての仲間がいなくて一人だって」

一歳半健診で言ったことを覚えていてくれたのか。柔らかい気持ちになった。

「今は一人ではないです。パパ友ができたし、育休中の人で」

パパ友かあ、今風だなあ、と若先生は感心している。あんまり今風今風と言うと、老けて見えるからやめたほうがいいと思った。

「それに、ここに来るたびに、晶子さんが苺を可愛がってくれるし」

「ああ、そういや昨日、晶子の話を聞いていただいたそうですね。助かります」

若先生は内科の診察室のほうへちらりと目を向けると、声をひそめた。

「僕にはうちの両親の愚痴は吐けないですもんね」

あなたのお父さんのファッションセンスについて盛り上がりました、なんて言えない。

診察室を出て、苺の鼻をティッシュで拭いてやっていると、

「晶子さんってあまり更新しないのね」

やたらと大きい声が内科側の待合室から聞こえた。診察を終えたらしい年配の女性が、週刊誌のラックを整理している晶子に向かって言っている。

「先週、大学のお友達と六本木のレストランに行ってらしたでしょう。フェイスブック、見たわよ。晶子さんの名前、探したらあったから、毎日見てる」

雑誌のラックから顔を上げた晶子の顔は白かった。

「あれは……ゼミの恩師の定年退職祝いで」

「あなたのフェイスブックはあまり投稿がないから、お友達のほうを辿《たど》っていったら、晶子さんがレストランで映ってる写真が出てたの。コメントのやりとり見てるだけで華やかな気分になるわ。次は白金《しろがね》のレストランにしようなんて話していたわね」

そこまで見られてしまうのか。あそこはまだ若者が自由にふるまえる場所だと言っていた晶子の伸び伸びしていた顔を思い出す。

「友達にならないと見られない非公開の投稿もあるんですって？　晶子さんも公開してないのかしら。リクエスト送ってもいい？」

「あの、あれは、友達同士でやってるものなので……」

「あら、私なんか娘や嫁とも友達よ。……ねえ、奥さんも見たことある？　お嫁さんのフェイスブック」

診察室から出てきたお姑さんに、年配の女性は言う。

「フェイスブック？　知らないけど、晶子さんやってるの？」

「今は私の周りもみんなやってるわよ。もう若い人だけのものじゃないの。……ほら、これよ、これが孫。これが嫁。これが嫁の友達。ちょっとケバいでしょう」

年配の女性はスマートフォンを出し、お姑さんに見せ、次に晶子の前にかざす。

「赤ちゃんの写真を見ると、授かりやすくなるらしいわよ」

いつの間にか、待合室は静まり返っていた。詩穂は小児科側を見た。長椅子に座っている母親たちは、自分の子を見るので精一杯だった。それでも聞き耳をたてているのがわかる。

どうしよう、苺。詩穂は娘の手をぎゅっと握った。あなたの大事なプリンセスを助けなきゃ。心の中で語りかけて、小さく息を吸ってから、口を開いた。

「晶子さん、ここから出よう」

白い首筋がぴくりと動き、美しい横顔がゆっくりこちらをむいた。

「早く、靴履いて、行くよ」

詩穂の声は自分で思っているより大きかったらしい。晶子はお姑さんの白衣に迷うように視線を動かした。隣の年配女性は何がなんだかわからないという顔をしている。

詩穂は苺に靴を履かせ、自分も履いた。

誰も悪くない。少子化も、高齢化も、専業主婦が少なくなるのも、誰のせいでもない。

でも、こんな狭い鉢の中に、この強がりのお姫様を一人でいさせるわけにいかない。

もう一度、声をかけようと思った時、

「ショコさん、いくよ」

苺が命令するように言った。いつもの詩穂の口調をまねしている。

「くつ、じぶんで、はいて！」

それを聞くと、晶子はぐっと唇を噛み、決意を固めたようにスタスタと歩いていき、小児科の診察室のドアを開けた。

「修司《しゅうじ》さん、ちょっと出てくる」

戻ってきて、靴箱からピンヒールを出して履く。その背中に、お姑さんが尋ねた。

「晶子さん、あなた、どこ行くの？」

立ち上がった晶子は待合室をぐるりと見渡して言った。

「どこへ行こうと私の自由です！」

詩穂は苺を抱きあげた。晶子が重い扉を開けてくれ、三人は外に出た。

「勢いで出てきちゃったけど、どこ行こうか？」

詩穂は言った。まだ胸がどきどきしている。

「とりあえず、実家に帰る」

晶子は玄関脇の、木陰から紫陽花の鉢植えを取り出した。持っていくつもりらしい。

「実家いくんだ」

「少し頭を冷やそうと思う」

晶子は唇を嚙んで、胸に抱えた紫陽花に目を落とした。昨日よりは葉がシャキッとしていたが、茶色くなった萼は元には戻らないだろう。

「私、さっき笑えなかった。自分で思ってるより参ってるみたい。……もう子供が欲しいのかどうかもわからなくなっちゃった」

泣きそうな顔で微笑み、苺をじっと眺めている。

「電車賃だけ貸してくれない？　財布置いてきちゃった」

お金を渡してもいいものか、と動悸《どうき》がしてきた時だった。

「よいしょっと」

うしろで重い扉が開き、赤ちゃんを抱っこ紐で胸にくくりつけた母親が出てきた。スーツを着ている。たぶんワーキングマザーだ。晶子を見つけると、

「あ、まだいた！　よかった。言いたいことがあって追いかけてきたの」

と、近寄ってくる。

「いつも思ってた。あなたは自分の適正な価値がわかってないって」

「価値？」

晶子がこっちを見たが、詩穂にも意味がわからない。

「だってあなたが出ていって困るのはあなたじゃないでしょ。……私こういうものです」

母親は名刺を差し出した。弁護士、とある。

「ぜひ、ここにご連絡を」

離婚訴訟という文字が印刷されている箇所《かしょ》に、晶子の目も詩穂の目もいく。

「ああ、違います。そっちじゃなくて」

母親は顔の前で手を大きく振った。

「うちの事務所、社員向けの託児所があるんだけど、保育士さんが不足してて。ここだけの話、公立の保育園よりも高いお給料出します。あなたみたいな優秀な女性が、お年寄りの精神的ケアを無料でさせられてるなんて社会の損失だと思うんです」

「はあ……」

「離婚の相談にも乗れますけど、とりあえず外で働いて経済的自由を得るほうが先でしょう?」

母親は忙しくベビーカーを開き、赤ちゃんを乗せると、すばやく方向転換した。そして、言い忘れた、と首だけこちらに向けた。

「いつだったか、私が具合悪かった時、順番が来るまで、この子を抱っこしててくれたでしょう。あの時は救われました」

「そんな、あんなの、たいしたことじゃ……」

「ここに来てるお母さんたちは、みんなあなたの味方ですよ。じゃ!」

そう言い残し、女性は小雨の降りはじめた街を大股でベビーカーを押して歩いていく。

「あっという間にいなくなったね」

晶子はあっけにとられた顔で名刺を見つめている。

ついこの間、給水タンクの上で、「主婦は会社で言えば総務部だ」と言われたことを思い出して、詩穂は口が緩んだ。

「かっこいいこと言ってたけど、結局のところ、お年寄りのためじゃなくて、自分たちのために働いてってことだよね」

「そういう感じでしたね」

みんな家事を手伝ってくれる人を血眼《ちまなこ》で探している。

「私に出ていかれて困るのは私じゃない、か」

晶子は名刺をしばらく見た後、ポケットに大事そうにしまった。

「そっか、もうどこにも行けないのはお年寄りたちのほうなんだ」

そして、紫陽花の鉢を抱いたまま歩きはじめた。どこへ行くのかと思ったら、医院の隣の大先生夫婦の邸宅の庭にズカズカ入っていく。門のそばに鉢植えを下ろした。

「詩穂さん、苺ちゃん、手伝って」

晶子のよく磨かれた爪が土を掘る。力強い手つきだった。保育士時代は子供たちと庭遊びをさんざんしたのだろう。小雨で髪が濡れても気にしていない。苺も手伝うと言ってきかないので、詩穂はレインコートを着せた。

「これだけ土があればたくましく生き返りますよね」

「ここに植えるの？」

蔦村家という表札の門を眺めて詩穂は尋ねた。

「出ていくのはいつでもできるってわかったから」

根元に土をかけてぎゅっと押すと、晶子は土だらけの手で額の雨粒を拭った。

「私もこの家の養分たっぷり吸ってたくましい嫁にならなきゃ」

立ち上がり、しっとりと濡れはじめた紫陽花を見下ろしている。

「子供をつくるのはとりあえず先に延ばす。それよりも待合室の週刊誌を捨てるほうが先。代わりにガーデニングと旅行と釣りと山登りの雑誌にする。あと栄養士さんを呼んで生活改善の教室をやる。この家のリビング広いからヨガ教室もやろうかな」

「晶子さんが、それ、全部やるの？」

「私、保育園で食育指導もしていたし、リトミック教室の企画もやってた。そういうのけっこう好きなの。それに百歳まで生きるつもりなら健康でいてもらわなきゃ。そうあ、そうだ。お義父さんも年だし、そろそろ車は売ってもらって、そのお金で伊勢丹メンズ館でおしゃれな服買ってもらって、空いた駐車場に病児保育の施設もつくったらどうかな。子育て経験のあるお年寄りにも手伝ってもらって、暗いワイドショーなんか見る時間なんてあげないの」

晶子は強い目をして言った。

「年を取っても同年代の友達がいっぱいいて、新しいことにどんどん挑戦して、遠くの美容院に出かけるくらい元気になって、そんな世の中を高齢者の人みんなで作ってもらう、私に子供を産んでほしいなら、あの人たちにも頑張ってもらわなきゃ」

苺。

詩穂は土だらけの手をスカートにこすりつけている娘を眺めた。イマドキのプリンセスになるのは大変だよ。いざとなったらお城を乗っ取るくらいのバイタリティが必要なのだ。

「まあ、どんなイケメンの王子様も、三十過ぎたら汗くさくなるしね」

「……誰が汗くさいの？」

晶子が首をかしげた。パパだよ、と苺が大きな声で答えて笑った。

晶子とはそこで別れた。門から出て、苺の手の土を拭いてやっていると、

「苺！」

と声がして、ふりむくと虎朗だった。今朝詩穂が用意したワイシャツ姿で、背中を丸めて近づいてくる。外で見てもやっぱりワイシャツが似合う。

「パパ！」

大喜びしている苺を抱きあげて頰ずりしている。思わず訊いた。

「なんで、こんな早く帰ってきたの？」

「今日は人手が多いから早退してきた」

「ふうん」昨夜のことがまだ胸に残っている。詩穂が黙って歩いていると、

「早く帰ってきちゃ悪いのかよ」

虎朗は拗《す》ねた声を出す。そこへ父に抱かれた苺が言う。

「おてて、つないで」

しかし、虎朗が苺の手を握ると首を振る。詩穂が手を伸ばしても首を振る。

「ママと、パパが、つなぐの」

虎朗と顔を見合わせる。二人とも苦笑いする。子供は両親が仲良くしているのを見るのが好きだ。

「えー、どうしようかな」

手なんか二年は繋いでいない。ためらっている詩穂の手を、「苺の命令だ」と虎朗が摑んだ。それでも恥ずかしいようで手がモジモジしている。互いの顔を見られなかった。

「高校生でもこんなことしねえよな」

虎朗が居心地悪そうに言う。

「ほんとだね」

苦笑いしたその時、どこかから視線を感じた。まただ。最近こういうことがよくある。立ち止まって見回す。夕方の住宅街は昼間よりも人が多い。誰かはわからない。

「行くぞ」

握った手を引っ張られた時、ポケットでスマートフォンが震えた。

「あ、ちょっと待って。……集中豪雨が来るのかも」

手を振りほどいて画面を確認する。集中豪雨のアラームではなかった。礼子からのメッセージだった。詩穂は思わず「えっ」と声を上げた。

〈私、会社辞めることにした〉

あの礼子が会社を辞める。

「何があったんだろう」

すぐには信じられず空を見た。小雨が降り続ける空に夕闇が訪れていた。

第五話　明るい家族計画

「いっそのこと、別々に子づくりしよっか？」

妻の樹里にそう言われて、中谷達也は計画書から顔を上げた。

「別々って？」

二人目をいつつくったらベストか、という話し合いの最中だった。

「まずは達ちゃんが一人で精子を採取するでしょ。で、それをバイク便かなにかで私のオフィスに送ってもらって、スポイトかなにかで……注入？」

中谷は黙った。しばらく樹里の言葉の意味を考えた後、確認する。

「ジョークだよね？」

外資系に勤めている樹里は何かにつけて日本人離れしたことを言う。前例主義で固められた霞が関で働いている中谷にとっては、どこまで本気なのかわからないことが多い。

だって、と樹里はふわふわした髪をかきあげる。目鼻立ちがはっきりしているのと、名前が外国人風なので、ハーフですかと尋ねられることが多いが、純日本人だ。

「疲れて帰ってきて、やっとリラックスタイムって時に、こんなもの見せられたら、ジョークの一つも言いたくなりますって」

テーブルには、中谷が綿密に練った家庭運営のための計画書が置かれている。

「来年の六月から半年の間に妊娠することが必須、って言われても、私、その時期たぶんすごく忙しいし……」

あくびをしている。夕飯を食べ終わり、スマートフォンでテレビドラマを見ながら、ビールを飲もうとしているところを、邪魔されたのが気に食わないのだろう。

しかし、中谷からすれば、この時間以外に樹里と話すチャンスはない。

「そうだろうと思ったから早めに提案してる。今から計画しておけば、その時期のスケジュールをなんとかして、受精可能時間に家にいられるよう調整可能だよね？」

樹里は四月に職場復帰して早々、海外を飛び回っている。

彼女の勤め先はベンチャーキャピタルだ。新興企業に投資して利益をあげる会社で、樹里は日本支社のＣＥＯについているアソシエイトだった。課長と係長の間くらいのポジションらしい。

今月末は西海岸へ出張し、帰ってきてすぐドバイへ行くと告げられている。

CEOは中国系アメリカ人で、日本の法律に従い、樹里に一年の育児休業をしぶしぶ許したが、復帰後は出産前と同じ働き方を求めた。外資系は上司に嫌われたらクビだ。

しかし、日本ほど子育てしながら働く環境が未整備の国もない。急ピッチで保育園のハコだけは建てているが近隣住民の反対にあうケースも多い。そもそも保育士が集まらないらしい。この国が保育という重労働に対し、低い対価しか与えないからだ。

預ける親の負担も、日本では大きい。登園時には着替えや一枚ごとに名前を書いたオムツをどっさり持っていき、帰りは洗濯物や使用済みのオムツを持って帰る。

家事が重労働だという認識が社会全体でシェアされていないのだ。少子化が深刻だと騒ぎながら、自分にその負担が及ぶとなると他人事と決めこむ輩《やから》も多い。

ともかく、この国の制度に従っている限りキャリアアップは無理だ、という結論に樹里は達したらしい。幾度となく、夫婦で話し合いを重ねた。

お互いのキャリアを最大限尊重する。それが結婚した時に二人が結んだ協定だった。

女性は出産前後しばらく働けない。キャリアアップには圧倒的に不利だ。だったらその後の負担は男性が進んで負うべきではないか。

イクメンなどと名乗りながら、結局は手伝いに毛が生えた程度で、家事タスクの全体量すら把握できていない――同世代の共働きの男のほとんどはこれだが――自分はそんなキャパシティの狭い男ではない。ただし今の部署も激務だ。霞が関の窓から灯りが消えることはない。子供の熱のたびに休みを取るのはどう考えても無理だった。

検討に検討を重ねたあげく、中谷は二年の育休を取得することに決めた。

人事部に根回しして、働き方改革のモデルケースとして活用してもらうようにかけあった。そうなれば今の役職からも外しにくくなる。幸い、これまでの仕事の実績が評価され、メディアにも取り上げられた。インタビューにはこう答えた。

――いずれこの経験が、国交省の使命である社会関係資本などのインフラストラクチャーの整備といった仕事に生きるでしょう。

同僚たちは冷たい目をしていた。蹴落《けお》とし合うことばかり考えている輩だ。今のうちにせいぜい這《は》い上がっておけばいい。復帰したら追い抜く。

できれば二人目もキャリアに支障がないように誕生させたい。そのためには、二年後に復帰する中谷と交替で、樹里に二度目の育休に入ってもらうのが最も効率がよい。だから、計画書を作ったのだ。あらゆる可能性を考慮し、用意周到に練ってある。

しかし、説明すればするほど、樹里は憂鬱《ゆううつ》そうな顔になっていく。

「こればっかりは、コウノトリのご機嫌次第だからなあ」

復帰してまだ二ヵ月ということもあり、先のことはまだ考えたくないのだろうが、ぼんやりしていては時機を逃してしまう。樹里はすでに高齢出産の域に入っている。

中谷は粘り強く、イマドキの明るい家族計画について説いた。

「コウノトリを味方につけた者のみが、キャリアを守ることができるんだよ」

「制度に振り回されて子づくりってどうなんだろう。息苦しい国だね」

「どんな国にも制度はある。その中でいかに利口に立ち回るかだ。だいたい二人目が欲しいって言ったのは樹里だよ」

言ったけど、と樹里はあきれたような、悲しそうな顔で、中谷をじっと眺めた。

「……私はなんか違うと思う。ちょっと佳恋の顔見てくる」

「逃げるのか」

「そうじゃなくて、正気を取り戻したい」

樹里はビールのグラスを置いたまま、寝室に歩いていく。

どういう意味だ。グラスを洗って戻ってくると、樹里の上着が床に落ちていた。小さく溜め息をつきながらハンガーにかけ直す。

しばらくすると、樹里は頬を手で包みながら寝室から出てきた。

「見てきた。いやー、なんで私たちの娘、あんなに可愛いんだろう」

「そうだろうか」思わず言った。「甘えてばかりで、まるで自立心が見られない」

娘の顔を見ると重圧しか感じない。日本語が通じない。すぐ泣く。なんでもこぼす。非効率の塊だ。こんな思い通りにならない生き物を、将来バランスシートを読んだり、ビジネス開発をしたりできるように育てられるのか、自信が持てなかった。

「まだ一歳だよ。自立なんかするわけないじゃん」

樹里は化織のシャツを脱ぎながら、浴室に歩いていく。目の前で脱ぐなよ、と言いたい気持ちを飲みこむ。夫に女として見られたいという気持ちはないのか。天真爛漫《てんしんらんまん》すぎる。

「躾《しつけ》は最初が肝心だから」

「日本式の躾で育てる弊害を考えてみた？　スティーブ・ジョブズは日本でもたくさん生まれていた。ただし大人になる前にみんな叩き潰されてしまったって言うよ」

パタンと扉が閉まる。今夜はここで夫婦ミーティングは終了か。

海外企業と一歩も引かずに交渉することに慣れている樹里と議論をしても勝てない。むこうは五歳も年上で、出身大学の世界ランキングも上だった。

別々に子づくりしたほうが効率的か。冗談ではなく、まじめに考えてみてもよいかもしれない。

経済的に余裕があっても二人で過ごす時間がないという共働き夫婦はたくさんいる。セックスという面倒な手段を排してしまえば、少子化もマシな方向に向かうかもしれない。そこまで考えて、中谷は目を押さえた。

樹里の言う通り、自分は正気を失っているのかもしれない。

何もかも一人で決めて誰の助けも借りずに生きてきた。樹里と利害がかちあう時は話し合いで解決してきた。なのに育休に入ってからは思い通りにならないことばかりだ。

正直な話、家族のためにする家事がここまで精神的にきつい労働だとは思っていなかった。

午前中は室内で佳恋の遊び相手をして過ごし、昼ご飯を食べさせ、昼寝をさせ、目覚めたらベビーカーに乗せて、駅前の成城石井で買い物をする。夕飯をつくり、佳恋と一緒に風呂に入り、もう一度寝かしつける。

育休に入ってから二ヵ月というもの、毎日がその繰り返しだった。

夜は寝かせるまでに平均で一時間から二時間はかかる。目を閉じて大人しくしていれば眠れることは自明の理なのに、幼児は目を開けて抵抗する。

早く寝てくれ、と祈るように思う。佳恋が起きている間は何一つ生産的なことができない。

　三十分かけて畳んだ洗濯物は崩され、ニンジンをすりつぶして入れたパンケーキは床にたたき落とされる。その破片はまだ床に散らばっている。部屋が少しでも散らかっていると心がチリチリする。

　同じ部署に、中谷がひそかに心の中で「難癖クソ野郎」と呼んでいる上司がいる。いかに完璧な施策をつくっても難点を見つけてやり直しさせる。それが自分の仕事だと勘違いしている奴だ。年度末にそれをやられた時には落としても壊れないことが売りらしいノートパソコンの角で頭をかち割ってやりたくなった。もちろん自分は理性が勝つタイプなのでやらないが。

　しかし、佳恋がニコニコ笑いながら、そのノートパソコンのコードを引っ張り、テーブルから落としてモニターが割れた時には、言葉にならない声が口から漏れた。

　幼児は猛スピードで成長する。昨日までパソコンを置いておいても安全だった場所は、今日はもう安全ではない。毎日予想外のことが起き、神経が灼《や》けるようだった。「難癖クソ野郎」と過ごす日々のほうがはるかに楽だ。まず日本語が通じたし、少なくとも破壊的行動はしなかった。たまにだが冗談の応酬もできた。

　足に落ちてきたパソコンが当たったらしく、佳恋はひどく泣いていた。痛かったのだろう。自業自得だ。物を落としたら危ない。そのことを体で覚えたほうがいいのだ。

中谷は放ったままモニターの破片を拾い集めた。もう一つ、もう一つ、と拾いながら、昼ご飯はオムライスにしようと考えた。しかし、待てよ、と思い直す。

オムライスは昨日つくったんじゃないか？　いや一昨日もオムライスだった気がする。

毎日、同じことの繰り返しだ。なに一つ前に進んでいる感じがしない。

同じ一日を永遠にタイムリープしているのではないかという気さえしてくる。

いやいやいやいや、そんなはずはない。幼児と二人きりの日々が精神を蝕《むしば》むのだ。でも、育児がそういうものだとしたら順応しなければ。自分ならできるはずだ。

「うちの両親にもっと頼ってみたらどう？」

育休に入って二ヵ月が過ぎたある晩、樹里が提案してきた。つらそうだから、という。

「つらくなんかない」と、中谷ははねつけた。

国の中枢で働いていたのだ。省内研修で行われたストレス耐性テストでは、部署でもっとも高い「A」の数値をはじきだした。

「達ちゃんはさ、男だしさ、佳恋を見ながら家事するってきついでしょ」

「家事能力に性差なんかない。性差があると思うのは、旧来の社会的役割を刷り込まれているからだ。でも、その思いこみも自分たちの代で終わらせなければこの国に未来はない」

「私が育休中も、佳恋と二人きりで昼間の街にいると気が滅入《めい》ってしかたなかった。それに、この国ってマナーにうるさいから、小さい子を連れてると緊張しっぱなしでしょう。しょっちゅう実家に行って、うちの両親に預かってもらって息抜きしてたよ」

「昔は主婦が一人でやってたことが俺にできないわけはない」

「主婦と同じにする必要ある？　達ちゃんって、そういうとこ、変に保守的だよね」

誰が保守的だ、と思う。二年も育休を取る夫などそうはいない。

しかし、主婦も子連れで外に遊びには行くだろう。

晴れた日は、近所の〈あじさい児童公園〉まで歩くことにした。佳恋の寝つきもよくなるだろうし、脳の発達には同年齢の子供とのふれあいも大事だ。

しかし、公園には誰もいなかった。というより、街に若者がいない。無表情の高齢者がゆっくり往来しているだけで、ものすごく平和なゾンビタウンのようだった。

正直、驚いた。すでに東京に住む人間の約五割は単独世帯で、そのうち二割強が高齢者だ。厚生労働省の統計データは頭に入っている。……つもりだった。

しかし、平日の昼間の街がこんなことになっているなんて。霞が関にいては気づかなかったことだ。気が滅入る、と言っていた樹里の気持ちがよくわかった。

緊張しっぱなし、という言葉の意味もわかってきた。幼児を連れていける場所がほとんどないのだ。ファミリーレストランさえもすでにメイン客をおひとり様に切り替えている。佳恋がフォークをテーブルに乱暴に置くたびに、隣の客がこっちを向くので、食事の味もろくにわからなかった。しかし、これが時代の趨勢なのだ。もはや地域社会すら子育て世帯を中心に回っていない。

しかたなく近所のダイソーで砂場グッズを買い、佳恋と二人きり、公園の砂場で過ごすようになった。

一度だけ、赤ん坊をベビーカーに乗せた母親が現れたことがあった。髪を一つに結んでいて、まじめそうだった。公園内をゆっくり散歩し、砂場のそばを通った。

「こんにちは」と、声をかけてみたが、強ばった顔をしただけで通り過ぎていった。

樹里は佳恋といると、色々な人によく話しかけられると言っていたが、中谷にはそんなことは一度も起きない。遠くから物珍しそうな目でじろじろ見られるだけだ。

達ちゃんは感じが悪いから、と樹里には言われたがたぶん違う。古い意識の女性たちにとっては、男が赤ん坊を抱いて買い物をしていること自体が受け容れられないのだ。

結局、公園にいても、中谷は娘と二人きりだった。

村上詩穂が小さい娘を追いかけて現れたのは、公園通いがはじまって三日目だった。動きやすそうなチェック柄のワンピースを着ていた。肌は小麦色に焼けていて、頬骨に健康的なそばかすが浮きあがっていた。

佳恋のスコップを奪おうとする娘を必死に止めている。思わず声をかけた。

「一緒に遊ばせればいいじゃないですか」

驚いたのは、彼女が専業主婦だったことだ。

平成、いや、高度経済成長期の遺物といってもいい。超少子高齢化で労働力不足が叫ばれる中、そんな呑気なことが許されてよいのだろうか。

しかし詩穂と話すうちに、それも致し方ないことなのかもしれない、と思えてきた。

彼女は時代から完全に遅れている。パンダを想像した。仲間が減っているということに気づかずにのんびりと笹《ささ》を食《は》む姿が、目の前の彼女と重なる。

自分と正反対だ。話も合わないが、佳恋に友達を求めるのであれば、親同士のつきあいは避けては通れない。

中谷は彼女に会うたびに、現代の日本が抱える諸問題について、折りにふれて啓蒙《けいもう》するようになった。詩穂は愛想よく相槌を打っていたが、考えの甘さを指摘されることに慣れていないようだ。「あ、飛行機雲だ」と、逃げるように空を見上げることもあった。

異論があるなら言い返してくればいいのに。

正面から議論せず、丸く収めようとする。そういう処世術がいかにも主婦だ。


中谷の母も専業主婦だった。

商社マンだった父とは一回りも年齢が離れていて不仲だった。

当時、商社は男性社員を早めに結婚させるために、若い女性を一般職で大量に入社させていた。母も入社して三年もたたないうちに父と結婚し、家庭に入った。

本心では会社にいたかったらしい。しかし、三十年前の日本の女性の地位は現代よりも低く、今からすれば考えがたいことだが、妻が外で働くことを許さない夫も多かった。

その代償として、母は息子たちの教育に血道をあげた。

お受験というやつだ。

中谷のもっとも古い記憶は、おそらく三歳の頃のものだ。テーブルに広げられた紙に赤い血がしたたり落ちているのを幼い中谷の目は見ていた。鼻血だったかもしれない。あの紙はなんだったのだろうか。早期教育用のドリルだったかもしれない。

母はハンドミキサーを握ったまま、目を吊り上げていた。サイレンのように赤ん坊だった弟の泣き声が響いていた。

　達ちゃん、ママと頑張って合格しよう。ここで失敗したら社会の役に立つ人間になれないよ。今はママがいるけど、大人になったら誰も達ちゃんを助けてくれないんだよ。

　励まされている間にも、紙には赤い点がポタポタと増えていった。

　母の努力の甲斐あってか、中谷は第一志望の私立幼稚園に合格した。

　入学式に出席した母親たちはみな同じ格好だった。紺《こん》色のツーピース。胸には白いバラのコサージュ。金色の留め金のついたバッグ。

　母は彼女らを家に招き、手作りのパウンドケーキやマフィンを出してもてなした。最新機種のハンドミキサーがウィーンと鳴る音がするたび、幼い中谷は脇腹が痛くなった。

　宿題は毎日見たほうがいいか。どこの塾がいいか。頭を良くする献立を知っているか。中学受験の準備はもうはじめたか。麻布と開成《かいせい》どっちに行かせるか。恋愛は禁止すべきか。

　母親たちはポケットモンスターに夢中になっているみたいだった。母親たちの代わりに子供は偏差値を奪い合う戦いに出る。テストが終わればふたたび母のカプセルに閉じこめられる。

母親たちが紅茶を飲んでいる間、子供たちはドリルをやらされた。エスカレーター式の私立校だったので、高校卒業まで母子の顔ぶれはほぼ同じだった。

一度、毛色の変わった母親が参加したことがあった。彼女は英文学の研究者で大学に勤めているらしかった。彼女は母親たちの会話が途切れたタイミングで言った。

「まず親が人生を楽しむことが一番ですよ。子供もそのほうが幸せです」

その場は静まり返った。中谷の母の顔はひきつっていた。そのうち誰かが、

「お宅のお子さんは幸せね」

と、持ち上げるように言った。研究者の母親は二度と呼ばれなかった。

主婦は正面から議論しない。その場は丸くおさめる。何も言わずに関係を断ち切る。

中谷は鉛筆を動かしながら、秀才にならねばと思っていた。この家では母親は神に等しい。自分は生殺与《せいさつよ》奪《だつ》権を握られている。母の教育方針に異論を申し立てる者は追い払われてしまう。早く一人で生きる力を得てここを出て行かなければ。

父に女がいるのは明らかだった。彼は息子たちの学年すら覚えていなかった。でも母は見ないふりをしていた。離婚すれば息子たちの学費が払えなくなる。

成績が伸びなかった弟は中学から公立にドロップアウトし、母に暴力をふるうようになった。人が罵《ののし》り合う声は生産性を低下させる。中谷は耳栓をして勉強し、麻布、

東大、と駒を進めた。

いつしか思うようになった。俺は一生結婚しない、子供も持たない、と。

最後の関門である国家公務員試験を突破し、「どこにも行かないで」と、玄関まで追いかけてきた母の鼻先でドアを閉めて、独り暮らしをはじめた。

その頃には、時代はすっかり変わっていた。

主婦が絶滅危惧種になっていく様を中谷は冷ややかに見つめていた。あんなものいなくなったほうがいい。青筋をたててお菓子を作る暇があったら外で働いたほうがいい。

一人きりで家事を強いられる生活から、女性は解放されたのだ。

なのに、詩穂は飛行機雲を見つめてつぶやいていた。

「いつか苺が大きくなったら、あれに乗ってどっか行きたいなあ」

「いつでも行けばいいじゃないですか」

と、中谷は助言した。自分の欲望は抑えて子供のために尽くす姿が母と重なり、苛《いら》立《だ》ちが募《つの》った。

しかし、その話を聞くと、樹里はあきれた顔で、

「その主婦の人、もう来ないかもよ」

と、ビールをごくごく飲んだ。

「達ちゃんの言い方はきつすぎるし、はっきり言って余計なお世話だよ」

「現実を教えているだけなのに？」

「そういうの、ネギングって言うんだよ。相手に否定的なことを言って、相手の好奇心を誘う交渉術。男性優位主義者がよく使う。たぶんもう嫌われてると思うな」

何を言っているのか。中谷ははねかえすように言う。

「若い主婦と毎日会ってるのが、そんなに気に食わないのか」

樹里はきょとんとしたが、すぐに吹きだし、腹をおさえて笑いはじめた。

「やばい、苦しい。……違うの。せっかくできたママ友を大事にしなよって言ってるの」

「なにがそんなにおかしいのか、わかんないけど」

「一人で育児を抱えこんでるなって心配だったけど、でも、達ちゃんも達ちゃんなりに昼間一緒に過ごす人を探してるんだね。少し安心した」

樹里は懐かしそうな目をしている。

「私も育休中は一人がつらくて、児童支援センターで友達を探したなあ」

樹里はわかっていない。つらそうなのは詩穂のほうだ。彼女を見守っているのは中谷のほうなのだ。

翌朝は朝から晴れたので、佳恋と公園に行き、砂場で待機していた。

しかし、その日、詩穂はなかなか現れなかった。中谷は砂で堤防を造りはじめた。しばらく熱中して時計を見ると針は十分しか動いていなかった。

十分ごとに時計を見ながら待ったが、詩穂は現れなかった。佳恋は疲れて中谷の胸にしがみつく。たった二時間遊んだだけなのに、この子は生まれつき集中力に欠けているのではないか。

気づくと気温が上がっていた。立とうとして目がくらみ、熱中症になりかけていることに気づいた。舌打ちする。くそ、水筒を忘れた。佳恋にとって自分は神なのだ。神にミスは許されない。吐き気がしてきた。外の自動販売機まで歩く自信はない。

――たぶんもう嫌われてると思うな。

あの言葉が胸の奥に黒く浸みてくる。

中谷の言動に慣れているはずの樹里が「きつい」と言うなら、そうなのかもしれない。中谷は母の前では従順だった。家を出るその瞬間まで善《よ》き息子だった。樹里の前でも善き夫でいる。佳恋の前でも善き父のはずだ。

それなのに、なぜ公園で会うだけの若い主婦に、わざわざ嫌われるようなことをしてしまったのか。自分でもわからなかった。俺は男性優位主義者なのだろうか。

詩穂が現れたのは十一時ぴったりだった。

遅い、と文句をつけたくなったが、

「飲みますか？」

と、水筒からカルピスを注いでもらうと、ふいに泣き出したくなった。混乱する。なんなんだ、この気持ちは。自分が世界にしっくりと溶けこんでいくようなこの感覚は。

育休に入って家事ばかりする生活をはじめてからというもの、自分の気持ちが支離滅裂で、まるで把握できない。官庁で使っていた言葉では言い表わせない思いが体の深いところからこみあげてくる。

カルピスをみんなに飲ませ終わると、詩穂はサラダ煎餅を配り、また飛行機雲を眺めていた。苺も佳恋も夢中になって見ている。つられて中谷も見上げた。

夏の青い空に白い線がまっすぐ引かれているのを、ただ見つめた。詩穂にもらったサラダ煎餅の軽さが無性に懐かしかった。

母と空を見上げた記憶など、中谷にはないのに。

ふと、父親であることを忘れた。官僚であることも忘れた。受験戦争を勝ち抜いてきたということも忘れた。蹴落とすと決めた同僚のリストも忘れた。

青い空を眺めてぼんやりする。飛行機雲をただ、きれいだね、と言い合う。

何の役にも立たない時間だ。でも、いつか堪《た》え難いほどつらいことがあった時、前に進むために人が思い出すのは、こういう、ゆっくりと流れる時間なのかもしれない。

その夜、中谷は寝かしつけをしながら、自分の心が空と雲とで充《み》たされていることに気づいた。佳恋はなかなか寝なかったが、一度も声を荒らげることなく、穏やかに腹を軽く叩いて、落ち着かせてやることができた。

いつかこの子に大きな空を見せてやりたい、と思った。またハワイに連れていってやってもいい。日本の海も見せてやりたい。山も、川も。

詩穂が飛行機雲を見せてくれたからかもしれない。

同じ主婦でも、母と詩穂とでは違うのだ。ひとくくりにはできない、別の人間なのだ。同じことをするとは限らない。そんな当たり前のことに今さら気づいた。

しかし、だったら、自分が必死に選びとってきた道は何だったのだろう。

樹里と出会ったのは、大学時代の友人が主催した異業種交流会だった。

会場にはコンサバティブなワンピースを着た婚活目的の女たちも紛れこんでいた。母が学校行事のたびに着ていた紺のツーピースを思い出して、飲みこんだばかりのエビのムースを吐きだしたくなった。

その中で、目を惹《ひ》かれたのが樹里だった。

胸元と背中が開いたニットを着た彼女はモデル並みのルックスで、七センチのヒールを履いていた。キャリアは高いが身長はそうでもない男たちは途端に萎《な》えた顔になった。

樹里は気にしていなかった。もともと男の庇護《ひご》など必要としていないのだ。

友人に紹介され、しばらく会話をした後、樹里は中谷の目を覗きこんだ。

「実は私も婚活しに来たの」

仕事が忙しくて恋愛をしている暇がないのだと、彼女は率直に言った。

「僕のところにいらしたのは高いヒールを履いても見下ろさずにすむからですか」

中谷が言うと、樹里は飲みかけていたシャンパンを吹きだしそうになった。

「身長だけじゃ結婚はできないでしょ。大事なのは価値観が似てること。私は好きに生きたい。そうさせてくれるなら、多少の性格難には目を瞑る。……あなたはどう？」

彼女の底抜けに強いまなざしを見た時に思った。彼女となら無理だと思っていた結婚ができるのではないか、と。

思った通り、樹里は自分で自分を充たす女だった。夫に経済的にも精神的にも依存しない。子供を生き甲斐にしたりしない。ただ、愛情を惜しみなく与えた。

樹里自身、両親に深く愛されていた。

樹里の母は娘が「疲れた」と言えば、どんな予定も投げ捨てて駆けつける。手のこんだ夕食を作り、佳恋を風呂に入れてくれる。その間、樹里はベッドでぐうぐう寝る。おかげで樹里が育休を取っている間、中谷は後顧《こうこ》の憂いなく仕事に打ち込むことができた。

しかし、中谷が育休を取った途端、樹里の両親は家に寄りつかなくなった。

「達ちゃんが厳しいからだよ」と、樹里は言う。「佳恋にユーチューブを見せるなとか」

しかし、小さい画面で動画を見続ければ幼児の目はすぐに悪くなる。

「僕の許可なく玩具を買ってこないでくださいとか、言っちゃうし」

無節操に与えられ続ければハングリー精神が失われる。欲するものは、何らかの成果を出さなければ得られないのだということを、幼少時から学ぶべきだ。

樹里の両親はこちらに寄りつかない代わり、休日に娘と孫を実家に呼ぶようになった。

「達ちゃんは来なくていいよ。佳恋は私に任せて、ちょっと休んで」

と、樹里が言ったのは、半分は自分への配慮で、半分は彼女の親への配慮だろう。

「どっかに遊びに行くとかしてストレス解消してきなよ」

くどい。ストレスなどないのに。それに休むわけにはいかない。

佳恋がいない間に、気になっていた浴室のカビの除去をしなければならない。衣替えも途中になっていた。活発になってきた佳恋の安全対策もしておかなければ。

なにもかも完璧にやっておかなければ、むしろストレスになる。

家がピカピカになる頃に、樹里はリフレッシュして帰ってくる。「やっぱり実家は最高」などと、言っている。

今の時代、無償で家事をしてくれる実家は、働く親にとって最大の〈資産〉なのだろう。その〈資産〉の大半を占めるのはベテラン主婦の家事スキルだ。

甘え過ぎだ、と思わないではないし、自分には〈資産〉など必要ない。しかし、その〈資産〉がないというだけでキャリアを手放さざるを得ない人が多いのも事実なのだ。

長野礼子に会ったことで、中谷はそれを実感することになった。


長野礼子は三歳の息子と生後六ヵ月の娘を持つワーキングマザーだ。

水疱瘡にかかった娘の星夏を四日間にわたって、隣人の主婦、つまりは詩穂に預けていた。

おかげでその間、中谷は娘と二人きりだった。詩穂が公園に戻ってきた時は、これで日常が戻ってくる、と思った。しかし、ホッとしたのも束の間で、またぞろ礼子が現れ、今度は長男の篤正を預かってほしい、と詩穂に頼んできた。

どこまで甘える気なのだろう。詩穂を自分の〈資産〉だとでも思っているのか。

夜になっても腹立ちがおさまらずに、樹里に話すと、彼女は肩をすくめて言った。

「達ちゃんも実家に頼れない人だものね。……いや、頼らないのか」

何が言いたいのかわかっている。中谷は先に言った。

「実家の助けなんかいらない」

中谷は実家とはほぼ断絶している。正月だけは樹里と佳恋を連れて帰るが、一時間滞在するのが限界だった。父と母、そしてニート生活が十年目に入った弟と話すのは、樹里の役割だった。中谷は母の手製のお節料理を見るのも嫌だった。

「そうかな。その礼子さんって人に腹が立つのは、羨ましいからじゃないの？」

なぜ自分が羨ましがらなければならないのか。

「達ちゃんもいつまでも意地張ってないで、お義母《かあ》さんと和解すればいいのに」

樹里にはわからないのだ。目の前の紙に赤い点が増えていった、あの時間を思い出すだけで今でも吐き気がする。当時三歳だった中谷は自分で顔の血を拭いた。

樹里には話していない。愛されて育った人間にはわからない。

ステンレス製の攪拌翼《かくはんよく》がクリームを混ぜながら、ボウルに当たってガチガチ言う音を聞くたび、母親の顔色を窺《うかが》っていた子供の気持ちなど、わかるはずがない。

あの女にだけは佳恋を預けたくない。やたらと甘やかす樹里の両親にも頼りたくない。人に頭を下げ、妥協するなんて、まっぴらごめんだ。

「だったら、詩穂さんに預かってもらって、数時間だけでも息抜きしてみたら?」

樹里は、すでに知り合いであるかのように、詩穂の名前を呼ぶ。

「だから、なんで俺が頼らなきゃいけないんだ。逆ならまだしも」

「だったら、何にそんなに腹を立ててるの?」

自分にもよくわからなかった。

たぶん中谷は、詩穂が他の人におせっかいを焼くことに我慢がならないのだ。

ニコニコマートで、坂上という高齢女性が万引きをした場に居合わせた時も、彼女は家まで送っていくと言って聞かなかった。しかたなく、ニコニコマートのバックヤードで中谷は苺を預かって待ち、扉から漏れ聞こえてくる坂上と詩穂の会話を聞いていた。

坂上はベテラン主婦で、家事能力もかなり高いらしい。しかし、娘と一緒に頑張ってきた、と話しているのを聞く限り、一卵性母子であるらしかった。

——娘の人生を邪魔するくらいなら、死にたい。

〈資産〉だった主婦の母親も、要介護となれば負債となって娘の人生にのしかかる。

母に暴力をふるいつつ、実家にひきこもって、すべての世話を焼いてもらっている中谷の弟も同じだ。そのうち大きなしっぺ返しを食う。それを助けようとは思わない。母の言っていた通り、大人になったら誰にも助けてはもらえないのだから。

それなのに、詩穂はこう言っていた。

――私もいるし、きっと大丈夫。

能天気にもほどがある。しかたなく、坂上家までついていった。

坂上の娘は案の定、母親の変化に困惑していた。もうこの家には来ないでくれ、と言われて詩穂はしょげていたが、中谷は、これでよかったのだと思っていた。

誰も彼も、詩穂に甘え過ぎなのだ。時代の趨勢に遅れている不器用な専業主婦にこれ以上、いろいろなことを抱えこませてどうする。

パンダの保護地区の担当者になった気分だった。

翌日の朝、中谷は激しい頭痛で目を覚ました。

佳恋はいつも中谷の脇腹に、小さな頭をくっつけて寝ている。一人で寝なさいと何度ひきはがしてもくっついてくる。おかげで一晩中寝返りが打てず、毎朝、全身が痛い。

午前中に佳恋を連れて蔦村医院の内科へ行った。頭痛薬を処方されたが効かなかった。吐き気もした。しかし、佳恋には誰かが昼ご飯を食べさせなければならない。

詩穂に〈今日は公園に行けません〉とメッセージを送り、その日は家で過ごすことにした。念のため、出張中の樹里にも連絡すると、

〈そりゃ大変だ。うちの実家に佳恋を預かってもらってね。私から連絡しておくから〉と返ってきた。〈必要ない〉と、中谷は急いでメッセージを送った。

〈ただの頭痛だから〉

樹里の両親に頭など下げたくない。少しでも弱みを見せたら、また佳恋が甘やかされる。

翌々日になってようやく公園に出かけた。詩穂は中谷を見てホッとした表情を浮かべていた。

「来られないってメッセージくれましたけど、帰省とかしてたんですか」

おおかた、苺と二人きりの昼を過ごすのがつらかったのだろう。一人にしてかわいそうなことをした、と思いながら中谷は答えた。

「いえ、ただの頭痛です。といって、家にいてもしょうがないから来ました」

「でも頭痛ってつらいですよね。……疲れてるんじゃないかなあ。奥さんに仕事休んでもらったほうがいいんじゃないですか？」

「今週は西海岸へ行ってます」

詩穂は眉間に皺を寄せる。どこの国の海岸のことかわかっているのかな、と思っていたら、彼女は「外国にいるんですか！」と、ざっくりとした捉え方で言った。

「なんで、そのことをメッセージに書かなかったんですか。佳恋ちゃんをうちで預かる、とかできたのに。夕飯作るのも大変でしょう。あ、そうだ、今晩はうちに食べにきたらどうですか？」

「結構です。旦那さんの留守に上がりこむわけにはいきませんし」

「でも痛いんでしょう」

「どうせ何しててても痛いですから」

「実家に頼って、ちょっとは休めないんですか？」

詩穂はしつこく言う。

「妻の実家は近いですが、預けるつもりはありませんよ」

「中谷さんの実家には頼れないんですか？」樹里と同じことを言う。

「うちの実家も近いですが、疎遠なんです」

詩穂の目が揺れた。別に隠すことはない。中谷は正直に言った。

「母親と折り合いが悪くて、家出同然に出てきたきり、まともに帰ってないんです。

正月に一時間寄るくらいですかね」

詩穂は顔をしかめて、プリンの空き容器に砂を詰めている娘の手に目をやった。樹里のように言うのかもしれない。お母さんと和解したほうがいいと。

実家と疎遠だと話すと、親不孝だとか、大人になれとか、説教してくる輩は多い。しかし、詩穂はそういうことは言わなかった。しばらく沈黙した後、

「私と同じですね」

と、ぽつりと言った。

「同じとは？」

中谷はスコップを握る手を止めた。

「私も十八歳の時に家出してきたんです。私なんか、お正月にも帰ったことない」

そういえば、彼女から両親の話を聞いたことがなかった。思わず尋ねた。

「なぜ家出を？」

「うちの母は、私が十四歳の時に亡くなりました。それから十八歳まで、私は家のことを全部やってたんです。自分のお弁当を含めたら、三食きっちり作ってたし、掃除なんか今よりも丁寧にしてたかもなあ。父は家では何もしない人だったから」

「横のものを縦にもしないというやつですか」中谷は肩をすくめた。「主婦とともに

滅びた種族のはずでは？」

「主婦はまだ滅びてません」

詩穂はむっとした顔になった。

「今でも、あれは腹たったなーって覚えてるのは、母のお葬式の日のことです。母の入院中からご飯は作ってたんですけど、その日はさすがに疲れて、冷凍のマカロニグラタンを出したんです。そしたら父は一言、こういうのは好きじゃない、外で食べてくるって出ていきました。だから私はグラタン二つ食べるはめになりました」

「なんで二つも」

「もったいないから」

詩穂はうつむいて小さく笑った。

「死んだ母がいたら言うだろうなって思ったから。食べ物は残しちゃだめだよって」

母を亡くしたばかりの少女が、グラタンを二つ食べている光景を思い浮かべる。二つ目は冷めていただろう。詩穂に合わせて笑おうとしたが、うまくいかなかった。

「あと、腹が立ったのは、高校の修学旅行の時ですね」

詩穂は砂を見つめたまま言った。

「ほら、父は冷凍とかだめだから、冷蔵庫に好きなお惣菜をたくさん作り置きして出かけたんです。でも帰ってきたら一つも食べてないんです。全部タッパーに入ったままで、流しを見たら、昨日食べたらしいカップラーメンの殻が置いてあって。スープも捨ててなくて、割り箸も上に置いてあって。なんとなんと……ご飯の炊き方がわからなかったっていうんです。その日も外で食べてきたっていうから、私は三日前に自分が作ったお惣菜を温めて食べて……。食後にカップラーメンの殻を片付けてたら、父は何て言ったと思います？」

詩穂は砂から目を上げて、泣き出す前の子供のような顔になって、中谷を見つめた。

「詩穂がいないと不便でしょうがないって」

「それは」

ひどい話だ、と中谷は言いかけた。でも、一昔前まではよくあったことだ。

年端もいかない娘に家事をやらせ、男親はふんぞりかえっているという光景は、テレビドラマなどでもよく描かれたし、むしろ微笑ましい光景として受け取られていた。

それが微笑ましいと感じる人たちは、時代が変わった今も、国の中枢にたくさんいる。

だから、この住宅街にある家庭にも残っているだろう。ありそうな話だと思ってしまう。だから、ひどい話だ、とは言えなかった。

「このままじゃ、父に人生を台無しにされてしまう。そう思って家出してきました」

今度は中谷が黙りこんでいた。

「だから、私も実家に頼ったことはないんです。一人で子育てしてきました」

詩穂は、ふう、と息をついた。

「私、一人で喋ってますね。おかしいな。なんか昔のことがバッと出てきました。思い出さないようにしてたのに。虎朗にもこんなに詳しく話したことないのに」

「……なぜ話さないんですか」

「外で食べてくる、って言われる悔しさなんて、一日も休まずに家族のご飯を作った人じゃないと、わかんないだろうなって思って」

今夜は母に夕飯つくってもらったんだ、と笑う樹里の顔が思い浮かんだ。その気になれば実家に頼って休める。それが彼女の家事だった。

「隣のワーキングマザーには？　あの人には話さないんですか」

「父の話はしました。でも礼子さんは、遠いとは言っても実家とは仲がいいみたいで……。そういう人には通じないでしょ。冷凍グラタンとか、カップラーメンとか、そんなちっちゃい話を、大人になってもひきずってるなんて、子供みたいだもの」

さっきから彼女は笑ってばかりいる。

「虎朗もそうです。親になって初めて両親の気持ちがわかったってよく言います。だから私と父の関係もそのうち、なんとかなると思ってるみたい」

「……逆だ」

中谷はつぶやいた。詩穂がぱっと顔をあげて、大きくうなずいた。

「そう、そうなんです。逆なんです。親になったからこそ、父のしたことが許せないんですよ。虎朗にはこの気持ちはわからない」

自分のことを詩穂に洗いざらい話してしまおうか。そんな衝動に駆られた。誰にも言ったことのない記憶を――ここ二ヵ月でなぜか急速に鮮明になっていく、自分のもっとも古い記憶のことを、誰かに話すなら今ではないだろうか。

口を開きかけた時、詩穂がまた言葉を継いだ。

「……いや、嘘つきました。実は一度だけ頼ったことがあるんです」

中谷は開きかけた口を、一旦閉じてから言った。

「誰に？」

「苺が生まれて二週間くらいした頃、父が手伝いに来たんです」

「家事ができないお父さんがですか？」

カップラーメンの汁すら捨てなかった人間に、産後の手伝いなんて高度な家事ができるものだろうか。

「虎朗が出産報告ハガキを出したんです。孫が生まれたことくらい知らせろって。住所を知った父から手伝いに行くって連絡があって、そりゃもう虎朗とは大げんかしました」

「なるほど」

愛されて育った者は頼みもしないことをする。

樹里もそうだ。結婚してすぐに、正月だけでも達ちゃんの実家に帰ろうと言ってきた。もちろん拒否したが、娘から祖父母を奪うなんて権利はあなたにはないでしょう、と猛烈に説得され、しかたなく中谷は要求を飲んだ。

「でも感謝してもいたんです。どっかで罪悪感があったから。私が出てった後、七年も一人暮らししたわけだから少しはマシになったかもって期待もありました。……でも」

詩穂は黙った。中谷がその後を引き受けた。

「また裏切られたと」

「父なりにやろうとはしていたんです」

詩穂は砂が目に入った苺のために、タオルを出しながら、かばうように言った。

「最初の一日はご飯を作ってました。カレーライス。父はそれだけは作れるんです。

母が生きていた頃は、気が向くとたまに作ってたんです。でも片付けはしなかった。食べながらビールを飲むから眠くなってしまうんです。ああ、やっぱりな、って思いました」

「詩穂さんが洗ったんですか」

「作りながら洗うってことが父にはできないから、いつもより洗い物が多くて、体も辛かったから、ちょっと泣きそうになりました。……次の日の朝ご飯はトーストでした。トースターで焼くのは邪道だってフライパンで時間をかけて両面焼いて」

「なるほど」

料理初心者ほど、ハイレベルの技術に挑戦するのはなぜなのだろう。

「虎朗は間に合わなくて朝ご飯なしで出勤していくし、焼き上がった頃に苺が泣きだして私は授乳に行って……、トーストは冷めちゃって、父は怒ってしまって。だから、昼ご飯は私が作りました。父さえいなければ適当なもので済ませられるのにって思いながら。まだ赤ちゃんの世話に慣れてなかったので、でもパスタ茹《ゆ》でてる途中で、苺が泣き出して、伸びちゃって。父はこんなもの食べられないって、そのまま外食に」

今こうして話すと笑えますね、と詩穂は言ったが、中谷は笑えなかった。

　佳恋が生まれて二週間の頃を思い出す。樹里の母は娘を布団から出さなかった。一ヵ月は赤ん坊の世話以外、何もさせてはいけない。産科の医師にそう言われたのだそうだ。

「お父さんは一人で暮らしている間、自分の世話はどうしていたんですか」

「女の人がいたんです。職場の人で、再婚はしなかったみたいだけど、ちょくちょく家に来てたみたい。虎朗が晩酌《ばんしゃく》の時に聞いたそうです。でも、定年退職して、その人とも別れてしまって、そんな時に、音信不通の娘の夫からハガキが届いたってわけです」

　いつものんびりしている主婦の顔に暗い影がさして見えた。

「手伝うって言ったのは嘘じゃなかったのかもしれない。でも洗い物をしてもらったら、昼ご飯を作ってもらったら、安心してしまって、私にずっしりもたれかかってくる。やっぱりなあって思いました」

　詩穂はスコップを砂にぐさりと驚くほど深く突き刺した。

「三日目に、出ていってほしいと言いました。二度と来ないでくれって」

「ハッキリ言いましたね」

　なんだか怖くなった。よその父親の話なのに、なぜだかはわからない。

「親を捨てるのかと言われました。私はそうだと答えました」

詩穂はスコップをさらに深く差し込む。

「主婦のいなくなった家で、どうか元気で生きてってくださいって」

主婦のいなくなった家で。

その言葉が中谷の心臓を貫く。ずっと思ってきた。主婦なんて職業、なくなってしまえばいいのだと。だから主婦のいない家庭を作った。それが正解だと思った。

でも、なぜだろうか。詩穂に突き放された父の衝撃がわかるような気がするのは。母に命を握られていた頃の恐怖が、いまだに心の奥底にあるのだろうか。

「あ、ごめんなさい、なんか暗い話しちゃった」

詩穂は照れくさそうに言った。

「別の話をしましょう。中谷さんちは二人目とか考えてるんですか？」

「えっ」

本当にまったく別の話だ。

「考えてますよね。初めて会った時、言ってましたものね。佳恋ちゃんが三歳になる時に次の子が生まれていれば完璧だって」

「……ああ、あくまで計画ですけど」

途端に現実に引き戻される。おかげで自分の昔話をしそびれてしまった。

「あのう、こういうこと訊くのって、ちょっとどうかなとは思うんですけど」

詩穂はやけに真剣な顔になっている。

「なんですか」

「いや、でも、どうかな、男の人に訊くのってダメかな」

「だから、なんですか？」

詩穂はさんざん躊躇っていたが、意を決したように言った。

「二人目って、どうやってつくったらいいんですか？」

すぐに言葉が出なかった。

「……どうやって、とは？」

昼間の公園でする話だろうか。でも詩穂は大まじめだった。

「勿論、方法はわかってるんです。そういうことじゃなくて……」

これはかなり思いつめている。中谷家と同じ状況なのかもしれない。計画書を憂鬱そうに眺めていた樹里の顔を思い浮かべてから、中谷は言った。

「お互いの気持ちが合わないってことですかね」

「それです！　二人目がほしいっていう点では同じなんだけど」

「もう男と女ではなくなってしまった気がする」

「ほんとそれです。中谷さんちもそうなんですか？」

「うちは……」

最初から男と女ではなかった気がする。二人ともそれぞれのキャリアが大事だった。契約を結ぶように中谷は結婚した。樹里もそうだったはずだ。だからあんな冗談を言えるのだ。子づくりは別々にしようと。それが最も効率的なのだと。

「まあ、作業だと思って割り切ってやればいいんじゃないですか」

中谷と樹里は一人目の時からそうだった。詩穂は愕然としている。

「そんな……そんなことでいいんでしょうか」

「たとえばですが」中谷は佳恋と苺に聞こえないように声を落とした。「スポイトを使うとか」

詩穂は目を大きく見開いて中谷を見た。そして、しばらく考えた後に言った。

「何かの映画で、そうやって子供作ったって話……聞いたことあった気がするけど、うーん、でも、それって、本当にうまくいかないって困ってる人がすることじゃないのかな」

「もしかして、愛し合って自然にできました、みたいなことを求めてるんですか？」

「求めちゃいけないんですか？　中谷さんはそれでいいんですか？　作業で？」

詩穂はつらそうな顔になる。おかげで冗談だと言いづらくなった。

「そのほうが計画通りいくでしょう」

「でも……子供は親の計画通りに生まれたり、育ったりするものじゃないと思うんですけど」

胸が冷たくなっていく。どうぞご勝手に、という言葉が口から出そうになる。

そうか、詩穂は夫を愛しているのか。

そして、きっと虎朗とかいう夫も妻を愛しているのだ。毎晩、家で待っている詩穂の顔を見るたび、可愛いなとか、ホッとするとか思っているのだろう。

それが愛し愛されて結婚した夫婦というものなのだろう。

中谷と樹里はそういう夫婦ではない。根本から関係性が違う。そもそも中谷は両親が仲睦《なかむつ》まじくしている光景を一度も見たことがなかった。

実家の話をして近づいたと思った距離がまた遠くなる。なんだかんだ言って、詩穂の両親は仲がよかったのだろう。母親が死んで、うまくいかなくなっただけで、それまではたしかに彼女は愛されて育ったのだ。

樹里もそういうまともな人間と結婚すべきだったのだ。来年の六月から半年の間に妊娠することが必須だと中谷が言った時、彼女は言った。正気を取り戻したいと。

暗に言っていたのかもしれない。あなたと触れ合うのはもう無理だと。

「あ、アツマサくんだ」

苺が砂場から立ち上がって大声を出した。詩穂が公園の入り口に顔を向ける。

「礼子さん」

慌てて立ち上がり、子供たちを連れて砂場に近づいてくる礼子を見ている。

「よかった。会いたかったんです。会社辞めるってどういうことですか？　昨日、メッセージで送ってきたでしょう。どうして？　あんなに頑張ってたのに」

礼子は、急な話でごめんね、と弱々しく微笑んだ。

「詩穂ちゃんにも給水タンクの上で、話を聞いてもらって、支えてもらってきたのに」

「返信しようかとも思ったんだけど、直接会って訊きたくて」

「実は量くんが鹿児島に転勤になったんだ」

量くん、とは礼子の夫のことか。中谷は視界に二人を留めたまま、スコップで砂を掘っている佳恋を手伝った。

「もう潮時かなと思って。今までは、なんだかんだ言って量くんがいたから頑張ってこられた。夜に屋上に行って息抜きもできた。でも完全に一人になったらもう無理」

つまり礼子は家族のために会社を辞めて主婦になるのか。母のように自分を犠牲にするつもりなのか。胸が悪くなった。その無念はきっと子供たちに向かうに決まっている。

しかし、詩穂は別の感情を抱いたようだった。

「礼子さんがいなくなっちゃったら私も心細いな……」

気落ちしている。

「せっかく色んなことを話せる相手ができたと思ったのに」

中谷は自分が透明になったような気がした。今まで心のどこかで、詩穂には自分しかいないのだと思っていた。礼子のことは内心、重荷に思っているのだろうと。

でも違うのだ。詩穂と礼子の間には中谷の知らない時間が流れている。頼り頼られる、強固な関係ができていたらしい。

「ほんとにごめんね。今度、時間つくってちゃんと話すね」

礼子がちらりと中谷を見た。やけに鋭い視線だった。思わず腰を浮かした。

「僕がここにいるのが邪魔なのなら、先に帰りますよ」

そう言った。すっかり居心地が悪くなっていた。

「いえ、そのまま。実は家で夫が待ってるの。午後からみんなで羽田行って、うちの実家に飛ぶの。鹿児島行っちゃったら、これまでより遠くなっちゃうから」

詩穂は気が抜けた顔をしている。

「ほんとに会社辞めちゃうんだ」

「うん、でもちゃんと自分で決めたことだから。同僚も助けてくれるって言ってくれて、その上で、どうしようか真剣に考えて決めたの。鹿児島で心機一転、主婦やります」

「礼子さんが主婦か……」

詩穂は公園の入り口の紫陽花に目をやって考えこんでいる。中谷がここにいることすら忘れてしまったように見える。苺も年上の篤正がやってきて嬉しいらしく、佳恋を置いて砂場から這いでると、きゃあきゃあと抱きあっている。

詩穂はワンピースのポケットをパタリとおさえて、顔をしかめた。

「……あ、うちに置いてきちゃった。礼子さん、私、この前渡す封筒間違えちゃって、今度会った時に返そうと思ってたんだけど、今日帰ってから返します」

礼子は、ああ、と少し困った顔になった。

「詩穂ちゃんから渡されたあの白い封筒ね、私、中身見てしまって。……ダイレクトメールだった。ほら、不動産屋からよく来るでしょ。あなたの部屋を売りませんかってやつ。でね、机の上に置いておいたら、量くんが勝手に捨てちゃって、ごめんね」

「ううん、それなら私も捨ててるだろうし、いいです。今から帰るんですか？　だったら一緒に行きましょう。……中谷さん、じゃ、今日は帰りますね。あ、その前に手洗いだ」

　詩穂は苺と篤正を水道に連れていく。

　礼子は残った。彼女と二人きりになるのは気まずかった。

「佳恋、スコップ貸して」

　中谷は娘の手からスコップを取り上げた。佳恋は泣きそうな顔になったが、ぐっとこらえている。中谷も頭の痛みをこらえて、スコップで道路を造ることに集中した。

「中谷さん」

　気づくと礼子が隣にしゃがみこんでいた。主婦を無償で利用することへの苦言を呈《てい》したことについて、言い返してくるのかと思ったが違った。鞄から白い封筒の束を出して、

「これ、あなたに預けておく」

　そう言って、中谷の胸元に押しつけてくる。

「……なんですか？」

　礼子は水道のほうを見た。詩穂と子供たちはまだそこにいた。篤正が靴をわざと濡らして笑い、詩穂が「もう」と言いながら拭いている。篤正グッジョブ、とつぶやいてから、礼子は白い封筒にむけて顎をくいっとやった。中を見ろ、と言いたいのだろう。

　中谷は封筒の一つを開け、紙を引き出した。活字が並んでいる。

〈主婦は社会のお荷物です。この世から消えてしまえ〉

しばらくその字面を眺めた後、中谷は言った。

「なんです、これは?」

「嫌がらせだと思う。他の封筒に入っている紙にも全部同じことが書いてある。最初の一通は詩穂ちゃんが自分で郵便受けから出して、八万円の封筒と取り違えて私に渡した」

「八万円?」

「彼女に渡したシッター代。あなたに言われたでしょう。無償で利用するなって」

中谷は思わず礼子を見た。この前は無視されたと思っていたのに。

「でも、彼女には見せたくなくて」

「……なるほど、それでダイレクトメールだと嘘を言ったんですか」

中谷も水道のほうへ目をやった。篤正が水道の口を指でおさえ、水を四方八方へ飛び散らせている。詩穂は本気で止める気がないようで笑っている。

「まあ、賢明な判断でしたね」

「でも何度除去しても村上家の郵便受けに投げ込まれるんだよね」

「除去?」まさかとは思ったが、一応尋ねた。「もしや郵便受けから勝手に?」

礼子は唇に人差し指を当てた。

「私が鹿児島に行った後は、中谷さんに引き継いでもらいたい。うちのマンションの郵便受け、上の部分がけっこう空いてるし、この封筒、いつも中途半端に突っこんであるから取りやすい」

「僕は国家公務員ですよ」

「だから？　あ、そっか、中谷さんも主婦不要論者だったね」

「法を犯すのは無理だと言っているんです」

「詩穂ちゃんが前に言ってた。主婦をやらせておくような贅沢をさせる余裕はこの国にはもうないって中谷さんに言われたって。だから、この手紙の差出人は中谷さんじゃないかって最初は疑っちゃった」

「冗談じゃない」中谷はカッとなった。

「私も前は主婦なんかいらないって思ってたんだよね。でもこんなことは普通はしない」

「僕だってこんな悪意に満ちた手段は使いません」

「せいぜい陰口言うくらいだよね」

「僕は直接言います」

「いや、それもどうかと思うけど、顔が見えないって怖いよね」

だんだん胸クソ悪くなってきた。

「わかりました。やればいいんでしょう」

中谷は砂にスコップを投げ出して、封筒の束を自分のリュックに押しこんだ。

「しかし、いいですか、僕は法を犯さない。郵便物の窃盗はしません」

「でも、このままじゃ詩穂ちゃんが封筒を見つけちゃうかも」

「先に犯人を見つければいい。なぜそういう発想がないんです？　今日か明日にはカタをつける。情報をください。何でもいいから、あなたが持っている情報を全部」

礼子はまた水道のほうを見た。詩穂が子供たちを連れて戻ってくる。

「この怪文書が投げこまれるのは、おそらく午後八時から十一時くらいまでの間。私が子供たちをピックアップして帰ってくるのは八時で、その時にはまだない。詩穂ちゃんは旦那さんが帰ってくる深夜まで部屋から出ないから、その前には来るんだと思う。マンションの場所わかる？　詩穂ちゃんの部屋は三〇二だからね」

礼子はスコップを取り上げて、佳恋と遊んでいるふりをしながら言った。

「じゃあ、任せたからね。信頼するからね」

それで気づいた。うまく乗せられたことに。詩穂が前に言っていた。彼女は営業部にいたことがあるのだと。成績一位だったこともあるそうだ。

「あれ、二人とも、仲良くなったんですか？」

戻ってきた詩穂はワンピースの裾を水で濡らしていた。

「残念、もっと早く仲良くなっていれば、三家族で遊べたのに」

そんなことを言って空を見上げている。

「あ、見て、苺。佳恋ちゃんと、篤正くんも。……月が出てるよ」

「ほんとだ！」

「昼なのにふしぎだねえ」

昼に月が出る現象について説明しようと思えばできる。でも言わなかった。

リュックに押しこんだ封筒の束から——この世から消えてしまえ、という文字の間から、あの懐かしくおぞましい音が聞こえてくるように思えてならなかった。ウィーン、ウィーンと。ハンドミキサーの攪拌翼が水をはねちらかして回る音だった。


その晩、五時には帰ってくると言っていた樹里は六時になっても戻ってこなかった。

成田《なりた》からCEOの車に同乗して渋滞に巻きこまれてます、という連絡だけがあった。

なぜ成田エクスプレスに乗らないのか。樹里さえ帰ってくれば、八時には詩穂と礼子が住むマンションを見に行ける。犯人を押さえることができるかもしれない。

西海岸は最高だったそうだ。複数の企業と有利な条件で契約を結べたらしい。クルーザーで撮った集合写真も送られてきた。CEOに目がいった。中谷より二歳若い。同じアジア系だが、ヒールを履いた樹里より背が高かった。樹里が見下ろさずにすむ男だ。

その男の横で、樹里は充ちたりた顔で笑っていた。

あまり考えないようにして、佳恋に夕飯を食べさせる。今日はほうれん草を丹念にペーストにしてパンケーキに混ぜた。佳恋は偏食で、野菜を受けつけない。幼児食づくりには工夫が必要だった。ちぎって口に持っていったが手ではねのけられた。

「やめなさい」

低い声が出た。佳恋は火がついたように泣き出す。なだめすかして、また口に持っていったが、佳恋は暴れ、食事はすべて床に撒き散らされた。

七時を過ぎても樹里は帰ってこなかった。

CEOの家に車を停め、そこから電車に乗るはずだ。「まだ？」とメッセージを送ったが既読にはならなかった。いったい何をしているのか。泣いている佳恋に言う。

「パパの作ったものが気に入らないなら、食べなくていい」

手早く入浴させ、パジャマを着せ、歯を磨き、爪を切って、ベッドに連れていく。

それでも樹里は帰ってこない。帰ってくるまでは娘のそばを離れられない。

さあ寝ようか、と電気を消した。今日は公園でたっぷり遊んだから早く寝るはずだ。少しずつ佳恋の息が穏やかになったころに、スマートフォンが鳴り、画面がまぶしく輝いた。樹里の母からだった。

「樹里はまだ帰ってない？　あの子のスマホにもかけたんだけど出なくて」

成田には無事に到着したそうです、と答えると、樹里の母は安心していた。

「佳恋ちゃんはまだ起きてる？」

あなたの電話で起きました、という言葉を飲みこみ、佳恋にスマートフォンを渡し、会話をさせてやる。

一度起きた佳恋はなかなか寝なかった。興奮している。何度も起きあがるので、そのたびに横にする。脳がズキズキした。でも耐えた。

母に教えられた。大人になったら誰も助けてはくれないのだと。

だから中谷は選んだ。愛情ではなく協定で結ばれた夫婦になることを。

樹里はきっと自分を愛してはいない。別々に子づくりをしようかという笑えない冗談を、自分がしつこく引きずっていることに中谷は気づいた。

妻のキャリアを守ろうとした。彼女を家事から解放したいと思った。それだけなのに。

「寝ろ、寝ろってば」

自分の怒号が部屋に響く。佳恋が泣きながらつぶやいた。

「ママ」

血が沸騰する。お前まで俺を拒否するのか。

「もういい。自分で寝なさい。パパはむこうの部屋に行ってるから」

寝室のドアを閉め、リビングに出た。ドアを叩きながら泣いている声がする。神経をかき乱される。逃げるようにソファにうずくまる。佳恋には自立が必要だ。

小さな手でベタベタと触られるのはもういやだった。娘の手が、自分の肌をぐいと押すだけで恐怖を感じる。明日から樹里はドバイだ。

誰かに助けてほしいと思った。詩穂の顔が思い浮かぶ。うちに晩ご飯を食べに来たら、と彼女は言った。でもそれはできない。今さら甘えるなんてできない。

自分は専業主婦という存在を認めてこなかったのだ。

〈主婦は社会のお荷物です。この世から消えてしまえ〉

この文言を書いたのは自分なのではないか。例の手紙を開いた瞬間、そう思った。

もちろん違う。匿名《とくめい》で中傷するなんて卑劣《ひれつ》なことをするわけがない。

でも、自分も思っていたのだ。いなくなってしまえと。家を出てからずっと。

誰かがそれを察して、そこに書きつけて、目についた若い主婦に送りつけたのだとしたら――。そんなことはあるはずがないのに、自己嫌悪で吐き気がした。

ハンドミキサーのウィーンと唸る音と、その振動が、今でも頭蓋骨《ずがいこつ》に響いている。

今日の昼間、詩穂に打ち明けてしまえばよかった。

自分のもっとも古い記憶のことを。

最初はぼんやりしていた。しかし、育休に入り、娘と一緒にいる時間が長くなればなるほど、記憶は鮮明になっていった。きっと親になったからだ。

母が自分に何をしたかがわかるようになってしまった。

テーブルの上に広げられた紙。あれは母が作った綿密な計画書だった。幼稚園受験から東大に合格、そして官僚になるまでの道筋が、母の几帳面《きちょうめん》な細かい文字で書かれていた。

ここで失敗したら社会の役に立つ人間になれないと母は言った。

でも幼い中谷は――三歳の達也の足はそわそわしていた。ベランダに出たかった。窓の端に飛行機雲が見えたのだ。こっそり椅子からすべり降り、母の目を盗んで窓に近づいた。

その時、母が叫んだ。言葉にならない怒りの声だった。

頭に鋭い痛みを感じた。

何が起きたのかわからなかった。気づくと床に突っ伏していた。母は達也をひきずって椅子に座らせた。計画書の上に赤い血が垂れた。それは額から出て、顎を伝って滴《したた》り落ちていた。

母はハンドミキサーを握ったまま、目を吊り上げていた。こう言っていた。今はママがいるけど、大人になったら誰も達ちゃんを助けてくれないんだよ。

励まされている間にも、紙には赤い点がポタポタと増えていった。

自分で拭きなさい、と言われ、テーブルのティッシュを取って拭いた。

ふりかえると母はスポンジで何かを洗っていた。流しには赤い水が流れていた。あれは自分の血だ。きれいになったハンドミキサーをウィーンと鳴らし、母は三時間後にやってくるお受験仲間の主婦たちとその子供たちのためにアイスクリームをつくりはじめた。

主婦なんかいなくなってしまえ。ずっとそう思ってきた。

樹里が帰ってきたのは十時過ぎだった。

ＣＥＯの家に彼の友人たちが来ていて、パーティが始まってしまったのだという。

「抜けられなくてゴメン。……どうしたの？　顔色悪いよ。家事は普通にできるって言ってたから大丈夫なのかなって思ってたけど、そんなに頭痛いの？」

　中谷は枕に顔をつけたまま首を横に振った。痛みなど感じない。ずっとそう思ってきた。

「佳恋は、もう寝た？」

　うん、と中谷は答えて立ち上がった。だいぶ前に泣き声はやんだ。樹里が寝室にむかって歩いていく足音がした。「ぐっすり寝てるね」と言う声がする。

　その気になれば自分一人で寝られるのだ。やはり今までは甘えていただけなのだ。

　クーラーはかけているのに黒いＴシャツが汗でびっしょりだった。

「ちょっと出てきてもいい？」

　樹里に声をかけた。そして、少し考えてから尋ねた。

「これは協定違反だろうか」

「何言ってるの？　私もいるし、佳恋も寝てるし、息抜きしてきなよ」

　灰色のＴシャツに着替えて、中谷は玄関に出た。幼児を抱いていても履きやすいからと買ったスリッポンをつっかけて外に出る。歩きながら考える。

　自分は母と同じことをしているのではないだろうか。

　佳恋が開けられないように寝室のドアの前に重い椅子を置いておいた。樹里が帰ってきてリビングに入ってくる直前に動かした。佳恋のためなのだと自分に言い聞かせた。

あれは虐待だったのではないだろうか。

父に顧みられることなく、一人で家事をしていた母の姿が、今の自分に二重写しになる。母もこんな気持ちだったのだろうか。ハンドミキサーで息子の頭を殴打した時。

一歩、踏みだすたびに頭が割れるようだった。朝よりきつい。

今日の昼、詩穂に言われた。

——痛いでしょう。

そうだ。本当はずっと痛い。滲みだす血を誰にも見せずに自分で拭き取ってきた。

気づくと、詩穂のマンションの前に来ていた。築四十年くらいのマンションだった。オンボロだが軀体《くたい》の出来はよい。リノベーションすれば賃料を高くとれそうだ。

まずは郵便受けをチェックしなければ。もう投函されてしまったかもしれない。

マンションの狭い正面玄関に入ると、郵便受けの前に誰かが立っている。女性だ。間に合わなかったか、と思ったが、それは詩穂ではなかった。

白い封筒を三〇二に投函している。

ストン、と落ちる音を確認してから、その女はこっちへ歩いてきた。そして、中谷がいることに気づいて、顔を強ばらせた。

この女、どこかで見た。顔の識別能力には自信がある。中谷が公園に通い始めた頃、ベビーカーを押して入ってきた奴だ。挨拶したが無視された。まじめそうな顔の女。しかし、むこうは初対面のふりで押し通せると思ったらしい。そばをすり抜けて出ようとした。ちょうど横に来た時、中谷は言った。

「この世から消えてしまえ」

女は一瞬だけ止まった。そして、ダッシュで走りはじめた。やっぱりこいつか。束の間、迷った。封筒を先に回収するかどうか。しかし、その前に怒りが爆発した。中谷は女を追った。本気を出せば追いつけるが、わざと距離を置いた。公園の前を通り過ぎると、女は狭い路地に入り、一番奥の一戸建てに逃げこんだ。

チャイムを鳴らしたが出てこない。ドアも叩こうと思ったが、すんでのところで理性を取り戻した。事を荒立てるのは得策ではない。住所はわかったのだ。一旦引こう。

礼子が後で送ってきたメッセージによれば、詩穂は夫が帰ってくるとゴミ出しに行き、そこで郵便受けをチェックするらしい。それまでには戻らなければ。

飛行機雲を見た日のことを思い出す。カルピスとサラダ煎餅のことも。彼女は母が与えてくれなかったものを与えてくれる。世の中にはそういう主婦もいるのだ。いや、きっと主婦の大多数がそうだったのだ。

しかし、一足遅かった。郵便受けの前には詩穂がいて封筒から紙を引き出している。

「見るな」

中谷は紙を取り上げようとした。しかし、詩穂は怯《おび》えたように身を引いた。

「え？　中谷さん、なんでここにいるんですか？　なんでそんな怖い顔」

「いいから、その紙を見るな」

詩穂は従わなかった。開いた紙に目を落とした。そして固まった。

自分の不手際がいやになる。中谷はようやく詩穂の手から紙を奪った。いやいやながら、そこに書いてあるはずの例の文言に目をやる。そして眉をひそめた。

前と違うことが書いてある。

〈お宅の奥さんは不倫をしています〉

エスカレートしてやがる、とさっき追いかけたまじめ顔を思い出す。

しかし、虎朗はこんなものを信じる男ではないだろう。冷笑しながら先を読み、中谷は詩穂と同じように固まった。

〈村上詩穂さんは旦那さんに養ってもらっている立場でありながら、中谷達也という妻子ある男性を家に連れこんでいました〉

思わず、詩穂を見た。

「なんだこれ」

やけに具体的だ。詩穂も中谷を見ていた。

「家に来たことなんかないのに」

その目は揺れていた。グラタンを二つ食べた話をした時と同じ顔になっている。

「……どうせ疑われるんだったら、今夜、夕飯食べに来てもらえばよかったですね」

それを聞いて気づいた。新しい手紙が揺さぶろうとしているのは夫婦関係ではない。

主婦と、そのパパ友の関係なのだ。

たとえ根も葉もない話でも、疑われたら会いにくくなる。また俺は一人になる。

ウィーンという音が耳の奥でした。冷たい振動が頭蓋骨に響いていた。

第六話　家のことは私に任せて

詩穂は休憩のために宙を睨《にら》む。もう一度泡立ててから、マルを書くと消えなかった。

「よし、これで卵を泡立てるのは終わりだ」

鍋に砂糖と水を入れ、中火にかけて煮つめる。さっきの卵と一緒に混ぜて、泡立て器でかきまぜる。なかなかの体力仕事だ。クーラーをつけているのに汗が頬を伝った。

「なに、つくってんの」

今日は定休日なので虎朗が家にいる。

苺をお腹に乗せて動物番組を見ている。凶悪な顔のわりに、シロクマの子育てや、ツバメの雛《ひな》の飛ぶ練習や、可愛いものの映像を見るのが好きなのだ。

「アイスクリーム」

「そんなの、うちで作れるの？」

「うん、卵と砂糖と生クリームがあれば。うちのはいつも私が作ってるよ」

ボウルを冷やしながら生クリームを入れる。バニラエッセンスを入れると甘い香りがした。苺が寄ってきてかいでいる。幼い頃の詩穂も同じことをした。

ステンレスのバットに流しこみ、ラップをし、苺と一緒に冷凍庫に入れた。

「ようし、これで三時間後にはできます」

「店で買えばいいのに」

虎朗が眠そうに言っている。

「うん、でも、気晴らしになるから」

ボウルを洗ってからリビングに行ってみると、虎朗はもう寝ていた。

〈あの有名女優が介護に疲れて不倫、はがされた善き妻の仮面〉

テレビでは中年のキャスターが真剣な顔で、パネルに貼られた記事を読み上げている。

彼女は夫の介護で疲れていて、他に頼る人もいなくて、福祉関係の男性と仲良くなっていったとのことで……。いや、肉体関係はなくても家に入れた時点でアウトでしょう。

リモコンを探している詩穂の耳に、その声はねじこまれる。詩穂はテレビの電源を切った。

中谷が言っていたのはこれだったのか。床に落ちている玩具を拾う。最近はＮＨＫの子供番組しかつけないから、こんなニュースが話題になっていたなんて気づかなかった。

虎朗に打ち明けるなら夜がいいと思った。苺が寝てから話そうと決めた。


昨日の夜、村上家の郵便受けに投函されたあの手紙を見て、詩穂の体は固まった。

〈お宅の奥さんは不倫をしています。村上詩穂さんは旦那さんに養ってもらっている立場でありながら、中谷達也という妻子ある男性を家に連れこんでいました〉

自分だけでなく、中谷の名前まで書かれていることに、言いようのない気持ち悪さを感じた。一緒に公園にいるところを誰かに見られていたということか。

家になど入れたことはない。詩穂は招いたが、中谷は断ったのだ。

「女優の不倫報道が過熱していますから、それをヒントにしたんでしょう」

マンションの正面玄関に駆けこんできた時には乱れていた中谷の息はもう整っていた。

「何のために？」

「波風をたてるためでしょう」

だから、それは何のためなのだろう。でも、その前に訊きたいことがあった。

「中谷さんは、どうしてここに来たんですか？」

「それは……複雑な話なんです。いろいろ入り組んでて、何から説明したらいいのか」

珍しく歯切れが悪かった。しかし、すぐにあきらめたように首を横に振った。

「……わかりました。正直に言います。礼子さんに頼まれて来ました」

詩穂はますます混乱した。

「その白い封筒は今までにも何度かお宅に投函されていました。その時の文言は違ったけど……礼子さんはあなたにその封筒を渡され、嫌がらせだと気づいたそうです」

礼子はこの封筒をダイレクトメールだと言っていた。嘘をついていたのか。

「二通目からは勝手に抜いていたそうです。その代わりを僕に頼むと言われました」

なぜ中谷に、と思ったが、礼子のことだ。やりますと言わせたのかもしれない。

「自分の名前まで書いてあるとは、さすがに僕も思っていなかったですが」

「佳恋ちゃんは？」

「今夜は樹里が家にいます」

「そっか。……中谷さんの家にもこういうの来ないといいけど」

「樹里はそんなものを気にする女ではないです。僕も気にしません」

中谷は強い口調で言い、さっき詩穂から奪った手紙に目を落としている。

「それに、投函したところを見つけて追いかけて住所も突き止めました。あとは本人に問い質《ただ》すだけです」

「問い質すって……」

違和感を覚えた。いつもの白いシャツではなく、灰色のTシャツを着ているからだろうか。いつもの中谷ではないように見えた。少し考えてから詩穂は言った。

「まず虎朗に話しますから。……それまでは何もしないでほしいんですけど」

「え？」中谷は眉をひそめている。「話すんですか？　それこそ波風がたちますよ」

「でも何でも話す約束だし……中谷さんのことも知ってますから大丈夫ですよ」

「そうかな。男っていうのは女が思うより嫉妬《しっと》深い生き物ですよ」

蛍光灯が切れかけていて、チカチカ光っている。詩穂は落ち着かなくなって言った。

「虎朗はこんな手紙、信じたりしません」

さあどうかな、と中谷は意地悪く言うと紙を畳《たた》んで封筒におさめ、詩穂に返した。

「主婦の立場は弱いですよ。夫に離婚されたらたちまち行き詰まる。そんな結婚が幸せだとは僕は思わないけれど、現状を維持したいと思うのなら言うべきではないと思う」

どうして虎朗が信じないと決めつけるのだろう。詩穂はつい言った。

「中谷さんは幸せな結婚をしたんですものね」

中谷は伏せていた目を上げ、詩穂を見据えた。その視線に負けずに言った。

「お互い自立してるし、二人で稼いでいたら、いつ離婚しても安心ですよね」

自分のために中谷はここに来てくれた。それはわかっている。でも今は、中谷が突きつけてくる不安をはねかえすのでやっとだった。

「では、ご勝手に。ただ僕はこういうことをする人間を許しませんから」

背中をこちらに向け、マンションを出ていこうとする中谷を、詩穂は呼び止めた。

「今までの手紙にはなんて書いてあったんですか」

中谷の背中が強ばった。ゆっくりこちらを向き直ると、彼は言った。

「主婦は社会のお荷物です」

中谷はそこで一旦、息を吸った。そして、吐きだすように言った。

「この世から消えてしまえ」

「……そうですか」

「本人に自分のやったことの責任を必ずとらせます」

責任、という言葉が胸に重く響いた。早く日常に戻りたくて詩穂は言った。

「……じゃあまた、公園で。明日は虎朗が休みなので、明後日から行きます」

「無理しなくていいですよ」中谷は薄く笑った。「旦那さんと不仲になるリスクを犯してまで、僕ら親子と遊ぶメリットはそちらにはないでしょう」

中谷の姿が見えなくなると、詩穂は力を抜いた。やみくもに腹が立っていた。

この手紙にではない。礼子と中谷にだ。詩穂が落ちこむとでも思ったのだろうか。礼子だって最初は主婦を時流に乗り遅れたと言っていた。中谷なんか今でも見下している。主婦を馬鹿にする言葉なんてそこら中にあふれている。

地域には色んな人がいる。相手が主婦だとわかると暇だと決めつける人や、いきなり子育てについて説教してくる人はいくらでもいる。でも、もう慣れてしまった。

怖いものはもっと他にある。一人になってしまうことだ。

そこまで考えてから気づいた。礼子は詩穂を心配してくれたのかもしれない。

彼女は鹿児島に行ってしまう。詩穂が給水タンクの上で本音を語る相手はもういない。

その役を、中谷に引き継いでくれたのかもしれない。中谷も、自分にも火の粉がふりかかるかもしれないのに、この手紙を投函した人を追いかけていってくれた。

その気持ちには、感謝しなければならないけれど……。詩穂は手紙をワンピースのポケットにしまった。旦那さんに言うな、という忠告は聞くわけにいかない。詩穂は虎朗を信じていた。

夜になると暑さが増した。できあがったアイスクリームをデザートに食べさせてから苺を寝かせ、図書館で借りた本で網飾りの作り方を調べていると、

「うわ、もうすぐ七夕《たなばた》か」

虎朗が浴室から出てきた。昼にたっぷり寝たおかげか肌の色つやがいい。

「うん、今週の土曜日」

「短冊ある？　俺にも書かせて」

虎朗は年中行事が好きだ。虎朗の両親も好きだったのだそうだ。

「まだ折り紙切ってないんだけど」

「ここに一枚あるし、これでいいわ、俺」

虎朗はテーブルの隅に苺が置きっぱなしにしていた折り紙を二つに切った。サインペンでさらさらと書いている。横から覗きこむと、〈小遣い増額〉と書いてある。

「無理ですね」

「だから織姫《おりひめ》と彦星《ひこぼし》に頼んでんの」

へええ、と言いながら詩穂は夕飯の皿を並べていく。暑いので豚肉の梅肉炒めにした。普段はゆっくり食べられないので、定休日は苺が寝た後に食事をすることにしている。

「もう一枚書いた」

虎朗は、箸を並べている詩穂の前に短冊を出す。こう書いてあった。

〈苺が、毎日お腹いっぱい食べて、可愛い服を着て、あったかい布団で寝て、病気にもならず、傷一つつかずに、悲しい思いもせず、無事に育ちますように〉

口元が緩んだ。これが虎朗の願いなのか。こんなことを考えて働いているのか。

「私はもっと欲張っちゃうな。苺が一番好きな人と結婚できますように、とか」

「あー、そういう話はもういいから」虎朗は耳を塞いでいる。

「かっこよくて、優しくて、働き者で、作ったご飯を美味しいって食べてくれて、たまにはご飯を作ってくれる、そういう人と出会えて、幸せになれますように」

「つまりは俺みたいな男ってことか」虎朗は片耳から手を外す。

「虎朗はご飯作らないじゃん」

「馬鹿、チャーハン作ったことあんだろ。苺が生まれてすぐの頃に」

そういえばそうだった。父を「二度と来ないで」と追い返した日のことだ。泣きやまない苺をあやしてぐったりしていると、帰ってきた虎朗が作ってくれたのだ。

「あの適当なやつね」

「うまかっただろ？　忘れんなよ。あの伝説のチャーハンを」

そのチャーハンを食べながら、詩穂は「お父さんには出てってもらった」と告げたのだ。虎朗は身を縮めて「ごめん」と言った。しばらくは毎晩チャーハンだった。

「またなんかピンチになったら作ってやるから」

「いやいや、毎週作ってくださいよ。休みの日の昼とか」

虎朗は短冊をテーブルの隅に揃えて置くと、ふと目を上げた。

「詩穂は、俺と結婚して幸せか？」

「なに、急に」

「……いや、ちょっと思っただけ」

「幸せだよ」

詩穂は言った。それだけでは足りないと思い、また勇気を振り絞る。

「じゃなかったら、二人目ほしいなんて思わないよ」

虎朗は「ふうん」と言ったきり、黙って夕飯を食べていた。空いた皿をシンクに運んでいる。珍しいこともあったものだ、と皿を洗っていると、うしろから抱きしめられた。皿を落としそうになる。腕の力が強い。冗談でやっているわけではなさそうだ。

「なに、どうしたの」

ただ、ただ、恥ずかしかった。他に方法はないんだろうか。たとえばスポイトを使うとか、というおかしな話まで思い出す。つきあいはじめた時よりも緊張してしまう。

作業だと思ってやればいい、と中谷は言っていた。死ぬほど恥ずかしいけれど、お互いの子供がほしいという思いで家族を乗り越えて男と女にならなければ。

「……今夜はしてもできないと思うけど」

「そういうことじゃないから」

「お皿洗ったら行く」

そう答えると解放された。リビングのほうへ歩いていく足音がした。小さく深呼吸してから、いそいで皿を拭いていると、虎朗の声がした。

「なにこれ？」

強ばった声だった。リビングに行ってみると、虎朗が詩穂を見ていた。

あの手紙を持っている。……苺のしわざだ。詩穂が白い封筒を引き出しにしまったのを見ていて、興味を抱いたのだろう。中身を引き出し、ソファに出していたのだ。

「嫌がらせみたい。うちの郵便受けに入ってたの」

「なんで黙ってた」

「違うの。相談しようと思ってたんだけど、タイミングがなくて。不倫だって。おかしいよね」

笑い飛ばそうとしたが、中途半端に終わってしまった。少しして虎朗は言った。

「中谷達也って誰？」

「……え？」

夫を怖いと思ったことはなかった。どんな酔客も虎朗を見ると大人しくなるという話を信じられなかった。でも今、その意味がわかった。思わず早口になる。

「何度も話してるよね。公園でよく会う中谷さんだよ」

「男だなんて聞いてない」

「ううん、中谷さんはパパ友だって言いました。虎朗、いつもまじめに聞かないから」

「は？　くたくたに疲れて帰ってきて、そっからお前の話、眠いの辛抱《しんぼう》して聞いてやってんだろうが」

胸の中に火花が散った。カッとなって言った。

「聞いてないから、ママ友だって思いこんでたんでしょ？」

「そういや、お前、最近、その中谷の話ばっかしてたな。国交省に勤めてるんだろ？　服のセンスもよくて、苺もなついてんだろ？　何か間違ってるか？」

そういうところばかり、しっかり覚えている。

「はっ、おまけに男か。まるで王子様だな。そりゃ毎日会いたくもなるわな」

呼吸が浅くなっているのを感じていた。虎朗は言った。

「もう会うな」

「は？　なんで？　やっぱり疑ってるってこと？　この手紙を信じるの？」

「俺はそこまで馬鹿じゃない。でもダメだ。男と二人きりでいるなんて」

「男じゃない。パパ友だよ。佳恋ちゃんだって苺の友達で……」

「だったら誰か他に呼べ。二人きりはダメだ。探せばママ友一人くらいいるだろ」

虎朗はそう言って、詩穂の腕を摑んで引き寄せようとした。

「ほら、行くぞ。……寝るの遅くなるし、明日も早いし」

詩穂は思い切り振り払った。ついでに虎朗の胸を突き飛ばす。

「じゃあ、寝れば」

突き飛ばされて、顔を強ばらせている虎朗に言った。

「また会うから。そう約束したから。それが不倫だと思うんだったら思えばいい」

「不倫してんのか」

「……するわけないでしょ」虎朗の顔を張り倒したくなった。

「お前は何も思ってなくても、むこうはどういうつもりかわかんねえだろ」

「なんで虎朗が決めるの？　外で稼いでるから？　虎朗が昼間の私のなにを知ってる

の？」

　一日中、誰とも話さない日がある。そのうち話す力すらなくなるかもしれないと思うこともある。中谷と会って、そういう日々がやっと終わったのだ。

「お父さんをこの家に呼んだ時もそうだった。虎朗には私の気持ちなんかわからない。ママ友なんかいくら探したってこの街にはいないんだよ。二人目なんか無理だよ」

　詩穂は玄関に出ていき、サンダルをつっかけた。「おい」と、後ろで虎朗が呼び止めている声がしたが、もうどうでもよかった。屋上への階段を登った。

　屋上にたどりつくと、詩穂は灰色の建物をめざした。鉄製のペンキのはげた梯子を登り、給水タンクに登る。熱気が風に乗ってやってきて、詩穂の頬を焼いた。

　街を見渡す。こんなに家がたくさんあるのに。こんなに人がたくさん住んでいるのに。

「誰か」

　胸が乾ききっていた。喉が渇《かわ》いてしょうがなかった。なのに涙は出る。

「話を聞いて」

　坂上家にはもう行けない。礼子は遠くへ行ってしまう。中谷には会うなと言われた。

　詩穂のもとにやって来るのはあの手紙だけだ。この世から消えてしまえ。

「私の話を誰か聞いて」

辛抱して聞いてやっている、という虎朗の言葉が耳から離れない。

しょせん、主婦の話だ。たかが、家事の話だ。

地味で、盛り上がりに欠ける。会社で働いている人たちには退屈だろう。

途中で遮《さえぎ》られ、溜め息をつかれて、甘いと言われて、目を瞑られて、終わりだ。

みんな詩穂のことを呑気だと言う。主婦の話題になると、時流がどうだとか時代の趨勢がどうだとか言う。でも違う。そんな壮大な話をしたいわけではないのだ。

ぽっかりと空いた穴と、その穴をあきらめずに埋めていく日々の話をしたいのだ。

どんな時代でも、誰かがやらなければならない家事という仕事の話がしたいのだ。

仕事の帰りにちょっとお酒を飲みに寄る。定食屋で晩ご飯を食べる。自分へのご褒《ほう》美《び》に流行のアクセサリーを買う。疲れたらマッサージに行く。休みの日は寝坊する。

そんなこともできずに、毎日誰よりも早く起きてご飯をつくる。スーパーに向かう道で花を見て、ゴミを出しに行った束の間の時間で星を見て、力を奮い立たせる。

いつか、一日でいいから、お休みをもらえたら家出がしたい。あの飛行機に乗ってどこかに行ってみたい。刺激的なことで心をいっぱいに充たして家族のもとに戻ってきたい。

住宅の屋根で切り取られた狭い空を横切っていく飛行機雲が、詩穂の目にどんなに美しく見えるかなんて、思い立った時に飛行機に乗れる人にはわからない。

子供を生き甲斐にする。王子様と結婚してほしいと願う。孫が欲しいと思う。

他人から見たら愚かな望みかもしれない。子供からしたら傍《はた》迷惑な願いかもしれない。

でも、その夢がなければ頑張れなかった。暮らしを紡《つむ》ぐことはできなかった。

そういう話がしたいのだ。あと一日だけ頑張ってみよう。そう言い合って、自分の家に戻って家事の続きをやる。自分の願いはそれだけだ。なのに――。

「私の話がわからない人が、どんどん増えていく」

どんなに一人ぼっちでも、朝は来る。同じ日々が続いていく。

詩穂は下を向いた。はるか下に見える黒い道路。そこにぽっくりと空いた穴。それはいつでもどこにでも空いている。ほんのちょっとのことで落ちてしまう暗い所。

涙で景色が曇っていた。手で拭って、詩穂はもう一度目を上げて、街を見つめる。

なんでも話すという約束なのだと中谷には言った。でも、本当は虎朗にも言っていない話がある。一度、家族を奪い取られたあの人には言えない話だ。

二年前、ちょうど同じ、梅雨の時期に、詩穂はここに一人で来た。屋上に登ったのはそれが初めてだった。……いや、一人ではなかった。苺を胸に抱いていた。

あの時、苺は生後七ヵ月だった。そのくらいになると六時間はまとめて寝るようになると育児書には書いてあった。でも、苺は一時間で目覚めて泣く。

保健センターの健診に連れていく時も、電車の中で大泣きし、視線が突き刺さった。車内では静かにするのがルールだ。でもうまくはできない。だんだん外出しなくなった。

主婦になったのは間違いだったのだろうか。

ニコニコマートで、パートのおばさんが「赤ちゃん、重いでしょう」と籠を運んでくれた時も、声がうまく出なかった。もう長い間、外の人と話をしていないせいだった。

虎朗が帰ってくるまで、詩穂は苺と二人きりでいた。昼が永遠のように長く思えた。

父を追い返した以上、詩穂にはもう誰も頼る人がいなかった。

夜は苺に何度も起こされ、眠れなかった。朝が来るのが怖かった。

――店長に昇進する。

虎朗にそう言われた時、詩穂は喜べなかった。これでまた帰りが遅くなる。数ヵ月前から虎朗は忙しくなり、たまの適当チャーハンも作ってもらえなくなっていた。

――どんなに遅く帰ってきても、私とちゃんと話をしてほしい。

そう言われて、虎朗は戸惑っていた。それでも、そう願わずにはいられなかった。

助けて、とは言えなかった。虎朗は外で稼ぐ。詩穂は家事をやる。自分で望んだことだ。

だから弱音など吐いてはいけない。一人で乗り越えなければならない。

そんなある晩、隣から声がして、苺がうっすらと目を開けていた。薄いまぶたの間から、丸い瞳が覗いていた。詩穂を濡れた目でポカンと見つめていた。

瞳に、彼女の親が映っていた。自分だった。鳥肌がたった。

この子の生命をこの手に握っている。それが親になるということなのだ。詩穂がこれからどう生きるか。それによってこの子の人生は大きく変わってしまう。身が震えた。自分のためだけに生きていた頃には知らなかった恐怖だった。後悔だった。

イマドキ、主婦になるなんて。家事しかできない、世界の狭い母親に育てられた子が、これからの時代、まともに育つだろうか。

気づいた時には、眠っている苺を抱きあげ、抱っこ紐に入れてカチリと固定していた。

部屋から出て、律儀に鍵をかけたのは覚えている。鍵はポケットに入れた。

コンクリートの階段を登る。眠っている苺は重く、膝がきしんだ。その重さもあと少しだと思うと愛おしく感じられた。息がきれ、壁に手をつく。ひんやりと湿っていた。

もう正しい判断などできなくなっていた。ただ、上へ、上へ、と登った。

屋上にたどりつくと、詩穂はよいしょと娘を抱き直した。どうせ生きていけないのなら自分の手で終わりにしよう。虎朗を一人残していくことにすら考えが及ばなかった。

詩穂は鉄柵に手をかけ、そして、自分の住んでいる街を見渡した。

こまごまと並ぶ家々の間から、丸い形の白い花が見えた。街灯に照らされているわけでもないのに、そこだけがぼうっと輝いていた。水の匂いがした。生き物の匂いだった。

あの花を見せてやりたい。そんな気持ちが不意に心の奥で生まれた。

幼い頃、母と畳の上に寝転がって見た、壁に映った木漏《こも》れ日のように、その気持ちは、ゆらゆらと煌《きら》めきながら、詩穂を内側から照らした。

あの花を見せてやる。それまで死ぬのは延期しようと思った。

翌朝、詩穂は苺を抱いて紫陽花を探して歩いた。ほとんど寝られず、ふらふらだった。どうしても見せたかった。この街のどこかで、ひっそりと、たくましく咲く花を。

坂上家の庭で、それを見つけた時、苺は眠っていた。詩穂は手を伸ばし、紫陽花の萼に触れた。しっとりしていて硬くて冷たかった。土と、水の匂いがした。

「まあ、なんて可愛いんでしょう」

声がした。目を上げると、庭の女主人が目を細めて苺を眺めていた。

「どんな大人になるんでしょうね。将来が楽しみね」

それは家事だけをする日を繰り返す詩穂にとっては、気が遠くなるほどの未来の話だった。

汗の匂いがした。詩穂は苺の頭に目をやった。目やにがついている。風で細い毛が揺れている。ずっと一緒にいたはずなのに、もうずいぶん、この子の顔を見ていなかった。

坂上さんはジョウロを土に置いて、門扉から出てくると、詩穂の傍らにやってきた。

「大丈夫、大丈夫」と、背中を撫でてくれた。

詩穂は自分が子供のように震えていることに気づいた。

私は何てことをしたんだろう。苺に何をしようとしていたのだろう。

「今も、主婦は一人ぼっちなのねえ」

涙があふれて止まらない詩穂に、坂上さんは言った。

「私も昔は一人だったのよ。この門の前で呆然としていたものよ」

坂上さんは、詩穂の背中を撫でながら、優しく「大丈夫よ」と言った。

「いつか笑って話せるから。あなたの寂しかった日々が、誰かの役に立つ日が来るから」

詩穂は坂上さんを見つめた。そんな日が来るとはとても思えなかった。

「ね、今日は暑いし、中に入って麦茶でもいかが？　さっき作ったばかりなのよ」

「でも」と、詩穂はためらった。見ず知らずの人の家にあがってもいいのだろうか。

「いいから、入りなさい」

坂上さんは微笑んで、詩穂の背中を押して庭に導いた。

「私は主婦だから、時間だけはたっぷりあるの」


一人で給水タンクの上に登ったのは久しぶりだ。三週間とちょっと前、この屋上に登ってきた礼子を追いかけてきた夜から毎日が目まぐるしくて、一人になる時間がなかった。

屋上から降りて、部屋に入ると、玄関に虎朗がいた。扉の前の壁に寄りかかっている。

「……どこ行ってたの」

「外の空気を吸いに」

「さっきは言いすぎた。疑ってるわけじゃない。まさか男だとは思わなかったから」

「もう寝よ」詩穂はサンダルを脱いで上がった。「中谷さんにはもう会わない」

「家には――」

「入れてません」はねつけるように言った。

虎朗は鋭い視線を詩穂に向け、それからすぐに目をそらした。

虎朗は苺の左に、詩穂は苺の右に寝て、川の字で眠りについた。虎朗の寝息はしばらく聞こえなかった。詩穂は背中を丸め、明け方まで薄い暗闇を見つめていた。


翌朝、十時頃、チャイムが鳴った。出てみると礼子だった。台所に目をやっている。

「ごめん、今日、虎朗さん休みだったんだ」

ふりかえると、虎朗がのそっと立っていた。無精髭《ぶしょうひげ》の生えた顔で、礼子に「どうも」と笑いかけて奥に入っていく。

「今日は遅出なの。……ごめんなさい、あんなきったないかっこうで」

「詩穂ちゃん、なんか疲れてる？」

礼子に言われて、詩穂は「ううん」と言って台所を見た。泡立て器に、銀色のボウル。

「今、アイスクリーム作って、ちょっと腕が筋肉痛で」

今日は公園に行かないよ、と言ったところ、苺はたちまち不機嫌になった。しかたなく、昨日と同じアイスクリームを一緒に作ってご機嫌をとることにした。

中谷には虎朗がトイレに行った隙に、〈今日は行けません〉とメッセージを送った。返事はなかった。やっぱり波風立ったでしょう、と薄笑いを浮かべている顔を想像する。

ふと、鳩尾《みぞおち》に痛みが走った。肋間《ろっかん》神経痛だろう。疲れるとたまに痛む。……それで思い出した。中谷も頭痛がすると言っていた。今日も一人で大丈夫だろうか。

「泡立て器でつくってるの？　ハンドミキサー貸したのに」礼子が言った。

「ああ、実はうちにもあったんだけど……」

実家から持ってきたハンドミキサーはだいぶ前に壊してしまって台所の戸棚にしまったままだ。母はあれでよくアイスクリームをつくっていた。卵と生クリームがあっという間に混ざる。

「アイス、持っていきます？　昨日も作ったからいっぱいあって」

「ほんと？　欲しい、欲しい。鹿児島に行ったら、うちでも作ってみようかな」

詩穂は冷凍庫からバットを取り出し、スプーンを差し入れ、半分タッパーに詰めた。

「そういえば実家に帰ったんじゃなかったんですか。もう戻ってきたの？」

「実はね、じゃじゃーん、子供たちをむこうに預けてきちゃった」

「え、二人とも？　思い切りましたね」

「詩穂ちゃんに言われたでしょ。いろんな人に頼れって。実家近くの兄夫婦に一週間面倒見てもらってる。その代わり鹿児島に行ったら、夏休みに甥っ子たちを預かることに」

「会社は？」

うーんと、礼子はなぜか困った顔になった。

「辞意は伝えたけど、引き継ぎもあるし、まだいつになるか決まってないの。でも量くんは来週引っ越すから、準備のために私も夏休みとってる」

詩穂は少し思案したが、ふりかえって虎朗に「ちょっと出てくる」と言った。

廊下に出ると、蟬の声がした。もう太陽は高く上がっていて、廊下にまで強い日射しが入ってきている。一段と暑くなりそうだった。詩穂は声を落として聞いた。

「保育園って三歳からなら入りやすいって、中谷さんに聞いたことあるんだけど、本当？」

「うん、三歳以上は星夏の園も空きがあったはず。……急にどうしたの？」

礼子が顔を覗きこんでいた。詩穂は小さく笑った。

「実はね、うちも二人目ほしいなあって思ってて、だったら私が主婦じゃ、経済的にきついでしょう。だから共働きになる手もあるかな、って考えてみただけ」

アイスクリームをつくりながら、考えていたことがあふれるように口から出てくる。

「詩穂ちゃんはなんだかんだ言って、主婦でいると思ってた」

礼子はじっと考えこんでいる。彼女が口を開く前に詩穂は言った。

「あの手紙のせいじゃないから」

礼子が目を見開いた。まったく、という顔をして言う。

「詩穂ちゃんには黙ってろって言ったのに」

「違うの。色々あって知っちゃったの」

礼子に今回投函された手紙のことを話した。不倫を疑う内容だったことを告げると、礼子は難しい顔になったが、中谷が差出人の住所を突き止めたことを話すと、やたらに感心していた。

「あの人、詩穂ちゃんに対しては誠実だったから頼んだんだけど、さすが早いな」

「誠実？　あの人が？」

「主婦を利用するなって前に言われたことある。詩穂ちゃんを守ってる感じだった」

そうだろうか。昨日の中谷はとてもそんな雰囲気ではなかった。

「中谷さん、なんか怖い目をしてた。責任をとらせるって言ってた」

あれと同じ目を前にも見た。出会ったばかりの頃、佳恋が砂に尻餅をついた時だ。

抱きあげてあやした詩穂に、甘やかさないでください、とにらむように言っていた。

「責任をとらせる、ねえ」と、礼子がつぶやく。「ちょっと物騒だね」

「虎朗に話すから、それまで何もしないでとは言ったんだけど」詩穂は自分の部屋のドアを見た。「虎朗はもう会うなって。そもそも中谷さんが男だってことを知らなくて」

「ああ」と、礼子が額をおさえた。「そうきたか。でも家には入れてないんでしょ？」

「家に来ないかって誘ったのはたしか。頭痛がするって言ってたから、夕飯うちで食べたらって。でも中谷さんは断った」

「……それ、どこで？」礼子は顎に手を当てて考えこむ。

「公園の砂場で。……ねえ、パパ友を家に入れるってそんなに悪いことなのかな？」

昨日からずっとそこがひっかかっている。

「うーん、既婚男女が二人きりって聞かされると、胸がざわつくことはたしかだよね。でも、自宅に行くのがダメってなると遊ぶ場所が限定されるよね。外にいたら夏は熱中症にもなるし……。あー、男も家事をする時代になったっていうのに意外なとこで躓《つまず》くね」

礼子は唇をきゅっと結んで詩穂を見つめた。そして言った。

「とりあえず、例の手紙のことは一旦、私に任せてくれないかな。中谷さんと今後の対応を話し合ってみる。できるだけ穏便な方向に持っていくから安心して」

詩穂はうなずき、部屋にスマートフォンを取りに帰った。中谷の連絡先を勝手に教えてよいものかどうか迷った。しかし、中谷があの後どうしているか、様子も聞きたかった。

怒られるのを承知で中谷のアカウントを礼子に伝えた。中谷にも礼子から連絡がいく旨をメッセージで送った。それで少し気が楽になった。


昼過ぎ、虎朗が出勤すると、詩穂は苺を連れて公園に向かった。午後は蚊が多い。念入りに手足にスプレーしてから解放すると、苺は「あっ」と地面を指差した。

「めいろ」

棒で引かれた線がうねうねと広い範囲に描かれていた。迷路ではなく、道路だろう。ところどころに横断歩道が描かれている。

「佳恋ちゃんとパパ、朝に来たのかもね。今日は暑いからもう帰ったのかもね」

これからは、こうして時間をズラして公園を利用することになるのだろうか。パパ友と毎日会っていれば関係を疑う人も出る。その可能性に無頓着《むとんちゃく》だった自分が悪いのだ。

苺が三歳になったら外で働きに出ようかと考えはじめていた。しかし、そうなったら、二人目を産んで育てるのはもう無理だろう。あの礼子ですら無理だったのだ。

「苺、遊ぶのはちょっとだけだよ。すぐに坂上さんのとこいくからね」

里美には来るなと言われた。しかし様子を見るだけならいいだろう。

「詩穂さん」

そう呼ばれて、詩穂は地面の線から目を上げた。公園の入り口に中谷が見えた。

「今日はなぜ来なかったんですか」

佳恋を抱いて近づいてきた中谷は、いつもの白いシャツを着ていた。その視線は公園脇の住宅に向いていた。いかにもハウスメーカーが建てたらしき一戸建てだ。

「礼子さんからメッセージ行きました？」

虎朗の怒った顔がちらつき、気が焦った。中谷は視線を詩穂に戻した。

「ええ、返信もしました。……ただ、対応について意見が食い違ってまして。僕は制裁を加えるべきだと思う。といって、傷害事件にでも発展しない限り警察も動かないだろうし、民事訴訟で勝つのも難しい。なので直接会って非を認めさせるべきだと思うんです。……でも、礼子さんは無視することが最大の攻撃だと」

「中谷さん、あの、私はそんなに気にしていませんから」

「気にしていないのなら、どうして今日の午前中は公園に来なかったんですか？」

強い口調で言ってから、中谷ははっとした顔になった。

「……すみません。なんていうか、その、一昨日は来ると言っていたので」

詩穂は黙った。あなたの言う通りになってしまったと言ったら笑われそうだった。

「旦那さんに何か言われたんですか」

詩穂を見つめるその目が、また険《けわ》しくなっている。佳恋が神経質に指をしゃぶっているのも気になった。誰かが見ているかもしれない場所で話すのも憚《はばか》られる。

「あの、今から坂上さんの家に行くので、一緒に行きませんか」

「え？」中谷は面食らっている。「来るなと言われたのでは？」

「ちょっと様子を見るだけですから」

里美さんがいたらまた気分を害するのでは、と言いつつ中谷はついてきた。坂上さんがいれば二人きりではない。そう自分に言い聞かせる。虎朗も許してくれるだろう。

どこからか水の匂いがした。夕方からまた雨が降ると予報では言っていた。

「うちの父を追い返した話はしましたよね」

詩穂は歩道の白い線からはみ出そうとする苺の手を引っ張りながら言った。

「その後、私は昼間のあいだは一人になってしまって……。そういう頃、坂上さんに出会ったんです。家に入れてもらって、麦茶を飲ませてもらって、すごくホッとしました」

中谷は黙って歩いていた。詩穂の言葉が心に届いているのか、わからなかった。

「だから私は坂上さんを放ってはおけないんです」

坂上家のある道の角を曲がったところで、中谷が唐突に言った。

「家を出られなくなるのが嫌で実家を捨てたのに、なぜ主婦になったんですか」

「……さあ、何でなんでしょうね」

二つのことが同時にできない。今まではそう説明してきた。でも、だんだんわからなくなってきた。違うのかもしれない。実家を出たあの日から、詩穂は自分を、自分の家事の力を、求めてくれる人をずっと探していたのかもしれない。それが虎朗だった。

中谷はずり落ちてきた佳恋を抱き直した。

「この世から消えてしまえと言われて腹が立たないんですか」

「本当に消えるなんて思ってないんじゃないでしょうか。文句を言っても傷つかないし、いなくなったりしないって、その人は思っているのかもしれません」

坂上さんはそう言っていた。主婦はそう思われているのだと。

もしかして、と中谷が眉間に皺を寄せた。

「詩穂さん、専業主婦を辞める気ですか」

「わかんない。自分でもわかんないです。……中谷さんはそうすべきだって思ってるんでしょう?」

「いや、それは、その」

中谷は口籠った。その時、苺が駆け出した。詩穂の手を振りほどき、坂上家のチャイムめがけて走っていく。しかたなく話を中断して追いかけた。

苺がチャイムを押すと、里美が出てきた。隣に立っている中谷は、それみたことか、という顔で詩穂を見ている。何と言い訳していいかと迷った。

「あの、すみません、来てはいけないと言われたのに。様子だけ見たくて……」

怒られるだろうな、と思ったが、里美は気の抜けた顔をしていた。

「ね、少しあがってってってくれない?」

そう言って、二人にスリッパを出してくれる。詩穂は中谷と顔を見合わせた。しかし、リビングに入るとすぐに事情がわかった。

「ああ、よかった。いいところに来てくれたわ。里美があれを捨てちゃったのよ」

坂上さんがとりすがってくる。細い指が詩穂の腕をぎゅっと摑んだ。

「布よ、布。もったいないからって集めてたでしょう。なのに里美が捨てたの」

「捨てたのはお母さんよ」

と、里美が溜め息まじりに言い、詩穂を向いて言った。

「もう二時間もこうなの。母が一人でいるのを怖がるから、午前は家で仕事して、午後から出勤のつもりで。でも、ずっとこんな感じなのよ」

「この人が勝手に捨てたのよ！」坂上さんが娘を睨んでいる。

「こういう時はどうしたらいいのかしら。あなた知ってる？」

問われて、詩穂はうなずいた。坂上さんから介護をしていた時の話をよく聞かされている。まずは落ち着かせなければ。坂上さんをソファに座らせる。背中をさする。

「あのね、坂上さん、あの布、実は私と苺がもらっちゃったんだ」

他でもない坂上さんに教わったのだ。認知症の人に、あなたは認知症だという現実を突きつけてはいけない。話を合わせて安心させることが大事だ、と。

「ちゃんと言わなくてごめん」

「そう……。そうなの……。ならいいの。役に立ってくれてるなら、いいのよ」

「立ってる、立ってる。だからまた集めてよ。ね？」

坂上さんは里美に付き添われて二階へ上がっていった。寝室で少し休ませるらしい。戻ってきた里美は、台所から麦茶を持ってきた。

「ありがとう、詩穂さん。朝はしっかりしてたんだけど、昼過ぎにああなったの。そつか、母の言うことを否定しちゃだめなのよね。頭ではわかってたんだけど」

コースターを並べて、その上にコップを載せる手つきが坂上さんに似ていた。

「母は過保護なとこあるでしょう。うちにまで来て掃除をしたりね。いい加減、子離れしてくれないかなとは思ってたけど、こっちが面倒見る側になるなんてね」

割れないプラスチックのコップで出してくれている。じっと見ていると、

「職場のパーティに同僚が小さい子をよく連れてくるから慣れてるのよ」

と、里美はエプロンのポケットからビスケットを出す。

「これあげていい？　はい、ママからお許し出たわよ。……私、こう見えて子供に人気なの。子供に興味ないのにどうしてかな。それがいいのかな？　戦いごっこやら、おままごとやら、つきあわされていつもモミクチャ。怪我させたらどうしようかってヒヤヒヤ」

口調はぶっきらぼうだが、いい人だ。詩穂は中谷を睨んだ。何が、女性は自分が持ってないものを持っている女性が嫌い、だ。女性全般に対して信用がなさすぎる。

「あなたは中谷さんでしょう？　詩穂ちゃんのパパ友。母から伺ってます」

中谷は答えない。そういえばさっきから黙っている。

「この前は、私もちょっと混乱してて、ちゃんとご挨拶もせずにすみません」

中谷の返事はなかった。詩穂は苺の手元から顔を上げた。ここから台所のシンクが見える。水切り籠にハンドミキサーがあった。中谷の目はそこに向けられていた。

「坂上さん、何かつくってたんですか？」詩穂は里美に訊いた。

「ええ、午前中にパウンドケーキを……毎日やっていることはちゃんとできるのよね」

中谷は魂を吸い取られたようにハンドミキサーを見つめていた。

「大人二人も麦茶でいい？」

「はい、いただきます。中谷さんもそれでいい？　……中谷さん？」

詩穂に強く呼ばれて、中谷はこちらを向いた。「はい」と答える額に汗が滲んでいた。

「パウンドケーキも食べる？　母も詩穂さんたちが食べてくれたら喜ぶと思う」

「僕は結構です」と、中谷が硬い声で言った。「佳恋の分も要りません」

「一歳ならもう食べられるよ。坂上さんの作るケーキはお砂糖控えめだし」

もう三時だ。成長期の幼児はすぐお腹が空く。そろそろ、おやつを食べさせたほうがいい。そう思って言ったのだが、中谷は首を横に振った。

「結構です。うちの子供を甘やかさないでください」

里美は驚いた顔をしたが、坂上さんから彼の性格について聞かされているのか、何も言わなかった。それよりも時間のほうが気になったようだった。

「いけない、そろそろ会社に連絡しなきゃ。行けないって言わないと」

「会社休むんですか」

里美はうなずく。子供たちの熱で何日も会社を休んでいた礼子のことを思い出し、いたたまれなくなる。最終的に彼女は仕事をあきらめることになった。

「母一人、娘一人ですもの。いつかこうなる日が来るって覚悟してた」

でも里美は念願の部長になったばかりではないのか。詩穂はつい言った。

「もし、よかったら、坂上さんは私たちが見てましょうか？」

「でも……」里美は苺と佳恋を気遣わしげに見た。

「子供たちの安全は私たち親の責任ですから。坂上さんには色々お世話になったし、外はまだ暑いし、夕飯までここにいさせてもらえたら、こっちも助かります」

それなら、二人きりになるな、という虎朗との約束を破らずにすむ。

「よし、じゃあ、お言葉に甘えちゃおう。七時までには帰りますので」

一度決めたら行動に移すのが早い人のようで、里美は準備をしに二階に上がっていった。

詩穂はなんだか嬉しかった。信頼してもらったようで。

パウンドケーキを苺に食べさせていると、佳恋がうつらうつらしはじめたので、奥の和室の押し入れから布団を出して敷《し》いた。これまでにも何度か苺を寝かせてもらったことがあるので勝手はわかっている。子供たちを寝かせ、詩穂は苺の腹をトントンしてやる。

「ごめんなさい、お夕飯のことまで勝手に決めちゃって」

「構いません。あなた一人で認知症の高齢者と幼児の面倒を見るのは無理でしょうし」

中谷はそう言って、自分の膝にかじりついて横たわっている佳恋に目をやった。そして、「あ、寝た」と、驚いた顔になった。「いつも一時間は寝ないのに」

「ふふふ」詩穂は少し得意になった。「才能ですよ」

「え？　才能？　なんの？」

「人を眠くさせるのが得意なんです。美容室に勤めてた時も、髪を洗うとお客さんがみんな寝ちゃうんで有名だったんです」

「たまたま疲れてただけじゃないですか」

「いや、虎朗もよく言ってます。詩穂の話を聞いてると眠くなるって」

「それは退屈だからでしょう。……それより、例の手紙の話はしたんですか？」

そうだった。その話をしなければならないのだった。詩穂はリビングを指さした。子供たちを起こさないようにソファに移動すると、詩穂は言った。

「中谷さんにはもう会うなと虎朗に言われました」

「案の定ですね。だから話すなと言ったのに」中谷は表情を変えなかった。

「そもそもママ友だって誤解してたみたいで、ただのヤキモチなんですけど」

中谷の顔が和室のほうを向いた。娘を眺めながら「馬鹿らしい」と吐き捨てている。

「女だけが家事や育児をする時代ではないのに。では今後は会わないことにしましょう」

そんないきなりシャッターを下ろさなくても。詩穂はあわてて言った。

「いや、二人きりはだめだと言われただけで、坂上さんとか誰か他にいれば大丈夫です」

中谷の目がまた台所に向いた。ハンドミキサーを見ている。

「主婦とは惨めなものですね」

視線を詩穂に戻してから、中谷は言った。

「夫の命令には逆らえない。いくら家事をやっても対等ではない」

また見下すモードに入っている。心にかかる圧力に詩穂は抵抗した。

「虎朗の家族はもう私と苺しかいないんです」

「正面から議論しない。現実から逃げ、ある日突然、関係を断ち切る」

「私はただ、虎朗を心配しながら職場に行かせたくないだけで」

「お父さんに家事をやらされていた時と何が違うんです？　いや、一つだけ違うか」

中谷の目がまたハンドミキサーのほうを向く。吐き気をこらえるように唾を飲みこんでいる。

「あなたには子供がいる。だから今回は逃げることができない。母と同じだ」

「……お母さん？　中谷さんの？」

どうして急に母親の話をはじめたのだろう。

「母は父に逆らえなかった。家事を押しつけられ、どこにも行けなかった。そんな人間が、子供と家にとじこめられたらどうなるか、あなたは知っていますか」

二年前のことを思った。苺を抱いて屋上に登った夜のことを。

「どうなるんですか」

実家とはほぼ断絶しているという中谷の話を思い出す。あの時は、その理由について深く尋ねなかった。詩穂は自分の話ばかりしてしまった。

「あなたもきっとそうなる。母と同じことをするに決まっている」

質問に答えない中谷の声は怒りを帯びていた。その怒りは一気に膨らんでいき、

「主婦なんて」

憎悪のこもった表情で言った。

「いなくなってしまえばいいとずっと思ってた」

あの手紙を書いたのは、目の前のこの人なのだろうか。一瞬そう思った。……いや、違う。この人は言いたいことがあれば直接言う人だ。

でも、中谷の様子がおかしいことはたしかだった。

「教えてください」

詩穂は問いかける。

「お母さんはハンドミキサーであなたに何をしたんですか？」

中谷の目が怯えるように見開かれる。口に手が行く。吐き気がするようだった。

その時、和室のほうから小さな足音がした。佳恋がこちらによちよちとやってくる。

「昼寝して、まだ十五分なのに、もう起きたのか」

中谷がよく磨きあげられた時計に目をやる。

「パパの声が大きいから起きちゃったんだよね」

詩穂が微笑むと、佳恋は小さな腕を広げて、詩穂にしっかと抱きついてくる。苺より小さい手に掴まれ、胸が疼《うず》いた。またこんな手に掴まれたくなってしまう。

「佳恋、甘えるのはやめなさい」

「いいよ、私が抱っこしてる。そのまま寝ちゃうかもしれないし」

腕が乱暴に伸びてきて、詩穂の胸から佳恋をひきはがした。火のついたような泣き声が部屋中に響く。詩穂は「なにするの」と中谷を睨んだ。

「その子の親は俺だ」

目が合い、詩穂はぞっとした。昨晩の虎朗も怖かった。でもその怒りの裏側には愛情が感じられた。でも、中谷の目はまったく違った。自分が不出来な機械になった気分だった。

「布団に戻りなさい」

佳恋は心細そうな目で父を見た。危なっかしい足取りで歩いていく。小さい背中を見て、胸がぎゅっとしめつけられた時だった。佳恋が、絨毯《じゅうたん》がたわんでいる箇所に足をとられた。

「危ない」

詩穂は腰を浮かしたが、間に合わなかった。佳恋は転んで床に額を打った。かなり大きい音がした。そのまま静かになる。心臓が止まりそうになった。

「佳恋ちゃん」

駆け寄って抱き起こすと、佳恋は大声で泣きはじめた。

「ああ、痛かったよね。かわいそうに」

佳恋の顔を急いで点検すると、まぶたが赤くなっていた。中谷をふりかえる。

「どうしよう、腫《は》れてる」

中谷は泣いている佳恋を見ると、はあ、と溜め息をつく。「佳恋が悪いんです」

「違う、私がちゃんと見てなかったからだよ。病院連れてこう」

「必要ない。詩穂さん、その子から手を離してください。自分で立たせてください。

……佳恋、大人になったら誰にも助けてもらえないんだよ」

中谷の目に不気味な静けさを感じた。

詩穂は佳恋を抱いたままスマートフォンを出して晶子にかける。今は受付業務中だろうか。祈るような気持ちで呼び出し音を聞く。しばらくして晶子が出た。

「詩穂さん、どうしたの？　ごめん、今、ネイルサロンにいて——」

「一歳の子が転んで目を打ったの」

早口で言うと、電話の向こうの声が変わった。

「まずは眼科に連れていきましょう。眼球やまわりの神経が傷ついていたら大変です」

「そうする。今、坂上さんちにいるんだけど、色々と複雑な状況になってて」

詩穂は中谷に聞こえないように声をひそめた。

「怪我した子のパパが病院に行く必要ないって言ってて。だから私が連れていく」

「すぐ行きます。苺ちゃんと坂上さんは私が見てますから。保険証はありますか？」

「保険証は？」ふりむいて尋ねたが、佳恋の父親は答えなかった。

「転んだだけですよ」

あきれたように言った。待ちきれないのか、晶子が先に言う。

「なかったら後で持っていけばいいです。眼科に電話して状況を伝えておいてください。そしたらすぐ見てもらえるから。もし手遅れになったら、大人の責任ですよ」

電話を切ると、詩穂は佳恋を抱き直しながら、中谷に「どうして？」と言った。

「どうして佳恋ちゃんをもっと可愛がってあげないの？」

その瞬間、中谷が激しさを伴った声で言った。

「可愛がってますよ」

詩穂は腕の中の佳恋の髪に目をやる。よく梳《と》かされて綺麗に結ばれている。たしかに愛情がなかったらこんな面倒なことはできない。でも――。

「佳恋ちゃんが転んだのに、駆けよりもしない。目が腫れてるって言っても、興味を持たない。自分で気づいてないの？　中谷さん、なんだかおかしいよ」

「どうしたの、詩穂ちゃん」

坂上さんがリビングに入ってきた。二階から降りてきたらしい。苺もタオルケットをのけて起きあがっている。

「俺がおかしい？」

中谷の目は詩穂に据えられている。口調が乱暴になっている。

「あなたよりも俺が劣っているっていうなら、その証拠を示してください」

「劣ってるとか劣ってないとかいう話じゃない」

「はっ、詩穂さんでも怒ることがあるんですね。いいですよ。異論があるなら言い返せばいい。俺は物心ついた時から一人で生きてきたんです。東大受験も国家公務員試験も母は自分の手柄だと思っている。でも違う。ハンドミキサーで殴られても自分で血を拭いた。弟が母親を殴ってる間も耳を塞《ふさ》いで勉強した。自分だけで乗り越えてきたんです」

「殴られたって、それ、何歳の時の話ですか」

「これからの世の中を生き抜くための強さを娘に教えてる。それの何が悪いんです？」

腕の中で揺られて涙がひっこんできた佳恋の赤いまぶたを見つめて、詩穂は言った。

「悪いよ」

「だからどこが？」

中谷の声に笑いが混じる。負けずに詩穂は「中谷さんじゃなくて」と言った。

「あなたのお母さんがです。子供を血が出るまで殴るなんて、そんなの悪いよ。やっちゃいけないことだよ」

中谷は自分の娘を見ていた。息が浅くなっているように見える。十数秒した後、

「母は母で苦しかったんです」

と、かすれた声で言った。

「育休に入ってそれがわかった。……誰にも助けてくれと言えなかったんだろうと」

「だったら、どうして、大人になったら誰も助けてくれないなんて教えるんですか？」

「いつ俺がそんなことを言いました？」中谷は顔を歪めた。「それは母がいつも言っていたことです。だから自分の血は自分で拭けとあの女は――」

そんなことまでさせられていたのか。詩穂は言った。

「中谷さん同じこと言ってましたよ。佳恋ちゃんに」

「嘘だ」

中谷は口を押さえた。苦しそうに、呻くように言う。

「俺がそんなこと言うはずがない」

詩穂は虎朗のことを思った。可愛いと言われ続けて育った虎朗は、娘の苺にも可愛いと言う。自然とそうなるのだ。でも、その逆もあるのだろう。

「……あら、おめめをぶつけちゃったのねえ」

のんびりとした声がした。坂上さんが佳恋を遠慮がちに覗きこんでいる。

「冷やしたほうがいいわ」

台所にパタパタ歩いていくと保冷剤をタオルに巻いて戻ってきた。

「詩穂ちゃんもちょっと落ち着いてね。苺ちゃんがびっくりしているわよ」

詩穂はうなずいた。たしかに熱くなりすぎた。保冷剤を佳恋のまぶたに当ててやる。

「大丈夫よ、きっと異常なんかないわよ」

坂上さんは中谷のほうを向いて優しく言った。保冷剤から目を上げると、中谷の唇が震えているのが見えた。まだ怒っているのだろうか。

チャイムが鳴った。苺が玄関に駆けていき、「ショコさんだ！」と叫んでいる。

「晶子さん来た。じゃあ、眼科に行きましょう。私もついて行きますから」

詩穂は声をかけた。しかし、中谷は「行きません」と首を横に振った。

「まだ病院に行く必要ないって思ってるんですか」

「僕は娘にとって害悪なんでしょう？　だったらそばにいないほうがいい」

震える声で言って、中谷はふらりと立ち上がった。

「佳恋をよろしくお願いします」

リュックも置いて出ていこうとしている。

「よろしくって、どういうこと？　ちょっと待って」

追いかけようとした時、うしろから手を摑まれた。ふりかえると坂上さんだった。

「一人にしてあげなさい」

「でも、佳恋ちゃんが……」

引き止められているうちに玄関のドアがガチャンと閉まる音がした。

「主婦にはたまには家出が必要よ」

坂上さんは手の力を緩めて中谷の出ていった廊下のほうを見た。

「中谷さんは主婦じゃないよ。育休中のパパで」

「同じようなものじゃない。あの人、とても参ってる。詩穂ちゃんが初めてうちに来た時もそうだったけれど。家に籠って家事ばかりしていたら誰でもああなるの」

詩穂もそう思った。だから一人にさせたくなかったのだ。

「大丈夫よ」坂上さんの目は、今はしっかりしていた。「息抜きしたら帰ってくる」

「こんにちは。……詩穂さん、外、雨降ってる。気をつけてね」

入れ替わるように晶子が入ってきた。片手の爪しか塗られていない。ネイルの途中で抜けてきてくれたのだろう。お礼を言い、坂上さんと苺を任せてから玄関を出ると、傘をさして歩いた。

十キロ近くある子を、抱っこ紐の支えなしで抱いて長く歩くのは久しぶりで、うまく足が進まなかった。しかも雨だ。一歩ずつ前に進むことだけを考えた。

「あめあめふれふれ、かあさんが、じゃのめでおむかえ、うれしいな」

歌いながら前に進んだ。大丈夫だよと心の中で話しかける。パパもきっと迎えにくる。

雨音は強く、詩穂の歌声が佳恋に聞こえているかわからなかった。

医師は念入りに佳恋の目を調べていたが、問題はないでしょう、とあっさり言った。

「念のため、今後一週間は、ぶつけたほうの目が見えているか確認してください」

腕の中で眠っている佳恋を眺め、詩穂は虎朗が短冊に書いた「傷一つつかずに、無事に育ちますように」という願いを思い出した。

この医院にも週刊誌があった。不倫という文字が表紙に躍っている。目をそらし、詩穂は会計を待った。

中谷と飛行機雲を見上げた日のことを思い出す。家事の楽しさや苦しさを、たまたま近くにいたパパ友と分かちあうことは、そんなにいけないことなのだろうか。会社で共に働く男女が全員不倫をしているわけではないだろうに。

中谷を責めてしまった自分に、腹が立った。坂上さんにしてもらったように、今度は詩穂が助けなければいけなかったのに。

受付で実費を支払い、医院を出た。傘をさそうとした時、スマートフォンが鳴った。

中谷樹里、というアカウントからメッセージが届いている。

〈突然すみません。さっき夫からあなたのアカウントが送られてきました。佳恋の件で緊急で話したいので電話番号を送ってください〉

番号を書き送ると、すぐに電話がかかってきた。

「もしもし、詩穂さん？　中谷の妻の樹里です。佳恋は一緒にいる？」

いる、と伝えると樹里は安心したようだった。今はドバイにいるのだという。

「あの、中谷さんがいないんです。私に佳恋ちゃんを預けてどっか行っちゃって」

詩穂は事情を説明した。佳恋の怪我は大丈夫だが、中谷の行方が気になるとも伝えた。

「離婚しよう、って夫は言ってた」

詩穂は絶句した。なぜそう極端なのだ。

「もっと達ちゃんの話を聞いてあげればよかった。実家に預けて息抜きしなよって注意したんだけど、ストレスなんかないって聞かないの。無理にでも休ませればよかった」

中谷は乗り越えたかったのかもしれない、と詩穂は思った。誰にも頼れずに家事をやる状況に自らを追いこんで、自分は母のようにはならないと証明したかったのではないか。

「中谷さんは、佳恋ちゃんを傷つけないように、自分から離れたんだと思います」

「馬鹿だよね」樹里の声が怒りを帯びていた。「ハンドミキサーの話だって初耳だよ。チケットとれたから、これから日本に戻る。迷惑かけて申し訳ないけど、着くのは明日の夕方。それまで佳恋をお願いできる？」

「わかりました。でも、あの、離婚なんかしませんよね？」

「しないけど？」ふしぎそうな声だった。「達ちゃんがしたいって言っても私はしない」

迷いのない声を聞いて虎朗と似ていると思った。配偶者も子供もまっすぐ愛せる人だ。

電話を切って、詩穂は佳恋を抱き直して歩きはじめた。

「パパ、早く帰ってくるといいねえ」

細い雨が降り続いていた。黒い雲がいっぱいに広がっていて青空は見えなかった。


虎朗が帰ってきたのは一時だった。目が赤いね、と指摘すると顔をしかめている。

「店を閉めるの早かったから、厨房《ちゅうぼう》で一杯だけ。なんだよ。飲んできちゃ悪いの？」

「虎朗はビールを飲むとすぐ寝ちゃうから。ご飯つくるね」

詩穂はフライパンを火にかけ、塩と酒を揉みこんでおいた豚肉をキャベツと炒めた。

「いただきます」

白いご飯を一緒にかきこんでいる虎朗を、テーブルの向かいに座って見つめる。

「実は、色々あって、中谷さんちの子を預かってるの」

虎朗は箸をくわえたまま眉間に皺を寄せた。

「……預かったって、じゃあ、あいつと会ったのか」

「だから色々あったんだって。今から話すから聞いてくれる？」

虎朗は箸を持ったまま和室を見に行った。ほんとにいる、と戻ってくる。

「お前、あんな小さい子を泊まらせるなんて、よっぽどのことだぞ」

「だからそれを今から話すの」

詩穂はご飯が空になった虎朗の茶碗を眺めて言った。

「普段はいいよ。話聞きながら寝ればいい。でも今夜だけはちゃんと聞いて」

虎朗は詩穂を見つめていたが、「……話は聞くけど」と、いっそう凶悪な顔になった。

「その前に、確認というか、もしもの場合に備えて、できるだけ衝撃を抑えておきたいというか……。お前、中谷のこと好きなのか？」

詩穂は虎朗を見つめ返した。「人間的に？」

「違《ちげ》えよ。苺を連れてこの家を出ていって、中谷さんと暮らしますって話なのかって訊いてんだよ」

詩穂は口を薄く開けた。少しの間、声も出なかった。

「……あの、なんでそんな話になるの？」

「そういうつもりだったから、この前、俺のこと拒否したのか？」

馬鹿だ。心の底からそう思った。怒りも湧いてきた。でも、怯えた顔になって詩穂の返答を待っている虎朗を見ていたら、笑いもこみあげてきた。

「何がおかしいんだよ」虎朗が憮然《ぶぜん》として椅子に座る。

「だって、そんなことずっと考えてたなんて、馬鹿みたい」

「でも、お前は一度実家を出てきてるからな。一度決めたら強情だしさ。たまに想像してゾッとする。家に帰ったら詩穂も苺もいなくて、ってそういう光景」

「そんな風に思われてたのか、私」

立ち上がり、ご飯をよそう。主婦は立場が弱いと中谷には言われた。でも、違うのかもしれない。白く輝くご飯粒を眺める。家族の生活を握っているのは主婦のほうなのかもしれない。

おかわりを受け取ると、虎朗は、「じゃあ、話せ」と言った。

しかし、一昨日の夜、中谷がマンションに来たというあたりで、もう心がざわついたらしく、「何で夜に来んだよ」とか、「奥さんも海外出張すんじゃねえよ」などと、文句を言っていた。坂上家に行って詩穂が「もう二人きりでは会わない」ことを告げたあたりになると黙って麦茶を飲んでいた。そして、佳恋が目を打ったことや、中谷が母親からされたことを話すと、深く溜め息をついて椅子の背にもたれた。

「ごめん、話、長いよね。疲れたよね」

「いや、そうじゃなくて、ああもう、そんな話聞いたら怒れないじゃねえか」虎朗は鋭い目を詩穂に向けた。「詩穂、お前、中谷さんのこと、助けてやんのか」

「そんな大げさな話じゃなくて、佳恋ちゃんを預かっただけで」

「助けてやれよ。詩穂は主婦だろ？　家事のプロだろ。だったら助けてやれよ」

虎朗は麦茶を飲み干して、また新たに注いでいる。

「俺はダメなんだ。そういう、ちっちゃい子供がひどい目に遭《あ》う話は」

「知ってる。でも、私も樹里さんも何度もメッセージ送って、それでも返事ないんだよ」

「悠長なこと言ってんじゃねえよ。貸せ」

虎朗は詩穂からスマートフォンを奪うと、メッセージのアプリを操作しはじめた。

「奥さんやママ友からのメッセージは無視しても、俺のことは無視できねえだろ」

そう言って何かメッセージを送っている。詩穂は空になった皿を重ねた後、言った。

「本当は私、会うなって言われたこと怒ってた」

「……だから、それは、ただ心配だっただけで」

「私は毎日、家事してる。子育てもちゃんとしてる。地域の人たちとも、苦手な人ともつきあってる」

「それはわかってる」

わかってない。ここで泣くのは嫌だった。空気を飲みこんで続ける。

「私は虎朗に信頼されたかった。私を信じて、家のことを任せてほしかった。たとえ虎朗には納得できないことだったとしても、それは私なりの考えがあってしたことなんだって思ってほしかった。虎朗さえわかってくれていれば、あんな手紙なんか来てもどうってことなかった」

虎朗はしばらく黙っていたが、「だから、ただのヤキモチだから」とつぶやいた。

「外に働きに行こうかと思ってた。二人目つくるならお金のこともあるし」

「金のことは、詩穂は気にすんな。稼ぐのは俺の仕事だ。なんとかする」

なんとかなるのだろうか。七夕の短冊に「小遣い増額」と書いた虎朗の顔を、詩穂はじっと見つめる。でも、今夜は深く考えないようにしようと思った。

「じゃあ、そっちのほうは、よろしくお願いします」

皿をさげ、湯沸かし器のスイッチを入れる前に、スマートフォンを見る。そして虎朗が送ったメッセージを見て言葉を失った。「なにこれ」と言う。

〈明日の十一時にうちに来なければ佳恋はうちの子にします。虎朗〉

「これで来るだろ、奴も」虎朗はニヤニヤしている。「そしたら家に入れて捕獲だ」

「入れてもいいの？」

「ただし、俺も一緒だ。二人きりにはしない」

「会社は」

「明日は有給とる。たまには吉田に冷や汗かかせたほうがいい」

詩穂はしばらく黙った。そして言った。「いいの？」

「しょうがねえだろ。詩穂のパパ友のためだ。じゃあ、俺寝るから」

和室に向かう背中の肩甲骨《けんこうこつ》がくっきり見えた。虎朗は嫌なことを我慢する時、背中が強ばって丸まる。本当は中谷に会ってほしくないのかもしれない、と詩穂は思った。


翌朝、十一時ぴったりに、待ち構えていたようにチャイムが鳴った。玄関に出ていく間にも扉がノックされた。ドアを開くと、「佳恋は？」と、開口一番に中谷は言った。こんな時でもきちんとアイロンのかかったシャツを着ている。

「昨日のメッセージ、どういうつもりです？」

中谷の発する威圧感に巻きこまれないように詩穂は言った。

「昨日はよく眠れました？」

「眠れるわけないでしょう。一晩中考えてましたよ。親権や養育費のことや——それに加えてこのメッセージです。旦那さんの名前を使ったりして悪ふざけにも程がある」

「お宅がうちの妻の不倫相手ですか」

詩穂のうしろから、虎朗がぬうっと顔をだした。

「いや、冗談。詩穂の夫の虎朗です。すみません、悪ふざけして」

中谷は口を開けたまま黙っている。そういえば中谷に虎朗の容姿を伝えたことがなかった。官公庁には絶対いないタイプなのだろう。喉仏のあたりがヒクリと動いている。

「どうも」と、上ずった声で言っている。「佳恋はどこにいるんでしょうか」

「敬語はやめてください。俺、年下なんで」

「どっちが上とかどうでもいいでしょう」

「いや俺は気にするタイプなんで。ま、ま、とりあえず上がって」

中谷は迷っていたが、入れば佳恋に会えると踏んだのだろう。素直に靴を脱いだ。玄関を入るとすぐに台所。その狭さに戸惑っているように見え、詩穂は恥ずかしくなった。

「飯、食ってないですよね？　ま、座って。今、チャーハンつくってるんで、食います？」

虎朗は背中を丸めて台所に立ち、不揃いに刻んだチクワだの豚の細切れ肉だのを炒めはじめている。じゅうじゅうという音が部屋中に響く。中谷は椅子には座らなかった。

「佳恋は？　奥にいるんですか？」落ち着かない顔で詩穂に問う。

「うちにはいないんです」

「はあ？」中谷は椅子の背を摑んだまま、詩穂の顔を覗きこむ。

「大丈夫です。ちゃんと信頼できるところに預けてますから」

実は佳恋も苺も、礼子に頼んで預かってもらっている。晶子にもヘルプを頼んでいる。

「まあ、まあ、もうできちゃったんで、とりあえず熱いうちに食べてください」

虎朗がチャーハンを盛りつけた皿を持ってきた。

「食わねえと返さないから」と、スプーンをぱちりと中谷の前に置く。

中谷は溜め息をつくと、椅子に座り、食べはじめた。スプーンの使い方が綺麗だった。厳しく躾けられたのかもしれない。虎朗と詩穂も向かいに座って食べる。

「美味しいでしょ？」と、虎朗は決めつけている。

「普通です」中谷が枝豆をすくって顔をしかめた。「これはどういう趣旨の料理ですか？」

「残り物の処理」と、虎朗がガツガツ食べながら言った。「食えればいい的な」

「こんな手抜き料理を食べたのは初めてです」

そう言いつつ、中谷はスプーンを休ませなかった。美味しいのだろう。虎朗のチャーハンは美味しい。それに久しぶりに誰かに作ってもらったご飯はひときわ美味しいのだ。

詩穂が麦茶を持ってくると、虎朗が考えこんでいるので何かと思ったら、

「ビールのほうがいいかも」などと言っている。「休みだし、ね？　いっちゃいますか？」

「ちょっと、まだ昼前だよ」

中谷にご飯を食べさせて、落ち着かせて話をする。そういう計画ではなかったのか。

「酔っぱらったら佳恋ちゃんを連れて帰れないでしょ」

その言葉が、中谷に火をつけたらしい。虎朗が持ってきたグラスを手に取っている。

「僕はただ佳恋の安全を確かめに来ただけで、樹里が来たら引き渡しますから」

「おお、飲みましょう。たまには飲まないと」

「ちょっと待って」詩穂は虎朗を睨んでから尋ねた。「本当に離婚するんですか？」

「樹里にはもう話しました」

「いいじゃねえか、もうその話は。中谷さん、詩穂っていちいちうるさくないですか？」

「そうですね。おせっかいが過ぎるし、年下のくせに何かと上から目線で言ってきます」

「不器用なくせにね」

「不器用もそうですが無知ですよね。大蔵省がまだあると信じていたり、このままでは娘さんの宿題すらきちんと見られないのではないかと心配です」

まあ飲んで、と虎朗はさらにビールを注いでいる。

「ちょっとホントやめて。中谷さん、樹里さんとは素面《しらふ》で話し合わないと」

「ご心配なく。こう見えて強いので。酔ったこともないんです」

止めれば止めるほど、中谷はビールをあおる。やけになっているようだった。そして、本当に強いらしく、いくら飲んでも顔に出ない。虎朗も好き放題飲んでいる。

「一日一缶って約束なんだけどなあ」詩穂は溜め息をつく。

「中谷さんの前でけちくさい話すんなよ」

昼食が終わると、虎朗はほろ酔いになっていて、「肴《さかな》が足りない」などと言って、財布を持って出て行った。二人きりにはしない、と言ったことも忘れているようだ。

「ちょっと待ってってば」と、声をかけたが聞いていない。

ふりかえると、中谷がテーブルに肘をついていた。両手に顔を埋めている。

「大丈夫ですか？　飲み過ぎたかな」

「いえ、違います」と、中谷が呻く。「このところ、ろくに寝てないせいだと思う」

お酒を飲む事自体、久しぶりなのかもしれない。完璧主義の中谷のことだ。育休に入ってからは佳恋に何かがあった時に備え、緊張しっぱなしだったのかもしれない。

「ちょっと待ってて。そんなとこで寝ちゃだめ」

ベランダに干してあった布団を取りこんでリビングに敷く。シーツをかけ、枕を置くと、「さ、どうぞ」布団を指し示した。

「……いや、ひとさまの家で、そういうわけには」

「いいから、寝るならこっちで。テーブル片付けなきゃいけないし」

中谷は困惑しながら布団を見つめていたが、睡魔に負けたらしい。よろよろと立ち上がって布団へと移動した。座りながら、眉根を寄せて言う。

「これからは毎晩、独りで手足を伸ばして寝られる。樹里と佳恋の朝食も作らなくていい。自分の身の回りの……最小限の家事だけすればいい。楽になります」

もうゲームオーバーだと全て投げ出すつもりなのかもしれない。声がか細い。

「そういうことは、休んでから考えたらいいと思う」

中谷はそれでも躊躇っていた。本当に甘えてもいいのか、迷うような目があちこち彷徨《さまよ》い、ふと短冊に目が止まった。虎朗が書いたやつだ。リビングの壁に貼ってある。

〈苺が、毎日お腹いっぱい食べて、可愛い服を着て、あったかい布団で寝て、病気にもならず、傷一つつかずに、悲しい思いもせず、無事に育ちますように〉

それを見ている中谷の目は揺れていた。独り言のように言う。

「僕はわからない。絵本を読み聞かせていても良さがわからない。世界はこんなに優しくないのにと納得がいかない。……詩穂さんも本当は思ってるんでしょう。僕はもう手遅れだって。佳恋にはもう会えない。会わせない方がいい。僕が樹里でもそうする」

「大丈夫ですよ」

何が大丈夫なのか、と反論されてしまいそうだけれど、それでも詩穂は言った。

「中谷さんはいいパパです。ただ、今はちょっと家事に疲れてるだけですよ」

中谷はしばらく黙っていたが、観念したように肘をつき、布団に横たわった。リビングと台所の間の引き戸を閉めようとした時、「なんですか、あれ」そう問われて、詩穂はふりむいた。中谷は天井を見ていた。

「光の玉がゆらゆらしてる」

「ベランダのメダカ鉢の水に太陽が反射してるんです。きれいですよね」

「……そうですか」

「小さい頃、主婦だった母とよくああいうのを見てました。今は苺と見てます」

中谷は何も言わなかった。顔をむこうに向け、寝返りを打った。

「私は台所にいますから、何かあったら呼んでくださいね」

詩穂はリビングを出ると、静かに戸を閉めた。

それからしばらくたっても虎朗は帰ってこなかった。どういうつもりなんだろう、と落ち着かない気分で、食べ終わった皿を片付け、夕飯のしこみに入る。

苺が帰ってくる前にやってしまおう。枝豆の残りを解凍し、ニンジンを千切りにし、タマネギは薄切りにする。ドレッシングも作ることにした。料理本をめくる。

「酢、大さじ一、砂糖小さじ二分の一、塩とこしょう少々、オリーブ油大さじ一か」

小さいボウルに入れてかきまぜていると、リビングのほうから声がした。

「起きました？」

引き戸を開ける。中谷は眠っていた。うなされていたようだ。クーラーが当たって寒いのだろうか。タオルケットを体にかけ、離れようとした時だった。手を摑まれた。強い力だった。短く切られた四角い爪が、詩穂の手の甲に食いこんでいる。手のひらの熱が伝わってきて、心臓が速く打った。どうしよう。振りほどかなければ、と思った時、母の言葉が頭に蘇《よみがえ》った。

ゆっくり、ゆっくり。

詩穂は天井を見上げた。そろそろ四時半だ。太陽が傾きはじめ、天井の光は消えていた。窓はまだ明るかったが、夕方の気配が入ってきていた。しばらくそうしていると、

「樹里」

かすれた声がつぶやいた。詩穂は体を緩めた。

息をつき、小さく微笑んで、中谷の手を腹の上へそっと戻した。立ち上がりながら、声をかけた。

「起きたらご飯にしますね」

虎朗が戻ってきたのは三十分後だった。リビングを覗いて「捕獲だ」と言っている。

「絶対寝ると思ったわ。詩穂の放つ眠気に勝てるやつはいない」

「二人きりにしないんじゃなかったの？」と、詩穂はあきれた。

「まあ、そこは信頼しました。お前、言ってただろ。任せろって」

虎朗は腕を組んで詩穂を見つめた。

「それに、あいつはないわ。詩穂があんないけすかない奴を好きになることは絶対ない」

「……でしょ？」と笑ってから、詩穂は指を口に当てた。「大声で言うと聞こえるよ」

しかし、その心配はなかった。中谷が起きてきたのは三時間後だった。引き戸がガラ

りと開き、ふりかえると、そこに立っていた。寝ぼけた顔をして、首を掻いている。

「何か飲みますか。汗かいたでしょう」

詩穂はコップを出し、麦茶を注いだ。そしてテーブルの椅子を指した。

「もうすぐ夕飯ですから」

「え、もう？」と気の抜けた顔で中谷は言う。「さっき食べたばっかかですけど」

「いちいち口答えしない。せっかく作ったんだから、食べてって」

素直に椅子に座った中谷の髪は寝癖ではねていた。その前に、アラ汁、枝豆のサラダ、里芋の煮物を並べ、最後にご飯をよそって出す。「茄子と富士山とどっちにします」と、虎朗の同僚がお土産でくれた箸置きを見せる。

「……茄子のほうで。箸置きなんか使うんですね」

「苺がいる時は使わない。どっか持ってっちゃうから」と、虎朗。

「これ、いただいていいんですか？」

「もちろん。中谷さんのために作ったんだから。虎朗も座って」

中谷は箸を繊細な手つきで取り、それからまじめな顔で言った。

「ずっと頭痛がひどかったんですけど、なんでだろう、急に治りました」

「酒飲んだからだろ」と、虎朗は缶ビールを持ってくる。

「違うって。普段は寝てる間も身構えてるんだよ、子供から目を離さないように。ちょっと！　また飲むの？」

「……いただきます」

中谷は、言い合いをしている夫婦を横目に、行儀よく食べはじめている。

詩穂と虎朗は顔を見合わせた。一時間前に、樹里から連絡があった。もう成田についてこちらに向かっているという。そこから先は中谷夫婦の問題だ。手出しはできない。

でも、今だけは自分以外の誰かの作ったご飯を食べて休んでほしかった。

「佳恋ちゃんは長野家にいます。さっき見てきたけど、パパって呼んでましたよ」

虎朗が言った。中谷は箸を止めて愛しげな目をした。

「なんでだろう、少し離れるだけで、可愛く思えてくるものですね」

「うちを実家だと思えばいいんじゃないですかね」虎朗が能天気に言った。またビールを飲んでいる。「なんつうか、弟夫婦の家だと思って、ちょくちょく休みに来たらいいですよ」

中谷は何も言わなかった。ただ照れくさそうに小さく笑っただけだった。

中谷の母親にもそういう場所があったらよかったのに、とは誰も言わなかった。時間は巻き戻せない。親子がそれぞれ失ったものを取り戻すことはもうできない。

詩穂は食後にアイスクリームを出した。中谷は顔を強ばらせたが、手で泡立てたことを説明すると、安心したようにそっと匙《さじ》を差しこんでいた。

「うちのハンドミキサー、苺がうるさいのが嫌だって、えーいって投げちゃって」

「壊したんですか？　……へえ、でも、そうか、壊しちゃえばよかったんだ」

中谷は顔を緩め、悲しげに笑った。

「この借りは必ず返します」

気づくと、視線が詩穂に注がれていた。次に虎朗に向く。

「あの手紙の差出人には必ず僕が制裁を加えます」

そして、ポケットから白い封筒を出して中身を虎朗に見せた。たぶん礼子が勝手に回収したという過去の手紙だろう。主婦はお荷物です、と書いてあるという手紙。初めて見たせいか、虎朗の目は細くなった。こんなの気にするな、と言うのだろうと詩穂は思った。しかし、「そうしてください」と虎朗は低い声で言った。

「中谷さんにお任せします。こんなの、俺が本人に会ったら殺しちゃうかもしんねえし」

虎朗までそれか。詩穂は小さく溜め息をつく。

「もういいよ。私は気にしてないし」

しかし、虎朗は真摯なまなざしで中谷を見つめていた。

「昼間のあいだ、詩穂を一人にしないでやってください」

＊

主婦なんか消えてしまえ。

その思いだけで、白山《しろやま》はるかは辛抱強く見張り続けていた。

築四十年のマンションの正面玄関に灯りがついてから、だいぶ経った。

中谷達也が出てきたのは、ここへ来てから三十分は経った頃だった。スーツケースを持って階段を降りてくると、道路に下ろしている。いつもは人を寄せつけない空気を放っている育休中の父親だ。だから前に公園で話しかけられた時は逃げた。なのに今夜はなぜか晴れやかな表情だ。そう思っていたら、後からもう一人、小さい女の子を抱いた女が出てきた。モデルみたいな容姿の女だった。外資系に勤めているという妻だ。

「達ちゃん、今度はうちに来てもらおうね」と、華《はな》やかに笑っている。

どうせ帰国子女なのだろう。家事も育児もしてくれる夫を持った恵まれた女。

次に出てきたのはワーキングマザーだ。長野礼子。中谷夫婦に親しげに言っている。

「もうちょっと早く仲良くなっておけば、もっと遊べたのに」

夫が鹿児島に転勤になって仕事を辞めるはめになったのだ。公園でそう話しているのを聞いた。やはり神様は見ている。仕事も家庭もと欲張るから天罰がくだったのだ。

「今日は子供たちと遊べて楽しかったです」

薄いカーディガンを羽織っているのは、蔦村医院の若奥さんだ。開業医の夫のお金で贅沢ざんまいをしている。あの美貌で今までもさんざん得をしてきたのだろう。

でも、やはり許せないのはあの女だ。

最後に出てきた村上詩穂。娘を抱いたほろ酔いの夫と、何か冗談を言って笑っている。ただの専業主婦。家事さえしていればいい女。なのに、時代の最先端をいくような人たちに囲まれている。なぜ、あんなにも幸せでいるのか。

三日前の夜、中谷に追われた時の恐怖を思い浮かべる。本気で怒っていた。

どうして私だけが責められなければならないのだ。あの女と私と何が違ったのか。

ふと、中谷達也が自分を見ていることに気づいた。

暑いのに体の芯が凍るようだった。あの男は私の住所を知っている。その手がカーゴパンツのポケットに入るのが見えた。白い封筒を引き出し、すぐにまたポケットに押しこんだ。あれは今日の午前中に新たに投函したやつだ。あの女の目から隠すために郵便受けから盗んだのだ。それを今、私の前で晒した。知っているぞ、と言いたいのだろう。お前のみっともない心をすべて知っている。後退《あとずさ》りして逃げ出した。

なぜ私だけが一人なのだろう。

みんな言っている。専業主婦は年金も税金も健康保険も払っていない。暇を持て余して不倫をする。週刊誌にも、小説にも、漫画にも、主婦はそんな風に描かれているではないか。のんびり家事だけをして夫の稼ぎを浪費するだけの社会のお荷物。

神様、どうか、あの女に天罰を。

中谷達也に盗まれ、あの女に届かなかった新しい手紙には、こう書いた。

〈主婦をこの世から一人ずつ消します。まずは村上詩穂さんから〉

私だって主婦になるはずだった。優しい夫と可愛い子供に囲まれて、あくせく働くこともせず、家事をするつもりだった。昼下がりの優雅なランチ。お洒落なママ友。自分があきらめた余裕のある毎日を彼女は送っている。時間がたくさんあって、いつも呑気に笑っている。

でも、そんな存在は、これからの世の中では許されないのだ。

白山はるかの足はどんどん速くなっていく。

第七話　大きな風

「これは仕返しなのかしらねえ」

　母が、入院している病院のベッドで天井を見つめながらそう言った時、詩穂は叔母さんに持たされたリンゴを紙袋から出そうかどうか悩んでいた。

　もう十三年も前の話だ。詩穂は十四歳にもなってリンゴの剝き方を知らなかった。かといって、あと数日もつかどうかわからないと言われている母に訊くのも変な気がしていた。

「仕返し？」

　誰に対する、と思って尋ねたのだが、母は違うことを言った。

「詩穂は大きくなったら何になるの？」

　自分がいなくなった後のことを尋ねる母の目は真剣だった。

「わかんないよ。お母さんみたいに、のんびり主婦やるのもいいかな」

そう言えば喜んでもらえると思った。最後の親孝行のつもりだった。

「主婦ねえ」

お母さんみたいになれるかしら、といつもなら得意げに言いそうなのに、母はそれきり天井を見たままだった。視線の先を見ると、光の筋が寄り集まってゆらゆらと揺れていた。

「あ、ここにもできるんだ」

幼い頃によくこういう光景を見た。家の中で、母と一緒に。

「窓の下に川があるの。細い川。それが反射してるの」

「へえ」

「その横に紫陽花が咲いてるの見た？　詩穂、小さい時、好きだったじゃない」

「そうだったかなあ」

その頃は花になんか興味がなかった。中学生には他に楽しいことがたくさんある。

「そうよ。紫陽花って植えてるとこ多いの。家によって色も違うし、最近じゃ洋ものも増えてきて素敵よ。あなたに子供ができたら一緒に探してみて」

詩穂も光の筋を眺めた。そのうち唇が痺《しび》れて、横隔膜《おうかくまく》がせりあがってくるように感じた。

母に訊きたいことがたくさんある。お風呂場のタイルの目地が黒くなってしまった。あれはもう消えないのだろうか。詩穂が消さなければならないのか。

「お母さん、仕返しって何？」

さっきの母は、詩穂の知っている母ではなかった。人間は死ぬ前になると、色んなものが削《そ》げ落ちてしまうのかもしれない。お母さんだとか、奥さんだとか、女の人だとか。

「なんでもないの」

母はだるそうだった。何も決めないうちに体が動かなくなっていく。お見舞いに来た叔母さんに母はそう言ったそうだ。詩穂に伝えなければならないことがたくさんあるのに、いざ会うと他愛もないことばかり話してしまう、と。

「あなたもいつか紫陽花を探してみてね」母は天井から詩穂へと視線を移した。「もし、主婦にならなかったとしても、探すといいわ」

あんな日陰に咲く花のどこに母は惹かれているのだろう。

「お母さん、あの頃が一番幸せだったように思う」

病院の建物から出て、そのまま駐車場を突っ切ろうとして、詩穂はふりかえった。

母の病室の下あたりに川がある。その横に紫陽花が植わっている。小さい紫の萼が集まって鞠《まり》のようになっている花。ごわごわした緑の葉。あんな地味な花を探して歩いていたなんて、専業主婦は呑気なものだなと思った。それより靴下の場所だ。お風呂場のカビの取り方だ。自分のことはいつも後回しにするから、こんなことになるのだ。

検査をもっと早く受けさせるべきでしたね、と医師は言っていた。それを聞いた父は会社に行く時と同じ顔をしていた。奥歯を噛み締めているような、しかめっ面。

制服のスカートの裾を蹴飛ばしながら歩き、病院の敷地の門を出た時、紙袋を持って帰ってきてしまったことに気づいた。リンゴが入ったままだった。

そのリンゴは、父も詩穂も剝くことがないまま、台所の隅で傷んでしまった。お葬式の後に気づいて、紙袋ごとぐしゃっと丸めてゴミ箱に押しこんだ。剝き方くらい教えてもらえばよかった。ゴミ箱の前にしゃがんで泣いた。母は詩穂のために何百回となくリンゴを剝いたけれど、詩穂は母のために一度も剝かなかった。

母がいない台所は謎ばかりだった。父はザルに磨《と》いだ米をあげて、これが正式なやり方だ、お母さんは手抜きしてたんだ、と意気込んだ。でも毎日やるのは大変だった。

一ヵ月もすると父は飽きたのだと思う。お風呂掃除は当番制だったはずが、いつの間にか詩穂が毎日やることになっていた。洗濯物も父はだんだん干さなくなった。

娘のつくった夕飯を食べながら父は言った。

「もうすぐ試験だろ。いい点数とって、お母さんに報告しなきゃな」

詩穂が行きたいのはバスケ部の活動が盛んな近所の公立学校だった。お揃いのユニフォームを着ている先輩たちを眺めながら、いつかあそこに混じるんだと思っていた。

運動神経は鈍いほうだ。でもバスケは好きだった。試合の前に邪魔にならないように、チームメイトの髪をお団子に結い上げるのは詩穂の得意技だった。

それだって最初はうまくできなかった。鏡の前でイライラしている詩穂に母は、

「ゆっくり、ゆっくり、ゆっくり」

と笑って言った。ゆっくりやればいつかできるようになる。あなたはそういう子だと。

この得意技のおかげで、詩穂はチームで居場所を見つけた。自分が結ったお団子たちが汗をちらして、ボールを回すのをベンチから応援するのも楽しかった。

母が死んだ後も、自分の毎日は変わらないと思っていた。

でも、どうやら父の世界からは家事という仕事が消えてしまったらしい。

「ワイシャツ、襟《えり》が黄ばんでる」

そうつぶやけば明日には白くなっている。「ん」と唸ればお茶が出てくる。父が変えたくないと思っている日々を守るために、詩穂の毎日はすっかり変わってしまった。

父を恨まなくて済んだのは、結局その高校に入れたからだ。担任の先生が内申書に詩穂の置かれた特殊な事情をぎっしり書いてくれたおかげだ。お情けで詩穂は進学した。

バスケ部を辞める、ということを言いに行った時も、チームメイトたちは「試合には絶対来て」と言ってくれた。実際に行った。「これに負けたら引退」と張りつめていたみんなの顔は、詩穂が髪を結ってあげている間だけは緩んでいた。

「詩穂に髪触ってもらってると緊張しないね」

「美容師とかむいてるんじゃない？」

携帯ミラーを代わる代わる覗きこみ、はじけるような笑顔で飛び出していく同級生たちを見送り、詩穂は観客席で試合を見た。いい試合だった。みんな頑張っている。

詩穂が家で父の靴を磨いている間、ドリブルの練習をたくさんしたのだろう。詩穂が排水口のぬめりと格闘しているうちに、戦術を何度も話し合ったのだろう。

「昨日のカラオケではさ、みんなでアニソン歌って気合い入れたんだよ！」

という話を聞きながら、詩穂は昨日の残りのおかずを詰めたお弁当を食べていた。

「自分でつくるなんて偉いよね」

偉いと言われるたびに、「でしょう」と胸を張った。「このもやし、一袋二十円だったんだよ」と節約自慢をした。まるで母のように。私はおばさんになってしまったと思った。

　高校二年生の初夏のことだった。父が家に母の古い友人を連れて帰ってきた。連絡があった時には献立は決まっていた。いつも通り、焼き魚ときんぴらごぼう、オクラのお味噌汁。あわてて野菜スティックと卵焼き、大根おろしも作った。

「詩穂も小さい頃、遊んでもらったんだよ。覚えてるかな？」

　覚えてはいなかったが、佐久間《さくま》さんという、その女性は明るい人だった。母と高校が一緒だったせいか喋り方も似ている。結婚して海外に渡ったらしい。来客があったのは母が死んでから初めてだったので、おっかなびっくりビールをついでいると、

「松前漬《まつまえづ》けは？」と、父が尋ねてきた。

「もうない」と答えると、父は「気が利かなくて」と、佐久間さんに苦笑いした。

　父がスーパーにわざわざ買いに出て行くと、

「詩穂ちゃん、いつもこんなことしてるの？」

　と、佐久間さんが眉をひそめて言った。詩穂は意味がわからずポカンとした。

「あなたのお父さん、うちでご飯食べてってくださいなんて軽く言うものだから、てっきり自分でやるのかと思ったの。そしたらあなたが作るって言うでしょう」

　怒られているのだろうか。動揺してビールの缶のタブを開けてしまった。

「玄関の靴、きれいに磨いてあった。靴箱の写真立てまで拭き掃除してるのね。ごめんなさい、姑みたいで。あなた勉強する時間あるの？　高校を卒業した後のことは考えてる？」

答えられなかった。父を責められているようで辛かった。

仕方ないじゃないか。うちは母がいない。主婦がいないのだから。

その時、父が帰ってきたので、佐久間さんは黙った。父にも何か言うのではないかと思ってひやひやしたが、佐久間さんは母の思い出話を和やかにしただけだった。

父は佐久間さんを駅まで送っていき、詩穂が皿を洗い終わった頃に帰ってきた。

「お母さんにちょっと似てたね」

詩穂が言うと、父は、「そうか？」と男子が女子をいじめる時の顔になった。

「外国に染まると、なんだな、女も気が強くなるんだな」

駅まで送っていく道すがら詩穂のことで責められたのかもしれない。

それでも父の日々は変わらなかった。変わらないだろうな、と詩穂も思っていた。

父は恐れている。母がこの家からいなくなってしまったことで、ぽっかりと空いてしまった穴のことを心底恐れている。だから詩穂が埋めてきた。それが一番いいと周りの人も思っているようだったから。働き盛りの男性が仕事から帰ってきて、使い古しの歯ブラシで蛇口を磨くなどということは誰も想像したくないのだ。そんなことをさせたら何か悪いことでも起きそうで。詩穂もそう思っていた。

でも、佐久間さんの怒りを見た時から、自分が崩れていくのを感じていた。

お皿を一枚洗うたびに、ガスコンロの火をカチリと点けるたびに、床に脱ぎ捨てられた父のパジャマのズボンを拾うごとに、心に溜まった何かが、バーンとはじけていく。

もしかしたら、これが母の仕返しなのだろうか。

家に帰ったらご飯ができていて、お風呂がわいていて、ふかふかの布団があって、目に見えないものまで整っていて、ぬくぬく育った私への、これは母からの復讐《ふくしゅう》なのだろうか。

父が家事をやろうとしないことまで、母はわかっていたのに違いない。

シャツ一枚にアイロンをかけるのに何分かかるかも知らないくせに、将来のことを訊かれて、「のんびり主婦もいいかな」と答えた娘に、母は何も言わなかった。娘にすら、自分の苦労をわかってもらえないのだと、自分の検査を後回しにしてまで尽くした家族とはなんだったのだろうか、と思ったのかもしれない。

もし、今みたいに色々選択肢があったなら、母は主婦になることを選んだだろうか。

家事が完璧だった母のことだ。もしかしたら、何をやっても不器用だった父よりも、会社で出世して、経済を活発にしていたかもしれない。

そんな風に詩穂が考えてしまうのは、今まさに目の前で、海外を飛び回っている華やかな妻が、不器用な年下の夫をやりこめているからだった。


「達ちゃんが本当に苦しいんだったら、私は会社を辞めてもいいんだよ」

樹里はそう言って、高そうなテーブルの上で長くて細い指を組んだ。オーク材でできているのだそうだ。この〝ミーティング〟が始まる前、中谷が言っていた。

「私にとって一番大事なのは達ちゃんと佳恋なんだから」

ふわふわした髪をかきあげながら、きっぱりと言う樹里は美しかった。

昨夜、夫と娘を迎えに現れた樹里を見た時から、詩穂は彼女に惚《ほ》れこんでいる。今のままでも素敵だけど、髪を巻いたらどんなに映えるだろう、と元美容師の血が騒いだ。しかし、

「仕事を辞めて家族に尽くすという考えは前時代的だと思わないのか」

モデルのように美しい妻を持つ夫のほうは苦々しげな顔だ。

「だって仕事なんてその気になれば後で挽回できるもの。でも家族はそうじゃない。そのあたり、達ちゃんはいつもプライオリティを見誤るのよね」

「いつも？　いつもというその言葉の定義は？　年何回？」

佳恋が「おちゃ」と眉間に皺を寄せてつぶやく。

詩穂は佳恋を胸に抱いたまま中谷家のキッチンへ行き、麦茶を注いでやりながら思う。

これ、いつ終わるのだろう。

昨日の夜、中谷夫婦に頼まれたのだ。今後の中谷家の運営について話し合いたいのだが、お互い冷静ではいられないだろうから、村上夫婦に同席してほしいと。虎朗は詩穂と同じく、樹里が現れた時はデレッとした顔をしていた。しかし、彼女が家族会議をミーティングと呼ぶのを聞いた途端、面倒になったらしい。「俺、明日は出勤」と逃げてしまった。

おかげで詩穂だけが呼び出された。苺は長野家に預けてあるが、小さい子がいては引っ越しの準備も進まないだろうと心配になる。

「二人目を作る作らないの問題がまさにそうよ」樹里は脇にあった紙を中谷の前に突き出した。「計画表の通りにセックスしましょうって言われて、その気になる女がいると思う？」

「あの……」

詩穂はおずおずと口を出したが、樹里は勢いよく続ける。

「女であり、妻であり、母親である前に、私は一人の人間として愛されたい」

「俺は樹里のキャリアを一番に考えてこれを作ったんだ」

頑《かたく》なな中谷に業《ごう》を煮やしたのか、樹里はぱっと詩穂のほうを向いた。

「ああもう話が通じない。AIと話してるみたいでしょう？」

「AI……」

「人工知能です」中谷がいらだたしげに言う。「すでに社会の多様な場面で活用されています。せめてネットニュースくらいは読んだらどうですか」

「ね？　こういう風に、人間らしい会話がまるでできないの」

「詩穂さんに同意を求めても無駄だから。二人目を作るという共通の目標に対し、配偶者のモチベーションが低いことへの疑問は詩穂さんにもある。ですよね？」

僕たちは仲間だろう、とばかりに中谷は目を覗きこんでくる。

「あの」と、詩穂はたまらずに言った。「そろそろ昼ご飯をつくりに帰らないと」

「では昼休みを挟んで十三時に再開しよう」と、中谷が言う。

「そうしよう。……あ、詩穂ちゃん、うちで食べてく？　達ちゃんの作ったカレーがあるよ。いかにも頭が良い俺が作ったカレーって感じだけど。スパイス一杯入ってて」

「昼食と夕食のことを気にせず、話し合いに集中するために朝五時に起きて作ったんです」

夕食までかかるのか。たまらずに詩穂は立ち上がった。

「私、このへんで失礼します。佳恋ちゃんは預かるので、お二人でどうぞ」

「逃げるんですか？　そういうところ、さすが主婦って感じですね」

咎《とが》めるように言う中谷にさすがに腹が立った。

「これ、墓場まで持っていこうと思ってたんですけど」

詩穂は中谷を睨みかえした。

「中谷さん、うちで昼寝した時、タオルケットをかけてあげた私の手を握りましたよね」

「……え？」中谷がぎょっとしたように樹里を見る。「俺はそんなことしてない。してないから。詩穂さん、言いがかりはやめなさい」

「いいえ、握りました。すがりつくみたいに、ぎゅっと」

「へえ」と樹里が髪を耳にかけながら言った。「そういうことしちゃう人なのか。そっか、詩穂ちゃんみたいな子にならら甘えられるんだ」

口元は笑っていたが、目は笑っていなかった。

「俺はやってない。絶対やってない」

「中谷さん、寝ぼけてて、名前を呼んでました。……樹里、って」

夫婦の動きが止まる。樹里の大きな瞳がオーク材のテーブルに落ちる。中谷が子供のように困っているのを見て少し溜飲《りゅういん》が下がった。

「では、ここから先は、二人っきりでお願いします」

そう言って、詩穂は佳恋を抱いたまま、ミーティングを逃げ出した。このまま長野家に行き、ご飯を食べさせてもらおう。そのまま引っ越し作業を手伝ってもいい。

玄関で佳恋に靴を履かせていると、中谷らしき足音が追いかけてきた。

「これ以上、つきあいませんよ」と、詩穂はふりかえらずに言う。

「いや、そうじゃなくて」

中谷は気まずそうな顔をして言いよどんでいたが、しゃがんで詩穂の手から靴をとりあげた。自分で佳恋に履かせている。靴に目を落としながら言う。「例の手紙のこと」

「その話ならもういいのに。不倫がどうのっていうのも虎朗はもう気にしてないし」

靴を履かせ終わった中谷は、鋭い目で詩穂を見た。

「いや、まだ解決してない」

「男の人は」と、虎朗を思い浮かべながら詩穂は言った。「なんでも解決しなきゃ気が済まないのかもしれないけど、そっとしておいたほうがいいこともあるんじゃないですか」

「そんな呑気なこと言ってて危害でも加えられたらどうするつもりなのかな」

中谷の言葉は前よりくだけている。うちを実家だと思って、という虎朗の言葉が効いているのかもしれない。

「危害を加えられるって、どうしてわかるんですか？」

「そういう世の中だから」中谷の目は真剣だった。「虎朗さんには恩義がある。詩穂さんに何かあったらそれは俺の責任だ」

詩穂は黙って自分の靴を履いた。責任という言葉はあまり好きではない。人を追いこむ感じがする。不器用な人を袋小路に追いつめてしまう言葉のように思う。

たとえば父のことだ。昔は、男は家事をしないものだった。今は、中谷が言うには、家事ができない男は能力の低い男ということになっている。でも、それは父の責任だったのだろうか。それに、たとえば詩穂のことだ。昔は、女は主婦になるものだった。今は、礼子の言った通り絶滅危惧種になっている。でも、それは詩穂の責任なのだろうか。

他の人たちは正しい暮らしを選べているのだろうか。ただ、時流とか、時代とか、抗《あらが》うことのできない大きい風に押し倒されただけなのではないか。手紙の差出人もそうなのではないかと思えてならない。

でも、紫陽花はこの街にも咲いている。

あの花が咲くのは、一年のうちで、もっとも雲が重く垂れこめているこの季節だ。街中から色が失われ、みんなが傘をさし、下を向いて歩いている時、紫陽花はひっそり日陰で咲く。たいていの人は、その花の盛りに気づくことはない。足早に通り過ぎ、電車に乗って、めまぐるしい社会へと出ていく。その花の存在に気づくのは、大きな穴に落ちこんでしまった時だ。誰もそばにいてくれなくなって初めて、その色の鮮やかさに気づく。

あの手紙の差出人にもそういう時がいつか来るのではないだろうか。

「私は思うんです。中谷さんが思ってるよりも、世の中は悪くないって。……さ、パパとママが仲直りした頃に戻ってこようね」

詩穂が抱き上げると、佳恋は父親に向かって手を伸ばした。

「パパ」

娘の小さく温かい手を握る時だけ中谷の顔は和らいだ。しかし、声は硬いままだった。

「髪を一つにまとめた、まじめそうな女が現れたら、その時は気をつけてください。そいつが差出人です。……ベビーカーを押しているのを見たこともある」

ドアを閉めてから、詩穂は少しの間立ち止まった。どこかでそんな人と会った気がしたのだ。しかし、特徴がそれだけでは、どこの誰とは思い出せなかった。

長野家に戻ると、礼子が苺を持て余していた。どんな玩具を見せても放り投げてしまうらしい。詩穂が姿を見せると抱きついてきた。

「やっぱりママがいいんだねえ」

「甘えん坊なんです。保育園行ってないから。……ほら、意地悪しないの」

佳恋を母の膝から追い出そうとしている苺を、詩穂は腕でくるみながら言う。

「それもあるんだろうけど、詩穂ちゃんは子供を安心させるのがうまいんだよ。篤正も星夏もすぐ心を許してたもの。子育てにも才能ってあるんだよね」

顔が赤くなった。褒《ほ》められるのには慣れていない。

「でも、私だって疲れたり、睡眠不足だったりすると、イライラするし」

「それは労働環境の問題でしょう。適性の話をしてるの。たかが家事だって、前に詩穂ちゃんは言ってたけど、でもやっぱり向き不向きあるよ。実際にやってみなきゃわからないし、向いてなくてもやり続けなきゃいけないのが辛いところだよね」

詩穂はそこではっとした。礼子は引っ越しの途中なのだ。

「ごめんなさい、また子供増えちゃって邪魔だよね。うちに帰ります」

「いいの、いいの、もうだいぶ済んだから」

「そうだ、あれ、お礼というか、お裾分け。里芋の煮付け、いっぱいつくったから」

タッパーを渡していると、奥から礼子の夫の量平が出てきて、「あ、こんにちは」と詩穂に言った。髪型はベリーショートトレイヤー。ここ数年若い会社員に流行しているヘアスタイルだ。

「このあたりの段ボールにシェーバー入れちゃった」と、探しまわっている。

「えー、なんで？　量くん、どっか抜けてるんだよね」

「ちょっと抜けてるくらいがいいんじゃないかなあ」と、詩穂は言った。

中谷家のミーティングに参加させられた後なので余計にそう思ってしまう。

量平と話したのは昨夜が初めてだった。

篤正と星夏を預かっていただいたそうで、と言われた。他の人が近くにいない時に、屋上から飛び降りようとした礼子を止めたことについても感謝され、詩穂は面映《おもはゆ》くなった。

——俺がもっと大人だったら、礼子を追いつめずにすんだのに。

と、量平は言った。初めて話す相手に、そんな胸の奥を開いてみせるのか、と詩穂は驚いたが、それくらい周囲に相談できる人がいなかったのかもしれない。

――虎朗さんともっと話したかったな。俺、一人で家族を養ったことなんかないから、正直、自信がなくて。

そう語る二児の父の横顔を見て、胸が苦しくなった。

子供の詩穂の目に映る父は大人だった。父も自分は常に立派なのだという態度を、母にも詩穂にも見せていた。だから、父が「ん」と唸ったらお茶が出てくるのだ。でも実際はそうでもなかったのかもしれない。父も自分に自信がなかったのかもしれない。中谷の言葉で言えばキャパシティがなかったのかもしれない。あの時代、家事のことを相談できる男の同僚は会社にいなかったのに違いない。近所の主婦たちとも父は交流がなかった。

量平がシェーバーを見つけて洗面台に引っ込むのを確認して、

「あの手紙のことなんだけど、中谷さんに差出人のことを聞いたの」

詩穂は声をひそめ、礼子に差出人の特徴を言った。

まじめそうな人。公園脇の一戸建てに住んでいる。たぶん赤ちゃんがいる。

「……ふうん、なるほど、やっと情報を開示してきたか。私がメッセージした時は絶対に言わなかったのに」

「あの時は中谷さんも意固地《いこじ》になってたからね」

「育休中の人かもね。幸せそうな主婦に嫉妬しているのかも」礼子は腕を組んでいる。

「幸せそう」詩穂は眉間に皺を寄せた。「私が？」

「私だって考えたことあるもの。主婦だったら、人生うまくいったかもしれないって。それと、公園脇に住んでるっていうのは納得だね。窓から二人の話を聞いてたんだ」

「でも、フルネームを名乗ったのは初対面の時くらいだよ。漢字までわかるかなあ」

「二人の後を尾けて、郵便物を覗けばそのくらいわかるでしょ」

礼子は怖いことをさらりと言う。

「でもさ、普通の人はそこまでしないよね。あと、なんだろ、違和感があるよね。さっき詩穂ちゃんの話を聞いた時に、ん？　と思ったんだけど……」

礼子は腕を組んでしばらく考えこんだが、「あ、思い出した」と目を見開いた。

「赤ちゃんがいるはずだって言ってたよね？　でもさ、中谷さん、メッセージで言ってたんだよね。手紙を投函しているのを見て追いかけたって」

「うん、それで住所を突き止めたんでしょう」

「でもさ、いかに中谷さんでも、赤ちゃん抱いた人を追いかけるほど鬼畜《きちく》じゃないでしょう。外出している間、赤ちゃんはどこにいたのかな？」

「旦那さんに預けてきたとか」

「そう考えるのが普通なんだろうけど、うーん、でもさ、私が手紙を見つけたのって平日がほとんどなんだ。八時過ぎくらいの時もあったよ。そんな早い時間に旦那が家にいるかな？　週何回も？　なかなかないよ、イマドキ、そんな職場」

「実家のお母さんが来てるとか」

「そんな恵まれた状況で、近所の主婦の家に嫌がらせの手紙入れる？　私だったらもっと楽しいことする。友達と飲みに行くとか、スーパー銭湯行くとか。あーもう、相手の顔が見えないって嫌だね。いろいろ想像してモヤモヤしてしまう」

たしかに礼子の言う通り、赤ちゃんのことは気になる。しかし、

「ねえ、礼子さん」

詩穂は胸に溜まった不安を吐き出す。

「私、なんか怖い。虎朗や中谷さんがあの手紙に怒ってることが嫌なの」

無視することが最大の攻撃だと、礼子は中谷に言ってくれたらしい。でも、それと、詩穂が「そっとしておいてほしい」と思う気持ちは少し違うのだ。

「誰だって穴に落っこちることがあるでしょう。私だってやっちゃいけないことしよ

うとしたことある。だから、私は怒りたくないし、とにかく大丈夫なの」

「みんな詩穂ちゃんが心配なんだよ」

「心配なんかしなくていい」思ったより大きい声が出た。苺がびっくりして母を見る。

「むきになってるね」

「そうじゃないの。本当に私はもう大丈夫なの」

二年前、詩穂もこのマンションの屋上に登った。あの時よりひどいことはきっとこの先起きない。それくらい、あの時の詩穂は孤独で、凄《すさ》まじい恐怖を抱いていた。

でも戻ってきたのだ。白い紫陽花を見つけて、詩穂はこの世界に戻ってきた。

「私は思うの。この世の中はみんなが言うほど悪くないって。信じてるとかじゃないの。この街に来て、主婦をやって、本当にそうだってわかったの」

ぱっくりと空いた大きな暗い穴から這い上がってきて、見た景色のことを覚えている。

白い紫陽花と、ジョウロを持ったベテラン主婦と、それから冷たい麦茶。

「今でも泣きたくなることはあるし、一人ぼっちだと感じることも時々ある。でも、一度でも誰かに優しくしてもらった思い出があれば、それだけで大丈夫な気がするの」

母が死ぬ前に紫陽花を探せと言った話を、詩穂は礼子にした。あの時、病室の天井には光の筋がゆらゆらと揺れていた。ゆっくりした時間が流れていた。

「私の手を引いて、昼間の街を歩き回ったことが母にもあったんだと思う。重い子供に重い荷物に……梅雨時は傘もささなきゃいけないし、子連れには辛い季節だよね」

「それは、すごくわかるけど」

「次の紫陽花まで歩こうって思って乗り越えた日もあったかもしれない。そんな時に助けてくれた人がいたのかもしれない」

死を前にした母は言っていた。

——お母さん、あの頃が一番幸せだったように思う。

母の若い頃は、街中に主婦がいたのだろう。時間がたっぷりある人がたくさんいた。……いや、本当はやらなければならない家事がいっぱいだったのかもしれないけれど、それでもおせっかいを焼く人はいたのだ。

「それで屋上で、紫陽花を探しましょう、って私に言ったのか」

「今まで私を助けてくれた人が何人もいた。だからもう大丈夫なの、ほんとに」

礼子は唇をきゅっと結んだ。そして軽い調子で言った。

「やめよっかな、鹿児島行くの」

「え？」

「なんか、そんな気になってきた」

詩穂は驚いて言った。

「でも、礼子さん、ワーキングマザーをやるのはもう疲れたって」

「そう思ってたんだけどね。辞めるって上司に言ったら——慰留されてしまって」

「イリュウ？」

「実は営業部の部長は、私の総務での時短勤務が終わるのを、ずっと待ってたんだって」

礼子は佳恋の取り落とした玩具を拾ってやりながら言った。

「うちの営業部、ベテランが次々に定年になってしまって、中堅の層が薄いのよね。少子化だから新人の獲得も難しいらしくて。夜の接待はしなくてもいい、子供の熱で早退してもいい、戻ってこいって猛烈に口説かれてしまって。……しかも、その場にいた人事課長にも、育休だけ取って辞めるなんて許さないって偉い剣幕で言われてしまって」

「旦那さんが転勤するって言ってもだめなの？」

「あの猛烈な長野さんが家庭と仕事の両立にくじけたなんてことになったら、若い女性に転職されてしまう。なんとか踏み留まってくれって」

「へえ……」

「無理言うよね、ほんと。でも嬉しかったのも事実なの。ホントに主婦になっていいのかなって悩んでた。夏休みを取ったのは、主婦の生活をしてみて結論を出そうと思ったからなの。……でも、まだ四日しか経ってないのに、わかっちゃった。やっぱり主婦はむいてない。私は会社で働くのが楽しいの。あの子たちには楽しそうな母親の背中を見せていたい」

中谷の母親の話を思い出した。息子しか生き甲斐がなくなってしまった主婦のことを。彼女がもし希望通り外で働けていたら、幼い中谷は傷つかずにすんだのだろうか。

「でも」と、詩穂は奥の部屋を見た。「旦那さんは？」

「それは大丈夫。量くんもホントは私に主婦になってほしくないのよ。一人で大黒柱やるのが不安みたい。正直な話、会社の業績もそんなによくないみたいで」

「礼子さん一人残って、篤正くんと星夏ちゃんを育てられるの？」

「そこよ。今度はゲームオーバーにならないようにしなきゃね」

礼子は顔をひきしめて、会議室ででも話すように言った。

「まず家事の徹底的な効率化を検討します。外注できるものは外注する。今まで以上に赤字にはなるだろうけど、会社員人生は長いんだもの。今は家庭のスタートアップだと思って、投資をガンガンして、いつか必ず取り戻す。むしろ、そういうプレッシャーがあったほうが、会社の仕事も頑張れる。それにさ、私たち女が働き続けなかったら、労働人口は減るばかりでしょう。誰がお年寄りを養うの？　誰が税金払うの？　年金は？　医療費は？」

詩穂の腕に抱かれた小さな女の子の目を覗きこんで、礼子は言った。

「私がここで引いたら、この子達が大きくなっても、仕事と家事の両立は無理なゲームのままかもしれない。もっと孤独になってるかも。今引いちゃだめなんだって思った」

大人の目をしている。先月、屋上に登っていった時とは別人だ。

「礼子さんは強いね」

彼女が隣の家にこれからもいてくれる。そう思うだけで、なんだか力が抜けた。

「実はね、さっきまで、まだ迷ってたんだ。でも、詩穂ちゃんがこの世の中はそんなに悪くないって言うのを聞いて、心がすうっと決まった」

「そんな、私の言葉なんか……」

偉そうに演説した自分が恥ずかしくなり、詩穂は佳恋をぎゅっと抱きしめた。

「今度は私が助ける番だよ。まずは、その手紙の差出人、突き止めようか」

「だから、それはもういいって」

「詩穂ちゃん」礼子が怖い顔をして言った。「自分の仕事に誇りを持ちなさい」

どきりとした。佳恋の柔らかい髪からいい匂いがした。大人の会話に飽きて奥で遊びはじめた苺をふりかえる。ちょっと前まで、あの子もこのくらい小さかった。

「詩穂ちゃんが本当にしたい仕事をしなきゃだめだよ」

「そんな、私の希望なんて」

まっすぐな礼子の目から、詩穂は視線をそらした。

「前に言ってたじゃない。うちの業者になったら、暮らしが楽しいって思えなくなってしまうって。ゴボウの皮をキンピラにするとか、合わせ調味料をつくるとか、考えるの楽しいって。覚えてるよ。私とは考え方が違うし、時流には乗ってないかもしれない。だけど、それがこの人のよくよく考えた末の結論なんだなって思ったよ。詩穂ちゃん、それを捨てようとしてない？」

「でも二人目産むなら、お金の問題もあるし……」

虎朗は金のことは自分に任せろと言った。詩穂は家のことは任せてと言った。

でも、苺を保育園に入れてフルタイムで働く。お金が貯まったら二人目を産む。みんなと同じ暮らしをすれば、もっと安心できるのではないか、と思ってしまうのだ。

「虎朗さんとちゃんと話し合ったの？　詩穂ちゃんの気持ち、ちゃんと言ったの？」

話してはいない。詩穂が勝手に考えて、勝手に決めようとしているだけだ。

「この手紙に書いてあることが、ボディブローみたいに効いてるってことはない？」

「それは……」まるきりないとは言えない。

「ううん、この手紙だけじゃない。私や中谷さんだって詩穂ちゃんに同じようなことを言ってしまった。だから自分が書いたみたいで気持ち悪いんだよね。でもね、これは八つ当たりなんだよ。主婦に甘えてるだけ。それを私たちは知ってる。だから腹も立つの。勝手でしょう。でもね、そういうものなの。勝手に羨んで、勝手に見下して、勝手にわかった気になって、勝手に腹を立てて、自分のことで精一杯になってる人って勝手なの」

実家で家事をやっていた時の自分もそうだったのかもしれない、と詩穂は思った。あの時の父の気持ちを、自分は理解しようとしただろうか。あの時はまだ幼かったから、無理だったとしても、産後に来てくれた時は？　今は？　どうなのだろう。会社で働くだけだった父よりも自分のほうが大変なのだと今でも詩穂は思っていたのではなかったか。

ぼんやり考えている詩穂に、礼子が力強く言う。

「手紙の差出人は突き止めよう。どうしてこんなことをするのかだけでも知ろう。気分が悪いままでいるのはよくないよ。中谷さんに任せるのが嫌なら、なおさら自分でやるべきだよ。きっと事情がわかったら、なあんだ、ってことになるから。会社にかかってくる悪質なクレーマーだって実際会いに行くと、気の弱いオッサンだったりするんだよ」

「……でも、突き止めるって、どうやって」

ううん、と礼子は眉間に皺を寄せて宙を睨んだ。そして、ぱっと顔を輝かせた。

「そうだ、今週の土曜日って七夕だったよね。うちに集まってパーティしよう。そこで情報収集できるかもしれない。それまで中谷さんには動くなって私が言っとく」

少し心が軽くなった。どうせ中谷は樹里とのミーティングで二、三日は動けないだろう。

「パーティって、誰を呼ぶの？」

「それは私に任せて。ちょっと呼びたい人がいるの。悪いようにしないから。あ、料理とか準備もしなくていいから。土曜日の十二時くらいにうちに来て」

礼子はスマートフォンをポケットから出して開いた。文字を打ちかけて、目を上げ、笹ってどこで売ってるんだろう、と眉をひそめている。

「詩穂ちゃん、笹だけ用意できる？」

「あ、うん、毎年ニコニコマートで買ってるから大丈夫だと思う」

「じゃ、決まりね。……あ、量くん」奥の部屋から出てきた量平に、礼子は声をかけた。「私、会社辞めるのやめることにしたから」

「ええっ」

「ごめん、鹿児島には一人で行ってくれる？　どうせ二年たったら東京に戻るんでしょ」

「いや、それは、その、そうしてくれたら心強いけどさ」

量平はあっけにとられている。

「でも一人で大丈夫なの？」

「わかんない。でも、私強靭《きょうじん》になったと思う。弱音も吐けるようになったし、助けてくれそうな人も何人か見つけたし、これからも見つける。それに、クソゲーが嫌なら設計側に回ればいいってわかったから」

「なに、その、クソゲーって」

「バグは自分の手で消さなきゃいけないってイマイが言ってた」と、礼子が言う。

「家事労働をする人みんなで、この業界を育てていかなきゃいけないんだよ」

量平は「イマイって誰よ？」とますます困惑している。

詩穂にもわからなかった。でも、ふと思った。

大人になるとは、自分で責任を負うことなのではないか。誰かに責任をとらせようとする前に、なんとかしなきゃ、と体が動くことなのではないか。

そして、礼子はもう動き出している。詩穂よりもずっと年上で社会経験も豊富な彼女の、何もつけていない耳に、ダイヤのピアスが揺れてまばゆく輝いたように見えた。


翌日、苺と気温が上がっていく街を歩き回りながら詩穂は思った。甘かった、と。

ニコニコマートは今年から笹の取り扱いをやめたらしい。最近は家庭でやる人が少なくなっちゃったのよね、とパートのおばさんが申し訳なさそうに言っていた。

少し離れた幹線道路にあるホームセンターにも笹はなかった。

「さあ、どうしようか」

暑さに負けて詩穂が言うと、苺が「ささ、あるよ」と言った。「おばあちゃんちにあるよ」

「え、そう？　あったかなー」

二歳児の言うことだ。どこまで本当かわからないけれど、一応行ってみることにした。

坂上家の門が見えてきた時だった。紫陽花のそばに誰か立っている。女性だった。髪を一つに結っている。まじめそうな横顔。ドキンとした。もしかしてこの人が中谷の言っていた人だろうか。こんな所にまで詩穂を尾けてきたのか。

苺の手をぎゅっと握りながら、女性の顔をよくよく見て、詩穂は薄く唇を開いた。

この人を私は知っている。

三週間前、詩穂がまだ一人ぼっちだった時に、児童支援センターのホールに入ってきた母親だ。生後三ヵ月くらいの赤ちゃんを抱いていた。

育休中ですか？　と詩穂が尋ねると、彼女は首を横に振った。

——じゃあ主婦ですか？　私も実はそうで……。

彼女と話がしたかった。何でもよかった。晩ご飯は何にするつもりだとか、いい柔軟剤はないかとか、他愛もない会話をしてもらえないだろうか、とあの時の詩穂は思った。よく覚えている。しかし、彼女は硬い声で言った。

——違います。

中谷と公園で遊んでいた時にも見た。その時は赤ちゃんを連れていなかった。

今、彼女は詩穂に気づいていなかった。胸元に目をやったが、赤ちゃんはいない。

一人でここに来ている。門の前に突っ立って紫陽花をぼうっと見ていた。もう無垢《むく》な白ではなかった。七月に入り、本格的に夏になり、太陽が強く輝きはじめるのと引き換えに、紫陽花は盛りを終える。濃い色がにじんで、萼から抜けていく。錆《さ》びたような色になっていくのだ。彼女は枯れつつある紫陽花を見つめて、呆然と立ちすくんでいる。

どうしよう。詩穂は苺を抱き直しながら考えた。

二年前、坂上さんに初めて会った時、自分もああして白い紫陽花のそばに立っていた。まだ生後七ヵ月の苺を抱いて、呆然と花を見つめていた。でも坂上さんはもう頼れる存在ではなくなってしまった。庭から出てきて彼女の背中をさすってくれはしない。

あの人があの手紙を出したのだろうか。そう思うと、足がアスファルトに貼りついた。でも、魂の抜けたような顔を見ているうちに、躊躇いが空気の中に溶けていくのがわかった。今日が暑い日でよかった。シンプルなことしか考えられない。この問題は自分がなんとかしなければならない。自分の仕事に誇りを持て、と自分に言い聞かせる。

額の汗を拭ってから、詩穂は苺の手を引いて門の前に進んだ。

「こんにちは」

彼女はびくりと肩を震わせ、こちらを向いた。その顔が強ばった。

「前に、児童支援センターで会いましたよね？」

彼女は黙っている。何を話したらいいのかわからなくなり、詩穂は言った。

「あの、今日は、お子さんは？」

彼女は目をそらした。怯えるように身を固めて黙っている。沈黙をもてあまして詩穂は庭に目をやった。そして「あっ」と声をあげた。

「あそこにあるね、笹」

庭の隅に笹が群れて植わっている。ほっとした。これでパーティに間に合う。

「ささ、あるよ」と、苺も誇らしげに指している。

彼女もつられて庭の隅を見た。視線が笹に注がれ、その時、初めて唇が動いた。

「あれは竹です」

「え？」

「笹ではなくて竹です」

「……へえ、そうなんですか。まあ、竹でもいいか。枝をもらえないか坂上さんに聞いてみよう。ありがとうございます。あの、もしよかったら、七夕パーティに来ませんか？」

勢いで誘ってしまった。

「あ、といっても、誰が来るかも私はまだ知らないんです。うちの隣の人が主催だから。土曜日にやるんです。赤ちゃんも連れてきてオーケーですよ」

そう言ってから、彼女の情報を集めるためのパーティなのだということを思いだした。

でも、彼女が本当にあの手紙の差出人で、その人がパーティに来てくれたら、それでもう解決なのではないか。そんなのんきなことを詩穂は考えた。

「……そんな」

と、彼女は表情を強ばらせた。

「見ず知らずの人の家になんか行けません。……ご迷惑でしょうし」

足早に門から離れ、前のめりになって歩いていく彼女の背中を見送る。

中谷にまた怒られるだろうなと思った。無防備にもほどがあります、と。それでも話しかけずにはいられなかった。二年前の坂上さんもきっとそうだったのだろう。

でも、これでもう手紙は来ないだろう。礼子の言った通り、彼女は気の弱い人のように見えた。詩穂は楽観的に考えていた。

今日も里美は家にいた。七夕パーティのために竹を分けてもらえないか、という話をすると、

「……ああ、もう、そんな季節か」

と、里美は庭の隅で伸び放題になっている竹を見た。

「構わないけど、竹は笹と違って切るとすぐ枯れるから、明日取りに来るといいと思う。たぶん物置にノコギリがあるから切ってあげる。うちも昔はよく竹で七夕したのよね。……織姫と彦星が会えますようにってお祈りしたわ。二人が幸せになりますようにって」

そこまで言って、里美はにやっと笑った。

「まさか自分が一生独身だとは思わなかったけど。でもそのおかげで？　母とも同居することができるわけ。夫がいなくてむしろ面倒がなくてよかったかも」

「同居するんですか？」

里美はうなずきながら何かを考えているようだった。

「あのさ、詩穂さん、これは提案なんだけど、七夕パーティ、うちでやらない？」

そうだ、それがいい、と手を打っている。

「この家広いし、庭もあるし、竹もある。子供が走り回っても、近所に迷惑かからないでしょう。土曜日の午後は母を連れて病院に行くからここは空き家。どうかな？」

「それは、有り難いですけど……」

「その代わりと言ってはなんだけど」と、里美は後ろめたそうな顔になった。「来週の月曜日、どうしても外せない会議があるの。……その間、うちにいてくれないかなあ」

「……はい、それは、もちろん、喜んで」

思わず力がこもりすぎた返事をしてしまう。里美がまた頼ってくれたことが嬉しかった。

「クーラーもつけ放題でいいし、台所も冷蔵庫の中身も自由に使って、お昼ご飯とか食べていってもいいから。できれば、うちの母と一緒に食べてもらえると」

「それはこっちも助かります。最近は公園が暑くて」

「え、じゃあ、毎日来る？　来ていいよ。っていうか来てくれない？　今いろんな相談をケアマネージャーとしてるんだけど、最近では軽い程度の認知症だとヘルパーさんにもなかなか来てもらえないんだって。施設にも当分入れないって。超高齢化ってきついよね」

「じゃあ、夏の間は毎日来ようかな。私も坂上さんに会えるから嬉しいです」

里美は一瞬黙った。少し泣きそうな顔になってから柔らかく微笑んだ。

「じゃあ、取り引き成立ね」

「成立ですね」

「お互い、状況は刻々と変わっていくと思うから、とりあえず来週の平日の五日間ということにしようか」

「わかりました。パーティのことも、礼子さんに相談してみます」

玄関を出ようとした時、二階から坂上さんが降りてきた。昼寝をしていたらしい。苺を見て、目を細めている。

「あらあら汗をかいちゃってる。里美、麦茶出してあげた？」

「あ、忘れてた。つい話しこんじゃって」

里美はぱたぱたと台所へ向かっていった。坂上さんは、「まったくもう気が利かないんだから」と笑いながら、玄関の廊下にしゃがみこんだ。

七夕の竹をもらいに来たことと、もしかしたら、この家を借りてパーティすることになるかもしれないことを話すと、坂上さんは嬉しそうだった。

「最近じゃあ、七夕をやる家庭は少ないでしょうね。共働きなんかしていたら、準備するのも一苦労だし。日本の年中行事の伝統は専業主婦が担ってきたところもあるのよ」

「ああ、そうだったかもしれないなあ」

母も年中行事の時ははりきっていた。準備を手伝わされて、もっと簡単にやればいいのに、と文句を言ったこともある。でも、おせち料理をつくったり、おひな様を飾ったり、お月見用のススキを探したりするのは、なんだかんだ言って楽しかった。

一人の人間として愛されたい、という樹里の言葉が思い浮かんだ。母はきっと詩穂のためにやってくれていたのだ。季節の移ろいを家にとりこみ、成長を祝い、人生の節目を家族の歴史に刻む。私は愛されているのだと感じさせてくれていた。

そして、そんな日々の積み重ねを母は愛おしんでいたのだ。愛おしむことで抵抗していたのかもしれない。家事だけをやる人生は果たして正しかったのかという問いに。

「苺ちゃん覚えてたのね。私が言ったのよ。うちには笹はないけど、竹はあるのよって」

「逆に覚えてたみたいだけど」

「上等、上等、まだ二歳だもの。この子、きっとお勉強のできる子になるわ」

急に胸が苦しくなった。父は大きな企業に勤めていた。大学にも行っている。その血を苺も継いでいるのかもしれない。でも虎朗も詩穂も高校までしか出ていない。収入も共働きの世帯の半分しかない。苺の望む教育を与えられないかもしれない。教育格差、というテレビでよく聞く言葉が頭に浮かんだ。まして二人目なんて産むのはやめておいたほうがいいんだろうな。そう思うと、大きい風に負けてしまったような、虚《むな》しい思いが胸を支配するのだった。

竹は坂上さんの家のリビングの窓際に設置した。図書館で借りた七夕飾りの作り方の本と、百円均一で買った折り紙の束を子供用のテーブルに置く。

「はさみは高いところに置いておきます。三歳児って何するかわかんないから」

晶子が片手に星夏を抱っこしたまま、部屋の中に目を配っている。

今日の客の中には蔦村医院をかかりつけにしている人もいるだろう。嫁としてはあまり患者と接触しないほうがいいのかな、と思いつつ、ダメもとで晶子を誘ってみたのだ。

晶子は喜んでくれた。大先生の奥さんは、医院の経営者として、嫁が地域の人に接近することを好まないらしい。でも、これからは自分の判断を信じることにしたそうだ。参加します、と言ってくれた。

「中谷さんちも誘ってみたんだけど、佳恋ちゃんが熱っぽいみたいで」

私と達ちゃんの喧嘩が負担だったのかも、と樹里は電話で言っていた。

「佳恋ちゃん、今朝うちに受診しに来てましたよ。夫が、あれが今流行のパパ友かあって感動していました」

人数分の取り皿とコップを並べ終わった時、ちょうどチャイムが鳴った。篤正と同じ年齢の男の子を連れた女性が靴を脱いで入ってくる。

「お招きいただいて助かりました」

「ごめんなさい、急に誘って。さあ、どうぞどうぞ」礼子が招き入れている。

「ううん、ちょうどいい。旦那が徹夜明けで、休ませてあげたかったから」

彼女のすぐ後に来た、活発そうな女性が抱いていた息子を下ろしながら言う。

「私も今朝三時まで仕事してて、で、この子が六時に起きて、仕方なく私も掃除」

「土日も家事がいっぱいで休めないよね。この地獄、いつまで続くのかな」

他の人も、次々に到着し、坂上家は働く女たちとその子供たちの声でいっぱいになる。

礼子が七夕パーティに呼び集めたのは、篤正の保育園の母親たちだった。昨日の朝、実家に篤正と星夏を迎えに行き、夕方に園の門の前で待ち伏せして、母親たちのラインのアカウントを集め、全員を招待したのだそうだ。全員がワーキングマザーだ。

「公園の近くに親の代から住んでる人もいるから、差出人のこと、何かわかるかも」

玄関から戻ってきた礼子が耳打ちしてくる。詩穂はうなずいた。当の本人に会ってしまったことは礼子にも言っていなかった。

「保育園の懇談会でちょっと話すだけで、こんな風に集まったことなかったね」

テーブルに次々に手作りのお惣菜が置かれていく。食事は持ち寄りにしたらしい。

「お迎えの時は親同士、喋らないように園から言われてるものね」

「声がうるさいって、近所から苦情きたんでしょう？」

「ファミレスとかにも最近は行きにくいし、ゆっくり話もできないよね。……かといって家は散らかってるし、片付ける体力もないし、今日は本当にお招きありがとう」

夏野菜のラタトゥイユ。瓶詰めのピクルス。ジェノヴェーゼのリングイネ。鶏レバーの赤ワイン煮。誰かが「これ、全部、飲むためのメニューだね」と笑っている。

「お酒もあります」と、礼子がビールやワインを出している。詩穂は思わず言う。

「飲むんだ」

「飲んじゃ悪いの？」

最後にテーブルの中央にドンと置かれたのは、銀座にある本店でしか買えないと話題の、有名ブランジェリーのキッシュだった。百グラム五百円らしい。

「昨日大きな提案があって忙しくて、申し訳ない、金で解決させてもらいました」

持ってきた女性が後ろめたそうに微笑んでいる。

そのまわりを、バタバタと走り回る保育園キッズたちは、ブランド服に身を包んでいる。

「服、お金かかるよね」という声もする。「でも、西松屋に行く暇もなくて」

「駅から遠いもんね。つい駅ナカの店で買っちゃうよね。たっかいけど」

苺の髪を可愛く結っておいてよかった、と思う。自分の着ているチェック柄のワンピースが所帯染みて感じられた。しかも、

「これ、詩穂ちゃんがつくったやつ」

と、礼子が出した皿には、おととい渡した里芋の煮付けが山盛りだった。

「ちょっと、今、そんなの出しても」

「こういうのがいいんだって。……食事が落ち着いたら、例の一戸建ての近くに住んでる人に話を聞いてみよう。今日来てるの」

ワーキングマザーたちは「里芋なんか久しぶり」と遠慮なく箸を伸ばしている。

「最近は皮むかなくていい野菜ばっかり食べてる」

「会社から帰ってきて走って保育園に行って……それから作るんだものね」

「主婦の人が隣に住んでるなんて、礼子さん、いいなあ」

礼子が苦笑いした。詩穂も笑う。みな礼子と同じなのだ。ギリギリまで無理をして疲れている。でも、今日は楽しそうで、緊張が解けた顔をしている。

「若い人がたくさんいると元気出ますね」

晶子がつぶやいた。母親たちは決して若くはない。半分は三十代後半だろう。それでも高齢者ばかりの昼間の街に慣れていると、みんな華やかで輝いて見えた。

「このパワーで今日の夜も晴れになるといいなあ」

詩穂は坂上さんが棚に飾ってくれた七夕の絵本の表紙を見上げた。苺にせがまれて三回も読んだ。表紙には大きな川の両側に引き離された彦星と織姫が描かれている。

若い二人は愛し合い、仕事をあまりしなくなったので、織姫の父親である神様は二人を引き離してしまう。すると悲しんでいるばかりでやはり働かないので、仕事に励むことを条件に一年に一回会えるようにしてやった、というお話だ。小さい頃に読んだ時は、働かなくなった二人が悪いのだと思っていた。でも今は少し感想が違う。

「いくら父親だって、会わせないなんて権利、あると思う？」

気づくと、ワイングラスを持ったワーキングマザーが隣に立って絵本を眺めていた。

「年に一回しか会えないなら少子化必至だね」

と、別の人もこっちを見ている。

「だいたい織姫の父親は何してる人なの？　娘夫婦に働かせて口だけ出す系？」

「定年退職した嘱託《しょくたく》のおっさんとかそうだよね。暇を持て余してる」

「それほど元気なら家事とか子育てとか手伝ってほしいよね」

「ああ、うちの父が家事を手伝ってくれたら、それこそ神だって拝むわ」

強い女たちは容赦がない。思わず、晶子と顔を見合わせて笑った。

もっと働きなさい、と言われ、会えないように引き裂かれているのは、あの彦星と織姫だけではない。礼子と量平はもうすぐバラバラの生活を送る。ここにいる母親たちも、ここにいない父親たちも、家族で過ごせる時間がどれほどあるだろう。

みんなゲームオーバーぎりぎりの日を孤独に戦っている。

「あ、揃ったかな？　子供たちも飲み物ある？　……はい、それでは今から、七夕パーティ、並びに子育て情報交換会をはじめます。かんぱーい！」

グラスを掲げて高らかに言う礼子の声は雄々しくて、完全に営業社員のそれだった。

ワーキングマザーたちは自己紹介をはじめている。勤め先は明かさず、業種のみを言うのが、彼女たちの流儀のようだった。取引先と下請けの関係だったら、お互い気まずいかららしい。しかし、それも最初だけだった。「そこって会社のレク用にケータリング頼める？」とか、「図面引ける人ってどこで探してる？」とか、なしくずしに異業種交流会がはじまっている。

　これからは彼女たちが世の中の中心になっていくのだろう。今は仕事と家事の両立で精一杯で、一人で泣く夜もあるかもしれないけれど、そんな日々を乗り越えて、培《つちか》った不屈の精神で、会社で出世し、いつかは国の中枢にも食いこんでいくのかもしれない。

　そこには中谷のように家事の話が当たり前のようにできる男性もいて、みんなで世の中のバグを取り除いていくのだろう。その先に、里美のように一人で介護をする人にも、救いの手が差し伸べられる未来があるのかもしれない。そうなったらいいなと思った。

　でも、やっぱり居づらかった。詩穂はテーブルを離れ、子供たちが遊ぶリビングに行った。苺は、三歳の子たちに混じって楽しそうにジェンガを積んでいる。そのそばにいると、

「あの、ずっと前に、児童支援センターで会ったよね」

　隣に誰かがきた。他のワーキングマザーに比べて彼女だけが若かった。

「子供たちがまだ赤ちゃんのころで、礼子さんも来てて……覚えてる？」

　詩穂はうなずいた。忘れもしない。

「謝らなきゃってずっと思ってた」

ジェンガが一気に崩れ、子供たちが悲鳴をあげる。「ありゃりゃ」と彼女は微笑み、散らばったジェンガを集めてやりながら話す。

「家事なんか仕事の片手間でできるなんて、私言ってしまったでしょう。なのに、今は主婦の母にしょっちゅう来てもらって、なんとか仕事続けてる。情けないったら」

「ううん、そうしたほうがいいよ。お母さんが来てくれてよかった」

「まあね。でも内心、篤正ママ、ずるいなーって思ってる。だって一番きついこと言ってたの、あの人でしょ？　今はちゃっかり仲良くしてるなんて」

詩穂は笑った。その通りだ。彼女もにかっと笑う。

「今度うちの実家に遊びに来ない？　公園の裏手にある家だから」

「公園の、裏手？」礼子が言っていた公園の近くに昔から住む人とは彼女のことか。

「うちのマンションもこの近くなんだけど、実家のほうが母もいるし、子供好きだからおやつも出してくれるし、少しは休憩できるよ」

「あの、公園の脇の一戸建てに住んでる人のこと、知ってたりする？」

「どの一戸建てだろう。幾つかあるからな」

「髪を一つに結って、まじめそうな人で、私より少し年上の人」

「ああ、白山はるかさん！」彼女は大きくうなずいた。

「知ってるの？」

「うん。中学の先輩だから。実家出て、うちの母の話だと品川《しながわ》だったか五反田《ごたんだ》だったか……とにかく職場の近くに住んでたみたい。ＩＴ系の会社でさ、白山さんちのおばさんが母に自慢してた。最先端の職業よって。とにかく娘自慢の人で」

「じゃあ、戻ってきて、今は実家で同居してるのかな？」

だとしたら赤ちゃんは預かってもらえる環境にある。しかし、彼女は首をかしげた。

「いや、あそこの両親は田舎にＵターンしたはず。だから代わりに、はるかさんが戻ってきたって聞いた。ここなら職場にそんなに遠くないしね」

「じゃあ、一人で子育てしてるんだろうか」詩穂がつぶやくと、

「いや子供はいないよ。……ん？　あれ？　違うか？」彼女はジェンガを摑んだまま手を額にやって考えこんだ。「なんか、私、見たんだよね」

「見たって？」

「一ヵ月くらい前だったかな。うちの下の子の予防接種で会社休んで、ちょっと遠いけど時間もあったし、児童支援センターにベビーカー押して歩いていったの」

「一ヵ月前、児童支援センター」

もしかしたら詩穂が、その白山はるかと初めて会った日ではないか。

「私が行ったのは昼前だったかな。そこで子供抱いたはるかさんを遠くに見かけて。でも母はそんなわけないって言うの。はるかさんは結婚してないはずだって。母も一度、似た人が赤ちゃん連れてるのを見たけど、あれは見間違いだって後で思い直したんだって。まあ、私もずっと会ってなかったし、顔をはっきり覚えてたわけじゃないし……」

七夕パーティは二時間ほどで終わった。お腹が一杯になった子供たちが眠くなったのだ。母親たちも自然に「帰ります」という流れになった。

窓際の竹にはずっしり飾りがぶらさがっている。短冊も吊り下げられている。

「みんな喜んでたね。詩穂ちゃんと友達になれて」

片付けをしながら、礼子が微笑みかけてきた。

「うん、たかが、松ぼっくりのことであんなに喜んでもらえるとは」

ワーキングマザーの中に上の子が小学校に行っている人がいたのだ。

彼女によれば、小学校は未だに母親が主婦であるという前提で動いているのだそうだ。たとえばプリントに「明日の授業で使うので、松ぼっくりを持ってきてください」と、書いてあったりする。働いている母親はそのプリントを日が沈んでから読む。彼女は深夜に懐中電灯を持って近所を探しまわったけれど見つからなかった。困り果て、疲労もピークに達し、いい大人が道ばたにしゃがみこんで泣いちゃった、と彼女は言っていた。

主婦なら少なくとも明るいうちに探しに出られるし、早朝に探すこともできる。でも働く親にはできない。ここにもバグがあったね、と礼子はぼやいていた。

思わず、松ぼっくりだったら必ず落ちてるところを知ってますよ、と詩穂は言った。苺と昼間の街を歩き回っていると、自然とどこにどんな植物があるか詳しくなるのだ。

それを聞くと、ワーキングマザーたちの目の色が変わった。半ば強引にラインのアカウント交換をさせられ、情報提供だけでもしてもらいたいと頼まれた。

地域の掲示板に貼られる神社のお祭りの日時。オムツを取り扱っているリアル店舗。月に一回開かれる子供服のバザー。そんな情報はネットで探しても出てこない。足を使って集めるしかない。

「昔はそこらじゅうで主婦の人が井戸端会議してたじゃない？　お店でランチとかしながら。あれって重要だったんだね。ああやって情報交換してたんだね」

礼子は神妙な顔で言っている。

「子供たち寝かしてきます。ついでに私も昼寝してきていいですか？」

と晶子が言いに来た。篤正、星夏、苺を連れて奥の和室に引っ込んでいく。他に誰もいなくなるのを待ってから、詩穂は礼子に報告した。

「白山はるかさんって言うらしいの」

お皿を洗いながら、さっきのワーキングマザーから聞いた話を伝える。結婚はしていない。両親とも同居していない。でも、やはり赤ちゃんがいるらしい。

「未婚の母かな」

と、礼子は難しい顔だ。それよりも詩穂には気になることがあった。

「礼子さん、前に、赤ちゃんはどこに預けてるのかな、って言ってたでしょう。私もそこが気になる。育休中ではないって言ってたけど、保育園には預けてないみたいだったし」

「……うん、その子、先月の時点で生後三ヵ月ぐらいだったよね？　認可保育園だと、三月の時点で最低でも七週に達してないと入れないはず。途中入園も今はほぼ無理だし」

「じゃあ、シッターさんかな」

「そうかもしれないね。だから一人で出歩けるのかもね」

「だったらいいんだけど」

なぜか胸騒ぎがした。白い紫陽花を眺めていた白山はるかのまなざしが忘れられなかった。

「ごめん、礼子さん、しばらく苺を見ててもらっていい?」

詩穂はエプロンを畳んでテーブルに置いた。

「行ってきていいよ。晶子さんもいるし、みんな昼寝してるし」

「ありがとう、お願い」

詩穂は坂上さんの家を出て歩いた。一人で考えたかった。

〈お宅の奥さんは不倫をしています。村上詩穂さんは旦那さんに養ってもらっている立場でありながら、中谷達也という妻子ある男性を家に連れこんでいました〉

あの手紙を読んだ時、目に飛びこんできたのは不倫という言葉だった。中谷と詩穂の名前だった。しかし、あの手紙が訴えたかったのは、そこではなかったのかもしれない。

家に連れこんで、というところだったのかもしれない。

七夕パーティに誘われ、見ず知らずの人の家になんか行けません、と答えた白山はるかの横顔を思い出す。本当は来たかったのではないか。家に来たら、と詩穂に誘われた中谷のことが羨ましかったのではないだろうか。だから不倫だと書いて邪魔しようとした。

詩穂は〈あじさい児童公園〉に向かった。

中に入ると、フェンスの向こうを見上げた。この前、中谷はあの一戸建てを見ていた。あれが白山はるかの家なのだ。換気のためか窓は開いていた。しばらくそこにいた。いつもは苺を騒がせないことに神経がいっていて、周囲の音に耳をすませてみることはなかった。

かすかに声がして、うなじの毛が逆立った。赤ちゃんの泣き声がした。

それだけではない。女の人の泣く声もした。あれは白山はるかではないか。

どうしよう、と逡巡する。もし詩穂の勘が外れていたら、とんだおせっかいになる。

でも――幼い頃にハンドミキサーで殴られたという中谷の話が頭にひっかかっていた。手遅れになっては取り返しがつかないこともある。

どれくらいの時間、そこで迷っていたかわからない。

「詩穂さん」

公園の入り口から声をかけられた。見ると中谷が立っていた。

「あれ、何してるんですか。佳恋ちゃんは？　熱下がりました？」

「お陰様で。今は樹里と昼寝中。詩穂さんこそここで何をしてるんです？」

詩穂の視線の先に気づいて、顔をしかめる。

「まさか、あの家を見てたんですか？」

勘がいい、と思ったが、中谷もあの一戸建てが気になって来たのだろう。

「名前がわかったんです」

詩穂は、彼女の名前がおそらく、白山はるか、であることを伝えた。パーティに来たワーキングマザーから得た情報も報告した。中谷は黙って聞いていたが、「なるほど、礼子さんもやりますね」と、少し悔しそうに腕を組んだ。

「一人で子育てしていて、同居人もいない、保育園にも預けてない、なのに一人で外出している、と」

腕を組んだまま詩穂に身を寄せ、囁《ささや》く。先方に聞かれないようにするためだろう。

「赤ん坊はネグレクトされている可能性がありますね。母親の外出中、放置されている」

詩穂も同じことを案じていた。枯れゆく白い紫陽花を見ていた彼女の目は普通ではなかった。まともな判断ができなくなっているように見えた。

「相当困ってるんじゃないかな。それであんな手紙を出したのかも」

「そうだったとしても、同情する必要あります？　自分の苦しみを見ず知らずの主婦に転嫁するような人間ですよ。主婦なんか消えてしまえと言われているんですよ」

　あんまりきつい言い方だったので、思わず詩穂は言った。

「中谷さんも私にそう言ったじゃない。……そういう意味のことを、この公園で会うたびに、ずっと言ってたじゃない」

「僕は――」中谷は殴られたような顔をしている。

「誰だって穴に落ちることがある。私だってそうだよ。落ちそうになった。みんな一度はそういうことがあると思う」

　ぞっとする感触が手のひらに蘇った。

　二年前、屋上に登った時、苺を抱いたまま乗り越えようとした鉄柵の冷たさを今も詩穂は覚えている。あの時、自分も中谷と同じ場所にいたのだ。それでも戻って来たのは、ほんの偶然だった。

　白い紫陽花が見えたからだ。この世の中のどこかにはきっと、心に余裕があって、自分を助けてくれる人がいるのではないかと、あの時、信じることができたからだ。

「中谷さん、ちょっとつきあってください。あの家に行ってピンポンしてみましょう」

「あなたが？　本気ですか？」中谷は顔色を変えた。

「あの人は私に助けを求めてる」

あれは竹です、と白山はるかは言っていた。あの時、ほんのわずかだけれど、心が通じ合った気がしたのだ。

「私宛に手紙をよこしたのにはきっと意味があると思う」

「そうでしょうか？　これは黙っていようと思いましたが、あの後も手紙は来たんです。もっと過激になっていました。主婦を一人ずつ消す、まずは村上詩穂だと書いてあった」

「書いてあることが本当の気持ちだとは限らない」

苺がそうだ。眠くなると、ママ嫌い、と愚図る。でも言葉とは裏腹に抱きついてくる。

「それに赤ちゃんのことが心配です。これからもっとひどいことになったら……」

家事で追いつめられた人の苦しみは必ず弱いほうへむかう。詩穂はそれをよく知っている。中谷だってわかっているはずだ。しかし中谷は冷たい口調で言った。

「児童相談所に通報すべきだ。それがまともな市民のとるべき行動です」

「中谷さんはお母さんを通報してほしかった？」

「ほしいとかほしくないとかじゃない。それが大人の責任だと言っているんです」

「誰かが、全然知らない人でもいいの、余裕のある人が家に入ってきて、お母さんを助けてくれたらいいなって、子供の頃、思わなかった？」

「いいえ、思いません。大人なんだから自分で何とかするべきだ。自己責任ですよ！」

中谷は声を荒らげた。そして黙りこんだ。しばらくして中谷はかすれ声で言った。

「いや……でも……僕は助けてもらいましたね。……あなたと虎朗さんに」

混乱した顔になって、両手で自分の額を包みこんでいる。

詩穂は一戸建てのほうを向いた。

「私はずっと思ってました。誰かに助けてほしいって。一日でいいから誰かにご飯を作ってほしい。中学生の頃も、高校生の頃も。……苺が生まれたばかりの頃も。でも今は違うんです。あの頃の父を、今の大人の私が助けてあげたいって思います。たかが家事くらい適当でいいんだよって、教えてあげたい。完璧じゃなくていいんだよって」

母に先立たれ、母の気配が残っている家に閉じ込められてしまったのは、そこから一歩も出られなかったのは、詩穂ではなく父のほうではなかっただろうか。

母が生きているうちにもっと手伝うべきだった。その後悔に最も苛《さいな》まれていたのは父ではなかったか。だからこそ、家事ができなかったのかもしれない。炊飯器にも、電子レンジにも、冷蔵庫にも、母の思い出があふれている。なにをやってもかなわない。プライドがズタズタになる。父はもう若くなく、娘のようには変化についていけなかった。

「中谷さんが来なくても私は行きますから」

詩穂は歩き出した。公園を出て、脇の道を歩く。少し離れて、中谷の足音がついてきているのがわかった。白山家の門の前まで来てチャイムを鳴らす。

築三十年ほどの、ハウスメーカーの建てた家だった。この街には多いタイプだ。門と玄関の間には小さい庭があった。プランターが幾つかあったが土だけしかなかった。

誰も出てこない。もう一度、チャイムを押す。

「……たしかに声が聞こえたんだけどな」

追いついてきた中谷が門を黙って指さす。カメラ付きインターホンがあった。

「こんにちは」と、詩穂はカメラに向かって言った。「お話だけでもできませんか？」

返答はなかった。

「きっと居留守ですよ。出直しましょう」

詩穂は門を開けて庭に入った。「ちょっと」と、中谷が言ったのが聞こえたが、構わずに玄関扉に歩み寄った。ノブに手をかけて引くとカチャリと開いた。

オートロックにはなっていない。入れる。そう思ったら動悸がした。

中谷が追いついてきて「入ったら犯罪ですよ」と囁いた。

「昔はチャイムを鳴らして返事がなかったら、玄関を開けてみるってあったじゃない」

「そんなのもう、八〇年代以前のテレビドラマでしか見ませんよ」

「今でも旅番組とかではやってるよ」

「あのね、ここは東京です。隣に誰が住んでいるかわからない都市部の住宅街です」

「いやなら、中谷さんは帰っていいです。私一人で行きます」

詩穂はノブを引こうとしたが、中谷は扉を押さえて開けさせなかった。

「詩穂さんに強い感情でも持ってて、刺されでもしたらどうします？」

「そうはならないと思う」半ば自分に言い聞かせながら、詩穂は薄く開いた扉の隙間を見つめた。「でも、もし、しばらく経っても戻らなかったら、その時は警察に通報してください」

中谷は軽く目を瞑り、「ほんとに強情だな」と観念したように溜め息をついた。

「わかった。俺も行く。詩穂さんを一人で行かせたら虎朗さんに殺される」

中谷に促されて、詩穂は扉を開けた。

靴を脱いで廊下に入る。壁紙の色や各部屋のドアのデザインは、いかにも年配の夫婦の好みだったが、壁にかけられたコートや、床のスリッパの趣味は若かった。

階段の下まで来ると、赤ちゃんの泣き声が聞こえてきた。

「上がります」

前に出ようとした中谷を制して、先に詩穂が上がる。白山はるかを脅《おど》かしたくない。

二階に上がり、公園側にある部屋の前で詩穂は立ち止まった。赤ん坊の声はここから聞こえる。夢中でドアを開けた。まずベビーベッドを探した。

手を握りしめ、全身で叫んでいる赤ちゃんを見て、詩穂は深く息を吐いた。

「よかった、元気そう」

その側に女性が顔をひきつらせて立っていた。白山はるかだ。

「なんで、なんで勝手に入ってくるの？」

怯えるように壁際に後ずさりしている。その手にはスマートフォンがあった。

「警察に通報されて困るのはそっちですよ」

声を発したのは中谷だった。詩穂のうしろに立ってドアが閉まらないように押さえている。何かあった時に、すぐに逃げられるようにしてくれているのだろう。

「彼女の家に根も葉もないことを書き連ねた文書を投函したのはあなたですね？」

中谷の声には人を追いつめる厳しさがある。白山はるかは青ざめている。

「なぜあんなことをしたんですか？」

「わかんない」白山はるかは首を激しく横に振った。

「わからないでは困ります。脅迫罪《きょうはく》で訴えることもできますよ」

「わかんない。本当に自分でもわからないの。気づいたらやってたの」

取り乱している。なおも問い質そうとする中谷に手のひらを向けて止めると、詩穂はベビーベッドのそばに歩いていった。落ち着いて話せばきっと大丈夫だ。

「昨日、会いましたよね？　あの時、この子は誰が見てたんですか？」

ベビーベッドの中から、自分にむかって突き出される小さい拳に心がうずいた。

「その子に触らないで」白山はるかが金切り声をあげる。

詩穂は聞かずに、赤ちゃんを抱きあげた。泣いているその子を揺らしてあやす。人見知りはしない時期だ。首はまだ据わっていない。この前見た時よりも大きくなっている。

「お願い、その子だけは、傷つけないで」

白山はるかは涙ながらに訴えている。

「旦那さんは？」中谷が尋問するように尋ねた。

「いないです、そんな人」

「両親は？」

「地方に住んでて。……産んだこと話してないの。子供を持とうとしたら反対されたから」

「その子の父親は？　こういう状況になっていることは知らないんですか？」

「父親は知らないの。……精子だけもらったから」

中谷の目が泳いだ。詩穂も言葉を失っていた。

「精子バンクはまだ日本では認められていないはずでは」

「そうよ。日本は遅れてるの。だから、ネットで知り合った人に精子をバイク便で届けてもらってスポイトで……」

スポイトという言葉を聞いて中谷は黙りこんだ。詩穂も動けなかった。ただ、腕の中の柔らかい子を、温《ぬく》もりを、かけがえのないものに思った。

白山はるかはベビーベッドの枠をぎゅっと握りしめる。

「この国で子供が欲しかったらそうするのが一番効率的でしょう」

「効率的――」

中谷が呻くように言った。

「私、ネットやニュースで見て、嫌ってほど知ってる。男は家事しない。結婚して子供を産んでも、結局家事を押しつけられるのは女。子供の世話ならまだしも、男の身の回りの面倒まで見させられるなんて理不尽じゃない。男なんかどうせ変わらないし、こっちの思い通りになんかならない。そうでしょう？　だったらいないほうがいい」

白山はるかは堰《せき》を切ったように話している。中谷が車の模様のベビー服を見た。

「その子は、男の子のように見えますが」

「同じ男でも子供は可愛いし、きっと私の味方になってくれる」

それを聞いて、中谷は頭に血が上ったようだった。

「子供はあなたの思い通りになんかなりませんよ。なったとしてもろくなことにはならない。そもそも一人で子供を育てられるなんて、そんな思い上がった考えは——」

白山はるかは金切り声で叫んだ。

「なんで私だけが責められるの？　会社の人もそう。妊娠したって言ったら、結婚したのかってしつこく訊いてきて、退職に追いこまれて、なんで私ばっかり……。この国は遅れてるんです。主婦なんてものが未だにしつこく生き残っているから、結婚して仕事を辞めて家庭に入るのが当たり前だって思う古い意識の人がいなくならないんです。女に家事を丸投げする人も減らないんです。私はその被害を受けたんです。脅かされてるのは私のほうなんです。だから、新しい、これからの時代の人たちの、ために、正義を、……なのに、なんで私だけ……」

白山はるかの声はこみあげてくる涙でブツ切れになっている。その彼女に、

「正義？」

と、中谷が言う。

「中谷さん」と止めた詩穂の言葉も耳に入らない様子で、

「あなたの母親も主婦だったんじゃないのか？　そうなんだろう？」

中谷は、嗚咽《おえつ》しながらしゃがみこんだ白山はるかを見下ろしている。

「ずっと見てきたはずだ。家事という仕事を、あんたは子供の頃から見てきた。でも本当はろくに見てなかった。他人事だった。そして、なめてたんだ。あんなもの誰にだってできるって。あんたが一番家事労働を見下してきたんだ。家事をする人を馬鹿にしていたんだ。だから主婦を消すなんて簡単に言える。でも俺はあんたを許さない」

中谷は苦しそうに、血を吐きだすように、言った。

「あんたの母親を、俺の母親を、この人がしてきた仕事を、これ以上、馬鹿にするな」

唇を噛んで、なにかを堪えてから、中谷は言った。

「いつまでも、彼女が昼間の街にいてくれると思ったら大間違いだ」

心の奥で何かが大きく動いた。詩穂は息を止め、ずっと苦手だったパパ友を見つめた。

味方を増やしておくの、という坂上さんの言葉も思い出した。大変だし、しんどいけ

ど、これも立派な家事の一つよ。それはベテラン主婦に授けられた暮らしの知恵だった。

「だって」

白山はるかは泣きじゃくっている。

「私のほうが大変なのに、私のことだけ、助けてくれない。しかも、昼間から、公園で、よそのイケダンとも、会って、こんな風に助けてもらって、どうして、この人だけ、主婦のくせに、家事ができるだけで、時代にうまく、乗ってるの……」

彼女から主婦はそんな風に見えているのか。なんだか不思議だった。この二年、自分が悩んできたことはなんだったのだろう。力が抜けて詩穂は言った。

「イケダンって誰のことだろう」

「イケてる旦那ってことでしょう。知らないんですか？　流行語ですよ」

中谷は表情も変えずに言う。

詩穂は腕の中の赤ちゃんを覗きこんだ。耳のうしろまで清潔にしてもらっている。母の外出中は放置されたかもしれないけれど、世話はきちんとしてもらっている。

この人も一人で頑張って家事をしてきたのだ。

「……児童支援センターで会った時、友達になりましょうって言えばよかったですね」

詩穂は泣きやんだ赤ん坊を白山はるかの腕にそっと返した。

「私も、あの日、あそこに友達を探しに行ったんです。なのに気づかなかった」

「詩穂さん、どうしてその子を返すんですか？」

「あなたが一人ぼっちだってことに気づかなかった」

我が子をひしと抱きしめている白山はるかを見つめる。

「あの時、仲良くなれていれば、お互い寂しい思いをしないですみましたね」

大きな川の両側に引き離されて、独りぼっちでいるのは夫婦だけではない。みんながみんな星みたいに遠くにいる。家事の話ができる相手と何億光年も離れてしまっている。

「児童相談所にだけは通報しないで」

白山はるかが泣き声で言った。

「通報はしない。でも、まずは蔦村医院に行って、小児科で赤ちゃんを診てもらおう。若先生なら子育てがつらいっていう相談にも乗ってくれますから」

詩穂はスマートフォンを出して晶子のアカウントを探しながら言った。

「一人でできるはずだった」白山はるかは絞り出すような声で言う。「主婦なんかより、完璧にできるはずだったの」

その顔を中谷がつらそうに見つめていた。母親を思いだしているのだろうか。それとも、少し前の自分の姿を重ねているのかもしれない。

晶子に現在の状況を伝えるメッセージを送ってから、詩穂は言った。

「大丈夫ですよ」

赤ちゃんを抱いたまましゃがみこんでいる白山はるかに言う。

「きっと、大丈夫。悪いようにはなりません。いつか笑って話せます。あなたの寂しかった日々が、誰かを助ける日が来ます」

白山はるかのそばに座って、背中をさすった。

大きい風が吹いたのだ。誰のせいでもない。みんな荒ぶる風に嬲《なぶ》られながら正解を探している。正しい暮らしなんてどこにもないのに。

ただそこに誰かがやらなければならない炊事や掃除や洗濯があるだけなのに。

「とりあえず、お腹は空いてませんか？」

大事なのは生きることだ。元気になることだ。それ以外は後回しでいい。手を抜いてもいい。それが主婦の仕事の優先順位だ。

「お昼ご飯、まだ食べてないなら、今から作りましょうか」

「うちにカレーがあります」

中谷が根負けしたように言った。ストックがあるので持ってきます、と部屋を出ていく。頭の良い俺が作ったカレー、のことか。ひそかに興味があったので楽しみになる。

「カレーが来るまで、話でもしてましょうか」

と、詩穂は白山はるかの顔を覗きこんだ。正座していた足を崩して言う。

「私、専業主婦だし、時間だけはたっぷりありますから」


実家の鍵はまだ持っている。

家を出てから十年近く経ってしまったけれど、父はまだ鍵を替えていないのではないかという予感が詩穂にはある。本当は虎朗と同じ、子煩悩な父親だったのだ。詩穂を、可愛い、可愛い、と言って十四歳まで育てたのだ。実家の玄関を開き、ただいま、と言いながらリビングに入ったら、父は何事もなかったように、おかえり、と迎えてくれるのではないだろうか。

暑かっただろう、とピカピカに拭きあげたコップに麦茶を入れてくれるのではないだろうか。大きくなったなあと苺を抱き上げて、帰ってきた時くらい休みなさい、起きたらみんなで昼ご飯にしようと、言ってくれるのではないだろうか。

そんな夢を見た。

テーブルに突《つ》っ伏《ぷ》して眠っていたのだ。時計を見ると夜中の十二時を過ぎていた。

和室を見に行くと苺が一人で眠っていた。体力旺盛《おうせい》な保育園キッズたちと遊んで疲れ果てたらしい。またあおうね、と子供同士で言い合っているのが可愛かった。

玄関のほうで物音がした。虎朗が帰ってきたのだ。

「おかえり。……先にお風呂入ってきたら？」

声をかけてから、味噌汁を温める。お風呂からあがった虎朗はテーブルに着き、一気に夕飯を食べる。相当おなかが空いていたらしい。「うまい」と繰り返し言っている。

「汗かいたから塩分が浸みるわ……。そういや、パーティはどうだった？」

ああ、と詩穂はむかいに座って、今日あったことを話した。

白山はるかの家に踏みこんだことに話が進むと案の定、虎朗は怒った。

「どうしてそんな危ないことすんだよ」

「でも、中谷さんも一緒だったし」

一緒に行かなかったら虎朗に殺される、と中谷が言っていたことを話すと、

「俺のチャーハン食っといて、そこで帰ってたら半殺《そこ》しだ」

虎朗の目は三角になっている。これ以上、機嫌を損ねないよう、その後のことも報告する。危ないことはなかったこと。赤ちゃんにも異常はなかったこと。晶子が保健

師に連絡をしてくれ、その人が白山はるかの相談に乗ることになったこと。

「施設とかに行くのか、その子は」

「まだわからない。でも、もしそうなっても、一人にしないって約束した」

虎朗はじっと考えこんでいたが、鼻の上に皺を寄せて言った。

「中谷に、今度俺が休みの日に飲みに行こうって言っといて。あいつと飲むとウザそうだけど、一応詩穂が世話になったわけだし、俺も少しは近所づきあいしなきゃな」

「あのさ、中谷さん、一応年上だよ。虎朗、そういうのこだわるくせに」

「関係ねえ。うちで飯食って、昼寝までしたんだから、もう友達だ」

クーラーで冷えていた体が温かくなる。詩穂が嬉しそうな顔をしたからか、虎朗は目元を緩めてにやっとした。

「家族ぐるみでつきあってたら、詩穂にも悪いことできねえだろうしな」

「ああ見えて中谷さんは樹里さんにぞっこんだよ」

そう言いながら、この人と結婚してよかったと思った。

「まあ、国交省のお役人と話が合うかどうかはわからないけど」

「それで思い出したんだけど、大蔵省ってもうないんだって。びっくりだよね」

「びっくりはしない」虎朗はあきれた顔でビールの残りを飲み干している。「お前、そんなアホで苺の宿題とか見られんのか」

「あ、それ、中谷さんにも帰り道に言われた。詩穂さんが無教養すぎる、苺ちゃんの勉強計画は俺がプランを立てるって。その辺のレベルの低い塾になんか行かせなくても、東大でもなんでも入れてやるとか言ってた」

「うわ、なんか怖いな」

「でしょ？　でね、樹里さんはこう言ってるんだって。東大なんて世界ランキングで見たらたいしたことない。達ちゃんは考えることのスケールが小さいって」

「ウザい夫婦だな」

「ちょっと、まだ行かないで、自分の食べたお皿くらい流しに運んでください」

詩穂は虎朗のパジャマの裾を引っ張る。

「そんなんで、私がもし急に死んだりしたらどうするの」

「脅すなよ」虎朗は顔をしかめる。

「たまには想像して。そしたら虎朗が家事やるんだよ。わかってる？」

「わかってるわ」

虎朗は詩穂の腕を振り払おうとしたが、急に思い直したらしく、ぎゅっと腕を摑んだ。

「今日は突き飛ばしたらさすがに疑うからな」

「今日はって？」

詩穂はその言葉の意味を考える。虎朗が何を望んでいるのかがわかると手が熱くなった。

「でも、もう遅いし」

「恥ずかしいのは俺も同じだ。いつまでも逃げてんじゃねえよ」

虎朗はぱっと腕を離して、奥の和室へ入っていった。皿はやっぱり運んでいない。溜め息をついて洗い物をする。給湯器のボタンを押してスポンジを泡立てる。慌ててはいけない。ゆっくり洗う。その間に寝てくれないだろうか。そんなことを思ったりもした。あっという間に洗い上がってしまう手際のよい自分が恨めしい。

エプロンを外し、洗面所で歯を磨き、パジャマに着替え、髪をほどき、一つ息をつき、台所の電気を消した。恋人同士の時よりも緊張しながら和室に向かう。

虎朗はむこうを向いて横たわっている。お腹が上下する速度で寝ていないのがわかる。

「虎朗」

詩穂は夫の背中に声をかける。

「この先、どうなるんだろう」

和室は暗かった。布団の隅々は闇に沈んでいた。

「さあ」

と、声が返ってきた。

「そんなこと誰にもわかんねえだろ」

「私は主婦でいていいんだろうか」

「詩穂がそうしたいなら」

虎朗が言った。

「お前の望むようにしろよ。どうせそうするんだろ。詩穂は頑固だからな」

詩穂はしばらく黙った。そして言った。

「うん」

まず隣に座った。横になり、虎朗の背中にぴったりとくっつく。パジャマからいい匂いがした。太陽の下に干しておいてよかった。そう思った瞬間、虎朗がくるりとこちらを向いて、骨が軋むほど強く、抱きしめられた。

目が覚めたのは明け方だった。死んだように寝ている虎朗の重い腕から抜け出すと、詩穂はパジャマを着て起き上がり、苺のタオルケットを直した。

台所に行き、電気を点ける。五時だった。もう寝つけそうになかった。

もうじきしたら、また長い昼が始まる。その前に屋上に行こうと思った。

外出用の服に着替えようか、とも思ったが、誰に見られるわけじゃないし、と思い直した。パジャマの上から薄いパーカーを羽織っただけで部屋を出た。

屋上の階段を登る足が軽かった。頭もすっきりしている。近いうちに、この階段を朦朧《もうろう》として登った夜のことを、いつか虎朗にも話す勇気が持てるようになるかもしれない。

どんなことでも一線を越えると新しい風景が見える。

料理も、掃除も、洗濯も、ご近所づきあいも、恥ずかしがらず、やったことのないことに挑戦していれば、きっと新しい自分でいられる。どんな変化にだってついていくことができる。世界はいくらだって広げられる。時代が移り変わってもきっと大丈夫だ。そう思えた。

たとえ、他に専業主婦が一人もいなくなっても、私は一人にはならない。

屋上には涼しい風が吹いていた。その風に背を押されるように歩きながら見上げた空には星が幾つか残っていた。雲もなかった。彦星と織姫は結局、会えたのだろうか。会えたんだろうな、と思いたかった。

もし、雨が降っても、空が黒い雲に覆われていても、強い風が吹いていても、荒れ狂う天の川を泳いで渡る。向こう岸の誰かに会いにいく。そして、いつか強くなって誰でも渡れるような頑丈な橋をかける。その時は国交省の役人でもなんでも利用する。苺にはそういう織姫になってほしかった。次に生まれてくるかもしれない子にも。

そして、すでに生まれていて、今は暗い穴の中にいる人たちにも、暮らしを愛おしんでほしい。まばゆい日々を積み重ねていってほしい。

それまで私は主婦でいよう。そう思った。

　時間はたっぷりあります、と微笑める人でいよう。たとえ、夕飯の献立のことで頭がいっぱいでも、そう言える人であろう。

自分のする家事を喜んでくれる人たちを詩穂はやっと見つけたのだ。

人生の最後、目を瞑る前に、あの頃が一番幸せだったと思える日々を、いま詩穂は生きている。

鉄柵に歩み寄り、街を眺める。遠くまで目をやる。

空と街の境はもう白くまばゆい。どこからか新聞配達らしきバイクの音もした。それでも街のほとんどはまだ静かで、電気の点《つ》いている窓もいくつかあった。

「さあ、今日も頑張ろう」

最後に一つかすかに残った星を見上げて、詩穂はううんと大きく伸びをした。

エピローグ

月曜日の昼過ぎ、苺を連れて坂上家に行くと、里美が待ちかねたように扉を開いた。

「ごめんなさい。出がけに苺が愚図って遅れちゃった」

里美は「入って」と忙《せわ》しく言った。エプロンをしている。朝から家中の掃除をしていたらしい。来週には引っ越してくるそうだ。

「私、もう出るね。今から着替えてくるわ」

「里美さん、昼ご飯は？　お好み焼きの材料買ってきました。十五分あれば作れるけど」

「会議が二時からだから、ご飯はいいわ。メイクもしないといけないし」

「わかりました。バシッと綺麗にしてきてください」

リビングに行くと坂上さんがいた。苺を見ると嬉しそうに手招きしている。

「苺ちゃん、広告の裏にならお絵描きしていいわよ」

新聞に挟まれていた広告で箱を作っているところだったらしい。毎日やっていた家事はまだ坂上さんの体に刻まれている。誰かが一緒にいさえすれば、まだ何でもできるのだ。

詩穂はしばし思案したが、坂上さんに苺を任せ、台所に行った。炊飯器を見ると、保温状態になっている。開けると、まだ冷凍していないご飯が一人分ほど残っていた。

一応、坂上さんに断ってから、急いでおにぎりにする。

「里美さん」

詩穂は廊下に出て、降りてきた里美にアルミホイルに包んだおにぎりを渡した。

「塩おにぎりです。今日は暑いのでちゃんと食べないと。……駅とかで電車待ってる間にかじってください。お茶まで準備できなかったので、それはキオスクで買って」

里美はしばらく押しつけられたアルミホイルの塊を見つめていたが、ぽつりと言った。

「昔、まだ実家にいた頃、母がこうしてよくおにぎり持たせてくれたわ」

ご飯の温もりが伝わっているアルミホイルを両手で包んでいる。

「私、若かったからいやだった。外でなんか恥ずかしくて食べられないって」

「……あ、ごめんなさい。そうですよね。やることがおばさん臭いですよね」

「違うの」

里美は目を瞑って首を横に振る。

「凄いことだったんだって思うの。私、ぱぱっとおにぎりなんか作れない。この台所のどこに何があるかも未だにわかってないもの。母がまだしっかりしてるうちはいいけど」

「大丈夫ですよ。たとえば、塩は冷蔵庫」

詩穂はすぐそばの台所に里美を引っ張っていく。

「ほら、あった。冷蔵庫は乾燥してるから、塩や砂糖がガチガチにならずにすむんです」

「味噌汁をつくるのにも、どこに鰹節があるかわからないの」

「鰹節……なんか使ってるのかなあ」

詩穂は調味料が入っていそうな引き出しを引っ張る。そこにほんだしがあった。

「ほら、やっぱり、ほんだしだった。独り暮らしでいちいち出汁はとらないと思った」

「どうして、すぐにわかるの？　うちの母と一緒に料理したことあるの？」

「いいえ、でも、坂上さんの台所は使いやすいから」

ここは実家の台所に似ている。

母が長い時間をかけ、工夫をこらして築いた主婦の城。

「うちの母がいなくなった後、慣れない料理に苦労はしましたけど、でも、道具や食材を探して途方にくれることはなかったです。あるべきところにあるべきものが置いてあるので。棚や引き出しに手を伸ばすたび、体が段取りを覚えていったっていうか」

母は家事のプロだったのだ。凄いなと素直に思えた。だから、家事を嫌いにはならなかった。実家を出た後も、いつか主婦になる未来を描くことができた。

職業の選択肢を一つ失わずにすんだ。

「里美さんもだんだんできるようになりますよ」

「そうかなあ」里美の声が震えた。「この年になって新しい仕事にチャレンジするってしんどいわね。一人分の家事ならやってきたからなんとか……。でも家族のためにやるなんて初めてだもの。どんなにやっても母に敵《かな》わない気がして、もういやって投げ出してしまいたくなりそう」

「誰でも最初はそうです。ゆっくりやれば大丈夫。いつかできるようになります」

里美の震える肩に手を置こうとした。指にご飯粒がついていることに気づいて、少し迷ったが、口に入れた。それを見て里美が笑った。詩穂も笑った。

「里美さんは偉いです」

心から思ったことを言った。

「新しい仕事にチャレンジする決心なんて、誰にでもできることじゃないと思います」

ありがとう、と里美はマスカラが落ちないように涙を注意深く拭った。

「悪いことばっかじゃないって思ってる。詩穂さんとこうやって仲良くなれた。会社だけの人生だったら出会えない人に、これからは出会えるわけだよね」

強い人だな、と思いながら詩穂はうつむいた。

「私なんてまだ父に会いにいく勇気がない。家事をしない人で、しかも独り暮らしで、実家がどうなってるか見に行くのも怖い。親不孝者です」

里美は「そんなに自分を悪く言わないで」と、首を横に振った。

「うちの父も家事は全然しなかった。男子厨房に入るべからずの世代でしょう。願ったものよ。どうか父より先に死なないでって。詩穂さんよりもっと残酷な娘よ。でも、みんなそうなんじゃないかな。……それに、あの母を見て育った私だから言うんだけど」

里美は少し首をかしげて言った。

「母が父を甘やかしすぎたのも悪いのよね。これが職場の仕事だったらよ？　引き継ぎをちゃんとしなかったってことでしょう。自分がいなくなった後のことまで考えて、他部署の人にもスキルを伝えておくようにしないと、マネジメント上、まずいよね」

詩穂が黙りこんでいると、里美は、肩をすくめた。

「あ、ごめん、主婦の仕事のことなんか知らないのに偉そうに。でもさ、試しに玄関まで見に行ってみたら？　それで、ヤバい、と思ったら逃げてくるの。でも、ちょっとでも変化があったら、そこは評価して、チャイムを押してみる」

詩穂は微笑んだ。でもそうするとは言えなかった。

「じゃあ、仕事終わったらすぐ帰るから」

「あ、いってらっしゃい。ゆっくりでいいです。存分に働いてきてください」

里美が出かけると、詩穂は、ふう、と肩の力を抜いた。

里美はやはり坂上さんの娘なのだなと思った。いつだって現実に向き合っている。家族から逃げないでそこにいる。それなのに自分は、とアルミホイルをしまった。

――これは仕返しなのかしら。

母が病室でつぶやいた言葉が頭に思い浮かんだ。あれは詩穂に対するものではなく、父に向けられた言葉だったのだと今はわかる。坂上さんも言っていた。

——時々、思ったものよ。たまには姿をくらましてやろうかって。どんなにか胸がすっとするだろうかって。

気持ちはわからなくない。いや、凄くよくわかる。実際に十八歳の詩穂は姿をくらましてしまったのだから。

でも、母や坂上さんは、詩穂と違って、すでに大人だったじゃないか。

仕返しじゃないよ。胸がすっとするじゃないよ。夫や子供に何もさせない方が楽だっただけなんじゃないのか。その結果、家事という仕事がどんなに大変か、知らない人が多すぎて、みんな困っている。一人で抱えこんでしまって悩んでいる。

最後までちゃんと仕事をまっとうしてもらわないと残された方が困る。

そう思ったら猛烈に腹が立ってきた。


翌日は虎朗の定休日だった。

詩穂は苺に朝ご飯を食べさせるとエプロンを外して言った。

「今日は一日、一人で、家出をします」

「え？」虎朗の目は泳いでいる。「じゃあ、誰が苺の面倒見るの？」

「あなたが。夕飯の準備までには戻ってくるから、苺の昼ご飯はお願い。チャーハンでいいんじゃない？　ご飯は昨日の奴が残ってるし。ま、好きにして」

「いやいや、苺の面倒見ながら、飯つくるとか無理だから」

「無理そうだったら、中谷さんのアカウント、ここにメモしてあるから、ヘルプを頼むのもありです。公園行ってもいいし、うちに来てもらってもいいし、坂上さんちに行ってもいいよ。今日は里美さんがいるって。熱を出したり、怪我をしたら、蔦村医院に連絡。いい？」

これも引き継ぎだ。詩穂がいなくなった時のため。そして、二人目ができた時のため。

「どこ行くんだよ」

苺を抱いたまま虎朗が追いかけてくる。手を伸ばしてきた娘に、詩穂は言った。

「苺のおじいちゃんち、行ってくる」

虎朗の眉間に深い皺が寄った。しかし、今引き止めたらまずい、と思ったのだろう。

「……ああ、そう、じゃあ、しかたねえな。死なせないようになんとか頑張る」

「そうだね、今日はそれで精一杯だろうね」

そう言ってマンションを出た。ポケットには実家の鍵がある。長い家出だったなと思う。でも今の自分ならきっと大丈夫だ。詩穂はもう責任ある大人だ。父に自分の人生を脅かされることはない。

母がサボった引き継ぎを、代わりに自分がやらなければ。

電車に乗ったのは久しぶりだった。切符をどうやって買えばいいのか、悩んでしまったくらいだった。車両の液晶モニターがすっかり進化していることにも驚いた。新宿駅で乗り換える時は、闊歩《かっぽ》する若い女性のファッションに目を奪われた。

次の電車に乗って窓の景色を眺める。広告看板。高層ビル。ラブホテルのいかがわしいネオン。大きなシネマコンプレックス。目に入るものすべてが刺激的で美しかった。

虎朗はこんな所に毎日出勤しているのか。ずっとこんな世界を忘れていた。

苺を連れてきてやりたいなと思った。世の中は広いのだと教えてあげたい。

でもまずは十四歳の時に本当はしたかったことをやらなければ。タッパーがどこにしまってあるのか一緒に探して、カーテンの洗い方を一緒に研究して、お母さんは凄かったねと一緒に泣いて、ほんだしを見つけて、お母さんも手抜きしてたんだねと笑って。そういうことを父としたかった。母がいなくなってしまった後に空いた穴を二人で埋めたかった。

実家の最寄りの駅で降りて歩いた。すれ違う人はみな高齢者だった。手にコンビニ弁当をさげている。

子供の声はしない。主婦が井戸端会議をする声もしない。ママチャリも走っていない。あと一時間もしたらお昼だけれど、鰹節の匂いもしてこないのではないか。

この街でも主婦は減る一方なのだろう。

実家は、当たり前だけれど、九年前と同じところにあった。

岡田《おかだ》、と書かれた大理石の表札を確認してから、蔓草《つるくさ》のデザインの門扉から庭を覗く。

六畳くらいの庭には膝の高さまで雑草が生えていた。かなり荒れている、と思った。でも、ブロック塀のそばに植えられた紫陽花は、七月に入ったというのにまだ力強く咲いている。緑の葉の間から鞠のような薄紫の花が顔を覗かせている。

「ただいま」

そうつぶやいてから、詩穂は門から身を乗り出して、家の様子を窺った。窓のカーテンには大きな皺があった。もう長いこと開けていないような強ばった皺だった。

これはヤバいほうかな。そう思いかけた時だった。

顔を上げた詩穂の視線の先に、二階のベランダがあった。物干竿にワイシャツが五枚、干してあった。昨日は雨が降ったから、晴れた今日、まとめて洗濯したのだろう。湿気が多いから乾きにくいだろうなと思った時、ハンガーの間が十センチほど離してあることに気づいた。

早く乾くように工夫してある。皺もよく伸ばしてあるし、襟も整えてある。
しかし、カーテンは汚れている。庭も荒れている。これで変化したと言えるのかな
あと意地悪な気持ちが心に湧いた。でも、母の言葉も頭に浮かんだ。
ゆっくり、ゆっくり。
不器用でも時間をかけてやればできるようになる。きっとできるようになる。
詩穂は薄紫の紫陽花に触った。控えめだけれど、たくましくて、どこか頑固なその
花をたっぷり眺めてから、詩穂は深呼吸して、チャイムに手を伸ばした。

〈文庫版限定付録〉
●アナザーサイドストーリー虎朗篇

うちの奥さん、主婦だけど。

「虎朗さんの奥さん、専業主婦だって、ホントですか？」

出勤したばかりのアルバイトの石原和香《いしはらわか》が、真剣な顔で問いかけてきたのは、開店準備でバタバタしている夕方の時間帯だった。

「さっき、倉庫で聞きました。虎朗さんの奥さんは専業主婦だって」

「……それが、何？」

シフト表を睨んでいた村上虎朗は顔をあげて言った。この忙しい時に何の話だ。

新宿の駅ビルの近くにあるこの店は、わりと大きい会社の有名な居酒屋チェーンだ。虎朗は正社員として雇われている。まだ二十八歳だが、店長をしている。

しかし、年齢が若いだけあって、毎日働いているうちに、バイトとも馴れ合いの関係になる。石原のような年下のバイト連中にまで「虎朗さん」と気安く呼ばれている。

スチール棚が並び段ボールが積み上がったバックヤードにはこの時間、誰もいない。バイトにはホールで開店準備をするか、調理場の仕込みを手伝うか、その日によって臨機応変に働いてもらっている。今日は人手が少ない。石原にも早く仕事に入ってほしいのだが、

「それって奥さんの希望なんですか？」

まだわけのわからないことを言っている。虎朗は眉をひそめる。

「そうだけど、だから、何なの？」

石原はいわゆるフリーターだ。新卒でどこかの会社に就職はしたものの、海外留学の夢をあきらめきれずに辞めたそうだ。今は英会話教室に通いながら、バイトで留学資金を貯める日々を送っているらしい。

顔は正直かなり可愛い。体型も華奢《きやしや》で、男好きするタイプだが、今は彼氏がいないらしい。先月の飲み会で自分で言っていた。Vネックのサマーセーターを着た石原の

胸は、制服姿から想像していたよりも大きく見え、社員もバイトも男はみな目が釘付《くぎづ》けになった。

「……だって」

と、石原は伏し目がちになって言う。

「イマドキ、専業主婦になりたいなんて贅沢っていうか、男の人に甘えてる感じがして……」

こいつは何を言ってるんだ。少し黙った後、虎朗は眉間に皺を刻んだ。

「うちの奥さんに文句つけてんの？」

石原はパッと顔を赤くした。

「いえ、そういうわけではないんですけど！」

制服の三角巾《さんかくきん》をすばやく結ぶと、怒ったようにホールへ歩いて行く。

なんなんだよ、今の……。シフト表に目を戻そうとした時、吉田明がホールから戻ってきた。虎朗より五つ年下の二十三歳の社員だ。

「石原さん、なんか顔が赤かったですよ。きついこと言ったんじゃないですか？」

そう言って、へらへらと虎朗の図体を眺めている。

「虎朗さんは、ただでさえ怖いからな、見かけが」

虎朗の出生体重は四千グラムだったらしい。難産《なんざん》を経て生まれてきた目つきの悪い赤ん坊に、両親は虎朗と名づけた。ぴったりだとよく言われる。大きい背中を猫みたいに丸めて、音をさせずに歩く癖があるのも、虎を彷彿《ほうふつ》とさせるらしい。厄介《やっかい》な酔客《すいきゃく》が多い新宿店の店長に若くして抜擢《ばってき》されたのは、この外見が買われたかららしい、というのは社内でも有名な話だ。

「なんも言ってないよ」

虎朗は吉田をじろりと見た。

「あいつが、うちの奥さんに文句つけてきたんだ。主婦は甘えてるとかなんとか言ってよ」

そう言いつつ、こっちの言い方もきつかったかなと反省する。

もともと争いが好きではないのだ。うちにいる時は、バスで旅をする番組とか、動物の赤ちゃんが出てくる番組とか、できるだけ他愛もないテレビを見てごろごろしている。そのせいか、奥さんの詩穂からは「動物園の虎みたい」と溜め息まじりに言われる。

結婚してから、そういう自分が一番落ち着くことに気づいた。この見かけのせいで、学生の頃からしょっちゅう他校の生徒に絡まれ、荒っぽいふるまいが板についてしまったけれど、本当は平和が一番だと思っている。

そう、虎朗にとって家庭は唯一、腹を見せて眠ることのできる場所だった。

なのに、昨夜は珍しく夫婦喧嘩をした。今朝になっても、そこのティッシュとって、と言っただけなのに、自分でとりなよ、とむっとしたように言われ、朝ご飯の間ろくに口をきいてもらえなかった。

昨日の夜、遅く帰ってきた虎朗がろくに話もせずに寝てしまったことを、詩穂はまた怒っているのだ。でも、

(俺は必死に働いて帰ってきたんだ)

そういう意地があって、虎朗も謝らなかった。こっちだって疲れていたのだ。

石原がバックヤードにやってきた時、虎朗はちょうど、昨夜の喧嘩を思い出していたところだった。あいつは外で働く苦労を何もわかっちゃいないんだ。

――イマドキ、専業主婦になりたいなんて贅沢っていうか、男の人に甘えてる感じがして。

そう石原に言われた時は詩穂をけなされたようでムカついたが、同時に胸に燻っていた思いがぱっと燃え上がった。

うちの会社で結婚している若い社員はだいたい共働きだ。車だのワインだのに派手に散財している。でもうちは詩穂が専業主婦だから、自由に使える小遣いも少ない。

そのことに不満を言ったことなどない。

なのに、話をしなかったというだけで、なぜあんなに不機嫌になるのだ。おかげで石原と気まずくなってしまった。はあ、と大きく溜め息をついた虎朗に、

「甘えてるだなんて、石原さん、虎朗さんの奥さんのこと、そんな風に言ったんですか」

吉田がおかしそうに言った。

「それ、完全にヤキモチじゃないですか」

虎朗はシフト表から目を上げた。

「……え？」

「つうか、虎朗さんの奥さんが専業主婦だってこと、さっき倉庫で石原さんに言ったの俺なんですけどね。石原さん、虎朗さんのこと好きだからなあ」

「いやいや、俺、既婚者だけど」

こいつも何を言っているのだ。

「絶対そうですって。だから奥さんのことが気になるんですよ。石原さんは、もう三十近いのに海外留学するとか言っちゃって、自分の人生を生きる系だもんなあ。虎朗さんの女の好みが旦那に尽くす系だって知ってショックだったんですよ」

「別にうちの詩穂は尽くす系じゃないし」

「え、でも、奥さんが主婦ならうちでは何にもしなくていいんでしょ？」

吉田はわかったような顔で腕を組む。

こいつは正直、使えない社員だ。スタイルがシュッとしていて、彼女だけは途絶えた例《ためし》がない。だが仕事はまったくダメだ。

半年前にこの店に配属されてきたばかりの頃、酔った客がコップの水を床にぶちまけたことがあった。パートのおばさんがさっとモップを取りに行ったのに、こいつはぼうっと見ているだけだった。「床ってどうやって拭くんですか」と言う吉田をバックヤードに呼び出し、「とりあえず独り暮らしをしろ」と説教した。

先月、「実家を出ました」と言ってきたので、やっとやる気を出したかと見直した。しかし、「彼女と同棲します」と続いたので、「百年早《はえ》えよ」と突っこんでしまった。実家で上《あ》げ膳《ぜん》据え膳《ぜん》の生活だった奴が、いきなり他人と住むなんて、うまくいくわけがない。

案の定、彼女に家事をやらされていると、毎日のように愚痴を言ってくる。

「やっぱ主婦志望の子がいいな。虎朗さんが羨ましいです」

「ぐだぐだ言ってないで、早く調理場行け」

元々低い声をさらに低くして言うと、さすがに吉田は飛び上がるようにしてバックヤードを出ていった。出ていく間際に、余計な一言を置いていった。

「不倫はだめですよ、店長」

こういう時だけ店長と呼ぶ。虎朗はシフト表を乱暴に閉じて事務机の引き出しに戻した。

(石原が俺に気があるわけ、ないだろ)

しかし、落ち着かなくなって、またシフト表を意味もなく引っ張り出す。

店長マジックという言葉を聞いたことがある。店長になるための研修の打ち上げで先輩社員が言っていたのだ。お前はまだ若いから気をつけろ、とも言われた。

若いバイトの子たちにとって、店長という立場は偉く見えるものだ。シフトに入ってほしい一心で優しくしたり、悩み相談に乗ってやったりしているうちに、特別扱いされていると勘違いしてしまう子がたまにいるのだ。

そういう子と泥沼の関係になってしまう店長もいる。ここの前の店長もそうだった。奥さんも子供もいるような人がなぜ、と当時は新婚だった虎朗は思っていた。

でも、ちょっとしたはずみで、そうなってしまう気持ちも、今はわかる。

結婚すると恋人から家族になってしまう。二年前に娘が生まれてからは、虎朗と詩穂はすっかり父親と母親になってしまった。

虎朗はそろそろ二人目が欲しいと思っているが、たまに布団の中でくっついても、そういう雰囲気にはならない。同性の友達とじゃれ合っているようで照れくさい。これが幸せなのだと言われればそうなのだろう。でも、もう永遠にそういうことがないかもしれないと思うと、これでいいのか、という気もしてくる。

お前はまだ若いから、と言っていた先輩の言葉がたまに身にしみる。虎朗は二十八歳なのだ。同い年の男の多くはまだ色恋沙汰を堪能している。

どうしてこんなに早くに結婚してしまったのだろう。朝の夫婦喧嘩と——それに石原と吉田のせいで、そんな思いがこみあげてきた。

詩穂に出会った頃、虎朗はまだ店長ではなかった。

吉田のようにやる気のない社員だった。

この会社に就職したのは、高校の教師に「どんなところで働きたい？」と尋ねられて、「女が多いところ」と投げやりに答えたからだ。男子校には飽き飽きしていたし、十六歳で両親を亡くした虎朗は卒業したら自分の力で生きていかなければならなかった。

将来の夢とか、なりたいものとか、そんなことを思う贅沢は許されなかった。

就職が決まったのは居酒屋チェーンだった。飲み会の二次会でばかり使われるような大衆居酒屋で一生働くことになった。たしかにバイトには女が多かったが、酔った男の相手をする時間のほうが長かった。詐欺《さぎ》に遭った気分だったが、給料さえもらえればいいと割り切ることにした。

ずっと座っているのが苦手なタチで、新人研修では「ふまじめだ」と、人事部の部長に頭をはたかれた。もっとも忙しいと言われる新宿の駅ビルの前の店に配属された。来る日も来る日も酔客の相手をさせられた。最初は戸惑ったが、幸い絡まれるのには慣れていた。場数が増えていくと、ちょっとやそっとの暴力や難癖には動じなくなった。どんなに酒癖が悪い客も虎朗が顔を出すと黙りこむ。

結局、人は強い者に弱く、弱い者に強いのだ。だから世の中は平和にならないのだ。子供を殺したりする馬鹿がいるのもそのせいだろう。虚しさだけが募っていった。

帰りが遅くなっても心配する家族などいない。店が終わると同僚と限界まで飲んだ。夜の街で肩がぶつかった相手を睨みつけるようになっていた。縄張りを見張る野生の虎のように新宿の街を徘徊していた。

徹夜で飲み明かした朝、新宿アルタの前を歩いていた虎朗に、カットモデルをやらないかと声をかけてきたのが詩穂だった。新米の美容師で練習台を探しているのだという。

よくこんな面相《めんそう》の男に声をかけたな、と驚いたが、誰も引き受けてくれなくて必死だったらしい。たしかにこの辺りの朝は人通りが少ない。歩いていても大抵サラリーマンでみんな急いでいる。ちょうど髪が伸びていてうざかったので、虎朗は首をたてに振った。

詩穂は開店前の美容室に虎朗を連れていった。作業はゆっくりしていて、こんなことでは開店に間に合わないのではないかと、同じ接客業の端くれとしてハラハラした。

しかし、髪を洗われはじめると体がふっと弛《ゆる》んだ。誰かに無防備に体を預けたのはいつ以来だろう。詩穂は髪を洗いながら、天気の話や、店の裏にできた美味しいラーメン屋の話などをのんびり話していた。いつのまにか眠りこけていた。

目が覚めると、詩穂がカウンターの向こうで先輩らしき美容師に何か言われていた。時計を見ると三十分も経っていた。戻ってきた詩穂は虎朗を見て「あ、起きた」と言った。

——怒られたんじゃないの？

虎朗が言うと、詩穂は椅子を起こしてくれながら、大丈夫です、と微笑んだ。

——すごく気持ち良さそうに寝てたし、起こすのが悪くって。

結局その日は時間切れで、翌週もう一度行くことになった。今度は寝ないように気をつけたが、髪を洗われている間も、切ってもらっている間も、うとうとしてしまった。

——お仕事、大変なんですねえ。

最後にドライヤーをかけて髪を整えてくれながら詩穂は言った。

——ええ、まあ、昨日も夜遅かったんで。

嘘だった。前日は休みだった。この子と一緒にいると、どうやら俺は眠くなってしまうらしい。でも、そんなことはおくびにも出さず、格好をつけて言った。

——もう開店時間過ぎてるけど、急がなくて大丈夫なの？

大丈夫です、と詩穂は前と同じように微笑んだ。

——私、何をやるのにもゆっくりで、美容学校でもいつも居残り組だったんですけど、身についた仕事は丁寧なんです。だから、まいっか、って大目に見てもらってます。

自分で言うか、と思った。でも大目に見てしまう先輩の気持ちもわかる気がした。

平和なのだ。すべてが目まぐるしく動く新宿の街で、詩穂のまわりだけがのんびりしていて、心地がよくて、だからみんな「まいっか」と思ってしまうのだろう。

詩穂を、いいな、と思ったのは虎朗だけではないようだった。新米で作業が遅いのにもかかわらず、詩穂の予約はなかなかとれなかった。常連には虎朗のような独身男も多かったが、年寄りや子供の客もいるらしかった。いつの間にか虎朗もその一人になった。

──私、結婚したら専業主婦になりたいんです。

ある日、何かの話の流れで詩穂は言った。

──美容師とか、家事とか、手を動かす仕事が好きなんです。でも要領悪いから、どっちもやるのは無理っぽいので、家事に専念したほうがいいかなって。

たしかにそうだろうなと虎朗が思った時、詩穂が笑って言った。

──ま、そうさせてくれる旦那さんが見つかればの話ですけど。

その時、虎朗の中に突如《とつじょ》として意地が湧いてきた。俺がさせてやる。そう思った。どうにかこうにかして連絡先を聞き出し、他の常連客の男たちを出し抜いて、つきあって、結婚までこぎ着けた。

詩穂はまめな主婦だった。制服のワイシャツは襟に糊をきかせてアイロンをかけてくれる。靴も磨いておいてくれる。自分で言っていた通り、何をするにも時間がかかるが、どんなことでも丁寧にやってくれる。虎朗は家ではなにもしなくてよくなった。

その代わり、詩穂を食わせていかなければならない。その日から酔客にからまれるのが苦ではなくなった。

詩穂が妊娠すると、どうやったら給料を上げられるかを考えるようになった。店長の内示が出たのは、娘の苺が生まれてしばらくしてからだ。外見で抜擢されたのだと陰口もたたかれたらしいが、それだけでは店長にはなれない。必死の覚悟が勤務態度に出たのだろう。

その夜は、とにかく早く報告したくて、詩穂のもとに走って帰った。

しかし詩穂はあまり喜ばなかった。「これからもっと帰りが遅くなるの？」と、顔を曇《くも》らせた。「そうだろうな」と言うと、眠っている苺の頭を撫でながら詩穂は言った。

――どんなに遅く帰ってきても、私とちゃんと話をしてほしい。

内心、ショックだった。

店長に登り詰めるまで働いたのは詩穂と苺のためだった。家族のために俺は頑張ったのだ。感謝しろとまでは言わないが、一緒に喜んでくれてもいいではないか。

そんな思いを押し殺して、虎朗は「わかった」とうなずいた。詩穂は赤ん坊の世話で疲れているのだ。悩みがあるなら聞いてやらなければいけない。

しかし、身を粉にして働いて帰ってきてから、詩穂の話を聞くのはしんどかった。

だいたいが他愛もない話なのだ。近所の豆腐屋が潰れてガッカリしていたらそばに移転しただけだったとか、川にいる鴨が六羽に増えていたとか、聞くだけで睡魔が襲ってくる。

それでも頑張って毎晩聞いていたではないか。一晩、寝てしまったくらいでなんだよ。

虎朗はシフト表を乱暴に事務机にしまった。引き出しに放り込んであったスマートフォンが目に入る。詩穂からのメッセージは届いていないようだった。いつもならこの時間には〈今日の献立《こんだて》はこれです〉と夕飯の写真を送ってくれるのに、それもなしか。

職場には石原みたいな若い女の子がいくらでもいる。その気になれば、店長マジックでもなんでも使って浮気できるんだぞ――。怒りをこめて引き出しをバタンと閉めた。

開店してからしばらくは、宴会の予約が立て続けに入っていて忙しかった。

それなのに開店直前にバイトから欠勤の連絡が来た。しかたなく虎朗も発注書や日報をうっちゃってホールに出た。客に頼まれたことをすぐ忘れる吉田に腹を立てながらも、料理の皿を出したり下げたりしている間に、客の入りもだいぶ落ち着いてきた。

そろそろバックヤードに引っ込んでもいいかな、と思いながら、すだれで仕切られているだけの半個室のテーブルの皿を下げに行った時だった。

「マミもとうとう結婚かあ」

隣のテーブルから、女性客の会話が聞こえてきた。

「ま、もう三十五だし、年貢《ねんぐ》の納め時だよね」

どうやら女子会らしい。

「仕事はどうするの。辞めるの？」

「いや、イマドキ、結婚して仕事辞めるなんてリスキーなことしないって」

また「イマドキ」か。その言葉を聞くのは今日だけで二度目だ。イマドキの人間でいなければ死ぬのかよ。そう思いながらテーブルをダスターで強く拭いた。

「たいした収入もない男と結婚して、専業主婦になんかなった日には節約の毎日だもんね。今はみんな共働きだし、自分だけお金の心配して暮らすのは嫌だな」

テーブルを拭く手が止まった。

たしかに詩穂はいつも節約ばかりしている。電気を点けっぱなしにするなと年中怒っている。虎朗は家計のことなど気にしたことはなかった。でも――。

女の一人が言うのが聞こえた。

「ま、旦那が年収一千万くらいなかったら主婦なんて無理でしょ」

いか。

一千万。指の力が抜けそうになり、あわてて拭く作業を再開する。……その半分の年収もない俺は詩穂にどう思われているのか。結婚したことを後悔しているのではないか。

店長に抜擢された時、詩穂が喜んでくれなかったのは、たいして給料が上がるわけでもないのに浮かれている虎朗にあきれていたからなのかもしれない。

詩穂が美容室で働いていた時、常連客の独身男の中には一流企業に勤めている奴もいたはずだ。「海外出張のお土産をもらったんだけど、食べ方がわからなくて」などと詩穂が話していたこともあった。そういう男と結婚したほうがよかったのではないか。

手の動きが乱暴になり、うっかり箸箱《はしばこ》を払いのけてしまい、舌打ちをした。

バックヤードに戻る途中、石原とすれ違った。専業主婦を「贅沢」だとか「男の人に甘えてる」とか言っていた彼女は結婚しても働き続けるのだろう。そういう女と結婚していたら、とつい考えてしまう。一人で妻子を養うプレッシャーなど感じずにすんだのだろうか。外で働くしんどさをわかってもらえたのだろうか。

バックヤードに入ると、虎朗はダスターを流しに放った。

両親のような家庭を築きたかった。奥さんがいつも家にいて、旦那と子供を愛情でくるんでくれる家庭を——十六歳で両親が死んだ時に失ったものを取り戻したかった。

主婦になりたいという詩穂の夢は、虎朗の夢でもあった。

でも、それは俺には過ぎた夢だったのかもしれない。

流しの前に立ち尽くしていると、

「店長、ちょっとそこどいて。冷蔵庫開けるから」

後ろから言われた。大貫《おおぬき》さんというパートのおばさんだった。店が最も忙しい時間帯だけ調理スタッフとして入ってもらっている。娘が高校生ということもあり、若いバイトのフォローも辛抱強くしてくれる頼もしい存在だ。あと少しであがりのはずだ。

「……ぼうっとしてるね。奥さんと喧嘩でもしたわけ？」

なぜわかるのだ。虎朗はむっつりした顔で言った。

「まあ、そんなとこです」

大貫さんは笑った。

「わかるわかる。夫婦喧嘩するとそういう顔になるよね。そのダスター、私が洗っとくわよ。店長は座って休憩でもしてなさい。今のうちに発注書でも書いたら？」

死んだ母を思い出す。こんな風におせっかいで口うるさかった。だからだろうか。

「俺には奥さんに専業主婦なんかさせるような甲斐性《かいしょう》がなかったんですよ」

つい、愚痴を吐いた。大貫さんは「あらあら」とまた笑った。

「甲斐性がないなんて言われたの？　奥さんに」

「いや、詩穂が言ったわけじゃ――。でも、俺が話を聞かないで寝たってだけですごい怒るし、あんまり幸せじゃないのかなって思って」

大貫さんはダスターを洗う手を止めて、

「話くらい聞いてあげなさいよ」

と、あきれたように虎朗を見た。

「いや、でも俺も仕事で疲れてて……」

大貫さんは「それはそうだろうけどさ」と言った。

「イマドキ、主婦やるって根性いるよ。うちの妹の息子がまだ小学六年生だけどさ、クラスの半分の親が共働き。もっと下の学年じゃ、七割、八割が共働きだって」

「そうなんですか」

虎朗は驚いた。同期入社の社員のほとんどはまだ子供がいない。そういう話を聞くのは初めてだった。大貫さんは水道の蛇口《じゃぐち》をひねりながら言う。

「うちの子が小さかった頃は、公園に行けば子連れの主婦に会えたけど、今はママ友作るのも一苦労なんじゃないかな。娘さん、まだ幼稚園入ってないんでしょ？　一日中、子供とふたりきりで、大人と会話できないってつらいよ。孤独だと思うよ」

それで詩穂はあんなに話し相手を求めていたのか。虎朗が考えこんでいると、大貫さんはにやにやした。

「でも、そんなことで怒るなんて、奥さん、店長のことがまだ好きなんだねえ」

「えっ？」

虎朗は棚から抜いた発注書を取り落とす。

「店長、毎晩帰り遅いんでしょ？　なのに毎晩、起きて待っててくれるんでしょ？　それは店長に会いたいからだよ。二人きりの時間がほしいからだよ」

たしかに、苺が起きている間は互いの顔を見るどころではない。朝ご飯の間、詩穂がろくに口をきかなかったのは、苺の世話に集中していたからだったかもしれない。

「私ならさっさと先に寝てるね。うちの旦那も話を聞かない人でさ。ま、でも、今は慣れちゃって、むしろ家にいてくれないほうが幸せっていうか」

「家にいてくれないほうが幸せ――」

虎朗は言葉を詰まらせる。

「……おっ、もうあがりの時間だ。早く帰んないと娘が塾から帰ってきちゃう」

大貫さんはロングエプロンをとると、さっさと更衣室にむかって歩いていく。ダスターはいつの間にかすべて洗われて、流しの脇に干されていた。

発注書を書き終えてホールの様子を見に出ると、ラストオーダーの時間だった。

客がまばらになって暇になったのか、虎朗の隣に石原が来た。

「さっきは奥さんのこと、悪く言った形になってしまって、すみませんでした」

虎朗に身を寄せて小声で囁いてくる。

「いや別に」

どきりとしながら、ホールに目をやる。石原の胸もとを見ないようにする。

「専業主婦って、旦那さんに愛されて大事にされてる感じするじゃないですか。……虎朗さんの奥さんもそういう人なんだろうなあって思ったら、やるせなくなっちゃって」

虎朗を見上げた石原の瞳は悲しげに濡れていた。やっぱり俺のことが好きなのか。

心拍数が上がった。吉田の言うこともたまには当たるんだな。

でもこれ以上、惚れられてはいけない。俺には帰りを待っている人がいる。

「たしかに、うちの奥さんは主婦だけどさ」

虎朗は隙のない顔をつくり、石原に目をやった。

「甘えてるのは俺のほうだよ。愛されて大事にされてるのは俺のほうなんだ」

考えてみれば、詩穂は虎朗の給料に不満など言ったことがなかった。

節約して、工夫して、虎朗や苺の健康を考えて、献立を組み立てるのが楽しそうでさえあった。だからわざわざ夕飯の写真を送ってくるのだ。

店長になったことを喜んでくれなかったのは、家計が楽になる嬉しさよりも、虎朗の帰りが遅くなることへの寂しさのほうが勝っていたからかもしれない。

給料にこだわっていたのは自分のほうだったのかもしれない。頑張ったね、と言われたかったのだ。詩穂に褒められたかった。自分は詩穂のつくる夕飯を褒めたことなどないのに。

「……奥さんのこと、ほんとに好きなんですね」

石原がつぶやいた。切なげな表情だった。

(石原、ごめんな)

誘惑をふりきって虎朗は言った。

「もっといい男見つけろよ」

これであきらめてくれればいいんだが。ふたたび目をホールのほうに向けた時、

「吉田さんはいい男ですよ」

石原がむきになったように言った。

「……え？」

自分の声が裏返った。彼女の視線の先には吉田が歩いている。……まさか。

「でも、吉田さん、自分に尽くしてくれる、主婦志望の女の子がいいんですって。今日、倉庫で話してた時も、虎朗さんが羨ましいって何度も言ってました。虎朗さんの奥さんみたいな人と結婚したいって。……でも、そんな家庭的なタイプには、私は絶対なれないし」

石原は唇をきゅっと結んでいる。その瞳は黒く潤んでいた。吉田が好きだったのか。それでうちの奥さんに突っかかるようなことを言っていたのか。

愕然として吉田を見た。すぐ横で「オーダー、お願いします」と手を挙げている客がいるのに、まったく視界に入らないという間抜け顔で歩いている。

「もう、吉田さんったら世話が焼けるんだから……」

石原はエプロンのポケットから端末を抜くと、小走りで吉田のそばに寄っていき、代わりにオーダーを取ってやっている。

なんだよ……！

口の端をひきつらせているところに、当の吉田がすたすた寄ってきた。

「あのー、虎朗さん、むこうでトラブル起きてますよ」

「ああ？」

噛みつくように言った。なにが「石原さん、虎朗さんのこと好きだからなあ」だ。なにが「絶対そうですって」だ。でたらめばっか言いやがって。

「チョット怖い感じのお客様が、他のお客様と、肩がぶつかったとかぶつかってないとかで一触即発《いっしょくそくはつ》って感じです」

店内の喧噪の中で耳をすますと、むこうで言い争う声が聞こえた。

「……感じです、じゃなくて、お前がなんとかしてこいよ」

「俺、無理っす。虎朗さんがその顔出せば解決する話じゃないですか」

深く溜め息をつき、机仕事で緩んだロングエプロンの紐をきつく締め直す。贅肉《ぜいにく》がつきはじめた腹回りが少し苦しい。歩き出そうとして、虎朗はふりかえった。

「吉田」

トラブルを押しつけ、早くも仕事が終わったという顔の吉田に言う。

「主婦の奥さんと結婚したかったら、もっと仕事に身を入れろ」

吉田は「へ？」と目を丸くしている。

「へ、じゃねえよ。奥さんがお前の身の回りの世話を全部やってくれるんだったら、お前は奥さんの分まで稼いで帰らなきゃならねえじゃねえか」

そういう思いで働いて、虎朗は店長になったのだ。

「はあ……」

と、反応が鈍い吉田をカウンターの前に残し、虎朗はホールへと歩いていった。

肩がぶつかったと騒いでいたのは血の気の多そうな若者だった。

「他のお客様の迷惑になりますので」

と声をかけると、「うっせえ、ばか」と息巻いていたが、ふりむいて虎朗と目が合うと顔を強ばらせた。「悪いのは俺じゃねえぞ」と仲間のいる座敷席に引き上げていく。

(なんだ、たいしたことねえじゃねえか)

絡まれたほうのサラリーマンは腰が抜けていた。その前に虎朗はしゃがみこんだ。

「立てますか」

「すみません。……今日はむしゃくしゃしてて、飲み過ぎて」

サラリーマンのものらしき黒い手帳が床に落ちていた。ページの間からはみだした写真には、子供を抱く女の人の手が写っていた。埃《ほこり》を払って渡しながら虎朗はつぶやいた。

「……まあ、毎日頑張って働いてたら、そういう夜もありますよ」

サラリーマンは自分の力で立ち上がり、小さく頭を下げて席に戻っていった。

それから一時間後、長《なが》っ尻《ちり》の宴会客を送り出し、ホールが空になると、どっと疲れが押し寄せた。

日報を書くためにバックヤードに戻り、引き出しを開ける。スマートフォンの画面が光っている。詩穂からだ。飛びつくように手に取って、こわごわメッセージを開く。

〈晩ご飯はシジミ汁と、アスパラと豚バラの炒めものです〉

そう書いてあった。三時間も前に届いている。苺がフォークでアスパラを刺している写真が添付されている。

〈今日はいろいろあって忙しくて、送るのが遅くなっちゃった〉

怒ってなかったのか。全身の力が抜けた。慌ててメッセージを返す。

〈昨日は寝ちゃってごめん〉

詩穂からもすぐに返事がきた。

〈いいよ。でも今日こそは話聞いてね。ホントいろいろあったんだよ〉

虎朗は腰かけて日報を書きはじめた。急がないと終電に間に合わない。

早く家に帰りたかった。晩ご飯を食べて、風呂に入って、詩穂ののどかな話を聞きながら、「寝ちゃだめだってば」と怒られながら、とろとろと眠りたかった。

そんな贅沢な生活を守ることを張り合いにして虎朗は働いている。

「文庫版に寄せて」

文庫版『対岸の家事』をお読みいただき、ありがとうございます。

ここを読んでいるということは、物語の最後まで読んでくださったのでしょうか。

この小説は書くことを決めてから、書き終わるまで五年くらいかかりました。

専業主婦を主役にした小説を書くきっかけを作ってくれたのは、大学の後輩です。元書店員だった彼女は、私が作家デビューしたことをとても喜んでくれました。

「あのね、あんまり自分の本が置かれた棚の前をウロウロしないほうがいいですよ。朝礼でたまにあるんです。『あの棚の前を何度も行き来している不審な人物は、著者さんですので、気にしないように』というお達しが」

そんなことも教えてくれました。

彼女は「毎号届くあれこれを集めるとなんと凄いものができる！」というシリーズの本の棚の担当でした。予約しておいて取りに来ないお客さんがいる、とにかく「毎号届く」のでバックヤードに溜まりまくって困っている、などと面白おかしく仕事の話をしてくれた彼女は、その職場が二社目でした。

妊娠と同時に書店をやめた彼女は専業主婦になり、私が久しぶりに会った時には生まれたばかりの赤ん坊の世話をしていました。夫婦でどんな話し合いをしてそういう決断に至ったのかはわかりません。ただ、すでに同年代は共働きが普通になっていたので驚いたことはたしかです。

そんな私の心中を見透かすように、彼女は淡々と言いました。

「この子を連れて児童館に行ったとき、育休中の人に訊《き》かれたんです。お仕事は何してるの？　って。家事と子育てですけど、と言ったら、それは仕事じゃないって返されました」

彼女と別れて、少ししてから、何度咀嚼《そしやく》しても飲みこめない、なんとも言えない気持ちが生まれてきました。

子供の頃、女性は結婚したら主婦になるのが当たり前でした。世の中すべてが「女は主婦になるもの」と大合唱しているように感じられて、キャリアウーマン（というほど輝かしいキャリアはないですが）になった後も、主婦にならない理由を世間に説明するのに必死でした。

でも、そうか、主婦ってもうマジョリティではないんだ。なぜ主婦になったのか、その理由を説明しなければいけない時代になったんだ。

大きい風が吹いたんだ、と思いました。

だけど、じゃあ、誰が家事をやるんだろう？

大学の後輩が「仕事じゃない」と言われたこの労働は今もなくなってはいません。家電の発達で炊事掃除洗濯はだいぶ楽になりましたが、育児はむしろ昔より大変になったとも言われています。介護からだって逃れることはできません。ロボットがやってくれる未来はだいぶ先になりそうです。

私は意地悪な人間です。専業主婦が絶滅しかかっている世界を書いてみたくなりました。彼女たちに頼れないその世界で私たちはどうやって家事をやりくりしたらいいんだろう？　家事をやったことがなさそうな人たちが作っている、この日本という国で。

そして、マイノリティとなりつつある専業主婦の人たちの労働は、これからどう変化していくのだろう。

なんだかんだ言って、私は労働について考えるのが好きなのです。

お仕事小説を書いていると紹介されるより、労働小説を書いていると言われるほうが体に馴染む感じがします。

　ともあれ、子供の頃から身近だったからこそ、家事を書くことは、本当に難しかったです。とても長い時間がかかってしまいました。

　改稿を重ねているうちに、このテーマに取り組むことを応援してくれた編集者さんは担当を外れてしまいました。『駅物語』のときと同じく、イラストレーターの北極まぐさんとロケハンをして、詩穂の住む街を緻密に描いたイラストを作って待っていてくれたのに、刊行まで関わっていただくことができませんでした。

　でも、新しい編集者さんがその後を引き継いでくれました。我が子を保育園に送り迎えしながら、原稿の追いこみにつきあってくれました。家事をする男性の立場から意見をもらえたことで、ようやくラストが見えてきました。ちなみに彼は子供にとても優しくて、中谷があまり好きじゃなさそうです（笑）。

　近所に住む専業主婦の友人にも原稿を読んでもらいました。なかなかに厳しい読者でした。彼女が好きなのは、天井に映って揺れる光を見るシーンだそうです。「今日は鶏の胸肉を焼こう」と立ち上がったその友人が、「夕飯の献立が決まると楽になるな」と言い置いて去ったのが忘れられません。

　考えるのが遅くて、書くのも遅い私が、たくさんの方の助けを借りて、ようやく文庫版刊行までたどりつきました。

文庫の担当編集者さんは中谷が嫌いじゃないそうです。文庫のために新たな装画を作ってくださいました。あわいさんが描いてくれた紫陽花の前に立つ詩穂がすごく愛おしくて、公園に行くなら虫除けスプレーを足にかけてって！　刺され跡ばかりになるよ！　と、ついおせっかいを焼きたくなります。

また、文庫には虎朗目線のアナザーサイドストーリーを収録していただきました。初代担当さんの依頼で「IN☆POCKET」という雑誌に書いた短編です。専業主婦とともに、奥さんが主婦の男性も少なくなっていくかもしれない。そんなことを考えながら書きました。

最後に、この本の読者になってくださったあなたに感謝します。貴重な時間を私の書いた小説のために遣《つか》ってくださってありがとう。

ちなみに、詩穂が作っていたゴボウ入りのカレー、あれは会社員時代の職場の主婦パートさんが教えてくれたレシピです。歯ざわりがいいし、食物繊維もたっぷりとれて意外とカレーになじむんですよね。今日の夕飯はそんなところでどうでしょう？

本書は、二〇一八年八月に小社より刊行した単行本を文庫化したものです。
文庫版限定付録アナザーサイドストーリーは、
二〇一八年五月号『インポケット』に掲載されたものです。

|著者| 朱野帰子　1979年生まれ。2009年『マタタビ潔子の猫魂』(MF文庫ダ・ヴィンチ）で第4回ダ・ヴィンチ文学賞を受賞しデビュー。既刊に、『わたし、定時で帰ります。』(新潮文庫)、『科学オタがマイナスイオンの部署に異動しました』(文春文庫)、『海に降る』(幻冬舎文庫)、『超聴覚者 七川小春 真実への潜入』『駅物語』(講談社文庫）など。

対岸《たいがん》の家《か》事《じ》

朱《あけ》野《の》帰《かえる》子《こ》

2021年6月15日第1刷発行
2022年5月6日第3刷発行

発行者――鈴木章一
発行所――株式会社　講談社
東京都文京区音羽2-12-21　〒112-8001
電話　出版 (03) 5395-3510
　　　販売 (03) 5395-5817
　　　業務 (03) 5395-3615

Printed in Japan

講談社文庫
定価はカバーに
表示してあります

KODANSHA

デザイン―菊地信義
本文データ制作―講談社デジタル製作
印刷―――株式会社KPSプロダクツ
製本―――株式会社国宝社

ISBN978-4-06-523712-0

講談社文庫刊行の辞

二十一世紀の到来を目睫に望みながら、われわれはいま、人類史上かつて例を見ない巨大な転換期をむかえようとしている。

世界も、日本も、激動の予兆に対する期待とおののきを内に蔵して、未知の時代に歩み入ろうとしている。このときにあたり、創業の人野間清治の「ナショナル・エデュケイター」への志を現代に甦らせようと意図して、われわれはここに古今の文芸作品はいうまでもなく、ひろく人文・社会・自然の諸科学から東西の名著を網羅する、新しい綜合文庫の発刊を決意した。

激動の転換期はまた断絶の時代である。われわれは戦後二十五年間の出版文化のありかたへの深い反省をこめて、この断絶の時代にあえて人間的な持続を求めようとする。いたずらに浮薄な商業主義のあだ花を追い求めることなく、長期にわたって良書に生命をあたえようとつとめるところにしか、今後の出版文化の真の繁栄はあり得ないと信じるからである。

同時にわれわれはこの綜合文庫の刊行を通じて、人文・社会・自然の諸科学が、結局人間の学にほかならないことを立証しようと願っている。かつて知識とは、「汝自身を知る」ことにつきていた。現代社会の瑣末な情報の氾濫のなかから、力強い知識の源泉を掘り起し、技術文明のただなかに、生きた人間の姿を復活させること。それこそわれわれの切なる希求である。

われわれは権威に盲従せず、俗流に媚びることなく、渾然一体となって日本の「草の根」をかたちづくる若く新しい世代の人々に、心をこめてこの新しい綜合文庫をおくり届けたい。それは知識の泉であるとともに感受性のふるさとであり、もっとも有機的に組織され、社会に開かれた万人のための大学をめざしている。大方の支援と協力を衷心より切望してやまない。

一九七一年七月

野間省一

講談社文庫　目録

麻見和史　偽神の審判〈警視庁公安分析班〉
有川　浩　三匹のおっさん
有川　浩　三匹のおっさん ふたたび
有川　浩　ヒア・カムズ・ザ・サン
有川　浩　旅猫リポート
有川ひろ　アンマーとぼくら
有川ひろ ほか　ニャンニャンにゃんそろじー
荒崎一海　門前仲町〈九頭竜覚山 浮世綴㈠〉
荒崎一海　蓬萊橋雨景〈九頭竜覚山 浮世綴㈡〉
荒崎一海　寺町哀感〈九頭竜覚山 浮世綴㈢〉
荒崎一海　小《お》名《な》木《き》川《がわ》〈九頭竜覚山 浮世綴㈣〉
荒崎一海　一色町雪花〈九頭竜覚山 浮世綴㈤〉
朱野帰《かえる》子《こ》　駅物語
朱野帰子　対岸の家事
東　浩紀　一般意志2・0〈ルソー、フロイト、グーグル〉
朝倉宏景　白球アフロ
朝倉宏景　野球部ひとり
朝倉宏景　つよく結べ、ポニーテール
朝倉宏景　あめつちのうた

朝井リョウ　スペードの3
朝井リョウ　世にも奇妙な君物語
有沢ゆう希／末次由紀 原作　〈小説〉ちはやふる 上の句
有沢ゆう希／末次由紀 原作　〈小説〉ちはやふる 下の句
有沢ゆう希／末次由紀 原作　〈小説〉ちはやふる 結び
有沢ゆう希　小説 パーフェクトワールド〈君といる奇跡〉
有沢ゆう希／原作：金田一蓮十郎／脚本：徳永友一　小説 ライアー×ライアー
秋川滝美　幸《こう》腹《ふく》な百貨店
秋川滝美　幸腹な百貨店〈デパ地下おにぎり騒動〉
秋川滝美　幸腹な百貨店〈催事場で蕎麦屋呑み〉
秋川滝美　マチのお気楽料理教室
赤神　諒　神遊の城
赤神　諒　大友二階崩れ
赤神　諒　大友落月記
赤神　諒　酔象の流儀 朝倉盛衰記
赤神　諒　空《うつせ》貝《がい》〈村上水軍の神姫《しんき》〉
彩瀬まる　やがて海へと届く
浅生　鴨　伴走者
天野純希　有楽斎の戦

天野純希　雑賀《さいか》のいくさ姫《ひめ》
青木祐子　コーチ！〈はげまし屋・立花ことりのクライアントファイル〉
秋《あき》保《う》水《すい》菓《か》　コンビニなしでは生きられない
相沢沙呼　m《メ》e《デ》di《イ》u《ウ》m《ム》 霊媒探偵城塚《じょうづか》翡翠《ひすい》
新井見枝香　本屋の新井
碧野　圭　凜として弓を引く
五木寛之　ソフィアの秋
五木寛之　狼のブルース
五木寛之　海峡物語
五木寛之　風花のひと
五木寛之　鳥の歌(上)(下)
五木寛之　燃える秋
五木寛之　真夜中の望遠鏡〈流されゆく日々'78〉
五木寛之　ナホトカ青春航路〈流されゆく日々'79〉
五木寛之　旅の幻燈
五木寛之　他力
五木寛之　こころの天気図
五木寛之　新装版 恋歌
五木寛之　百寺巡礼 第一巻 奈良

講談社文庫　目録

五木寛之　百寺巡礼　第二巻　北陸
五木寛之　百寺巡礼　第三巻　京都Ⅰ
五木寛之　百寺巡礼　第四巻　滋賀・東海
五木寛之　百寺巡礼　第五巻　関東・信州
五木寛之　百寺巡礼　第六巻　関西
五木寛之　百寺巡礼　第七巻　東北
五木寛之　百寺巡礼　第八巻　山陰・山陽
五木寛之　百寺巡礼　第九巻　京都Ⅱ
五木寛之　百寺巡礼　第十巻　四国・九州
五木寛之　海外版　百寺巡礼　インド1
五木寛之　海外版　百寺巡礼　インド2
五木寛之　海外版　百寺巡礼　朝鮮半島
五木寛之　海外版　百寺巡礼　中　国
五木寛之　海外版　百寺巡礼　ブータン
五木寛之　海外版　百寺巡礼　日本・アメリカ
五木寛之　青春の門　第七部　挑戦篇
五木寛之　青春の門　第八部　風雲篇
五木寛之　青春の門　第九部　漂流篇
五木寛之　親鸞　青春篇(上)(下)

五木寛之　親鸞　激動篇(上)(下)
五木寛之　親鸞　完結篇(上)(下)
五木寛之　五木寛之の金沢さんぽ
五木寛之　海を見ていたジョニー　新装版
井上ひさし　モッキンポット師の後始末
井上ひさし　ナ　イ　ン
井上ひさし　四千万歩の男　全五冊
井上ひさし　四千万歩の男　忠敬の生き方
井上ひさし／司馬遼太郎　新装版　国家・宗教・日本人
池波正太郎　私　の　歳　月
池波正太郎　よい匂いのする一夜
池波正太郎　梅安料理ごよみ
池波正太郎　わが家の夕めし
池波正太郎　新装版　緑のオリンピア
池波正太郎　新装版　殺しの四人〈仕掛人・藤枝梅安㈠〉
池波正太郎　新装版　梅安蟻地獄〈仕掛人・藤枝梅安㈡〉
池波正太郎　新装版　梅安最合傘〈仕掛人・藤枝梅安㈢〉
池波正太郎　新装版　梅安針供養〈仕掛人・藤枝梅安㈣〉
池波正太郎　新装版　梅安乱れ雲〈仕掛人・藤枝梅安㈤〉

池波正太郎　新装版　梅安影法師〈仕掛人・藤枝梅安㈥〉
池波正太郎　新装版　梅安冬時雨〈仕掛人・藤枝梅安㈦〉
池波正太郎　新装版　忍びの女(上)(下)
池波正太郎　新装版　殺　し　の　掟
池波正太郎　新装版　抜討ち半九郎
池波正太郎　新装版　娼　婦　の　眼
池波正太郎　近藤勇白書(上)(下)〈レジェンド歴史時代小説〉
井上　靖　楊　貴　妃　伝
石牟礼道子　新装版　苦《く》海《がい》浄《じょう》土《ど》〈わが水俣病〉
いわさきちひろ　ちひろのことば
いわさきちひろ／松　本　猛　いわさきちひろの絵と心
いわさきちひろ／絵本美術館編　ちひろ・子どもの情景〈文庫ギャラリー〉
いわさきちひろ／絵本美術館編　ちひろ・紫のメッセージ〈文庫ギャラリー〉
いわさきちひろ／絵本美術館編　ちひろの花ことば〈文庫ギャラリー〉
いわさきちひろ／絵本美術館編　ちひろのアンデルセン〈文庫ギャラリー〉
いわさきちひろ／絵本美術館編　ちひろ・平和への願い〈文庫ギャラリー〉
石野径一郎　新装版　ひめゆりの塔
今西錦司　生　物　の　世　界
井沢元彦　義　経　幻　殺　録

講談社文庫　目録

講談社文庫　目録

大沢在昌／藤田宜永／堂場瞬一／井上夢人／今野敏／月村了衛／東山彰良　激動　東京五輪1964
逢坂　剛　十字路に立つ女
逢坂　剛　奔流恐るるにたらず〈重蔵始末(八)完結篇〉
逢坂　剛　新装版カディスの赤い星(上)(下)
オノ・ヨーコ　飯村隆彦 編　ただの私《あたし》
オノ・ヨーコ　南風椎 訳　グレープフルーツ・ジュース
折原　一　倒錯の帰結
折原　一　倒錯のロンド〈完成版〉
小川洋子　ブラフマンの埋葬
小川洋子　最果てアーケード
小川洋子　琥珀のまたたき
小川洋子　密やかな結晶〈新装版〉
乙川優三郎　霧の橋
乙川優三郎　喜知次
乙川優三郎　蔓の端々
乙川優三郎　夜の小紋
恩田　陸　三月は深き紅の淵を
恩田　陸　麦の海に沈む果実
恩田　陸　黒と茶の幻想(上)(下)
恩田　陸　黄昏の百合の骨
恩田　陸　『恐怖の報酬』日記〈酩酊混乱紀行〉
恩田　陸　きのうの世界(上)(下)
恩田　陸　七月に流れる花／八月は冷たい城
奥田英朗　新装版ウランバーナの森
奥田英朗　最悪
奥田英朗　マドンナ
奥田英朗　ガール
奥田英朗　サウスバウンド
奥田英朗　オリンピックの身代金(上)(下)
奥田英朗　ヴァラエティ
奥田英朗　邪魔(上)(下)〈新装版〉
乙武洋匡　五体不満足〈完全版〉
大崎善生　聖《さとし》の青春
大崎善生　将棋の子
小川恭一　江戸の旗本事典〈歴史・時代小説ファン必携〉
奥泉　光　プラトン学園
奥泉　光　シューマンの指
奥泉　光　ビビビ・ビ・バップ
折原みと　制服のころ、君に恋した。
折原みと　時《とき》の輝き
折原みと　幸福のパズル
大城立裕　小説　琉球処分(上)(下)
太田尚樹　満州裏史〈甘粕正彦と岸信介が背負ったもの〉
太田尚樹　世紀の愚行〈太平洋戦争・日米開戦前夜〉
大島真寿実　ふじこさん
大泉康雄　あさま山荘銃撃戦の深層(上)(下)
大山淳子　猫弁〈天才百瀬とやっかいな依頼人たち〉
大山淳子　猫弁と透明人間
大山淳子　猫弁と指輪物語
大山淳子　猫弁と少女探偵
大山淳子　猫弁と魔女裁判
大山淳子　猫弁と星の王子
大山淳子　雪猫
大山淳子　イーヨくんの結婚生活
大倉崇裕　小鳥を愛した容疑者
大倉崇裕　蜂に魅《ひ》かれた容疑者〈警視庁いきもの係〉
大倉崇裕　ペンギンを愛した容疑者〈警視庁いきもの係〉

講談社文庫　目録

神山裕右　カタコンベ
神山裕右　炎の放浪者
加賀まりこ　純情ババアになりました。
門田隆将　甲子園への遺言〈伝説の打撃コーチ高畠導宏の生涯〉
門田隆将　甲子園の奇跡〈斎藤佑樹と早実百年物語〉
門田隆将　神宮の奇跡
鏑木　蓮　東京ダモイ
鏑木　蓮　屈　折　光
鏑木　蓮　時　　限
鏑木　蓮　真　　友
鏑木　蓮　甘　い　罠
鏑木　蓮　京都西陣シェアハウス〈憎まれ天使・有村志穂〉
鏑木　蓮　炎　　罪
鏑木　蓮　疑　　薬
川上未映子　そら頭はでかいです、世界がすこんと入ります
川上未映子　わたくし率 イン 歯ー、または世界
川上未映子　ヘ　ヴ　ン
川上未映子　すべて真夜中の恋人たち
川上未映子　愛の夢とか
川上弘美　ハヅキさんのこと
川上弘美　晴れたり曇ったり
川上弘美　大きな鳥にさらわれないよう
海堂　尊　新装版 ブラックペアン1988
海堂　尊　ブレイズメス1990
海堂　尊　スリジエセンター1991
海堂　尊　死因不明社会2018
海堂　尊　極北クレイマー2008
海堂　尊　極北ラプソディ2009
海堂　尊　黄金地球儀2013
門井慶喜　パラドックス実践 雄弁学園の教師たち
門井慶喜　銀河鉄道の父
梶　よう子　迷　子　石
梶　よう子　ふ　く　ろ　う
梶　よう子　ヨ　イ　豊《とよ》
梶　よう子　立身《りっしん》いたしたく候《そうろう》
梶　よう子　北斎まんだら
川瀬七緒　よろずのことに気をつけよ
川瀬七緒　法医昆虫学捜査官
川瀬七緒　シンクロニシティ〈法医昆虫学捜査官〉
川瀬七緒　水底《みなそこ》の棘《とげ》〈法医昆虫学捜査官〉
川瀬七緒　メビウスの守護者〈法医昆虫学捜査官〉
川瀬七緒　潮騒のアニマ〈法医昆虫学捜査官〉
川瀬七緒　紅のアンデッド〈法医昆虫学捜査官〉
川瀬七緒　スワロウテイルの消失点〈法医昆虫学捜査官〉
川瀬七緒　フォークロアの鍵
風野真知雄　隠密　味見方同心(一)〈くじらの姿焼き騒動〉
風野真知雄　隠密　味見方同心(二)〈干し卵不思議味〉
風野真知雄　隠密　味見方同心(三)〈幸せの小福餅〉
風野真知雄　隠密　味見方同心(四)〈恐怖の流しそうめん〉
風野真知雄　隠密　味見方同心(五)〈フグの毒鍋〉
風野真知雄　隠密　味見方同心(六)〈鵺《ぬえ》の闇鍋〉
風野真知雄　隠密　味見方同心(七)〈絵巻寿司〉
風野真知雄　隠密　味見方同心(八)〈ふふふの麩〉
風野真知雄　隠密　味見方同心(九)〈殿さま漬け〉
風野真知雄　潜入　味見方同心(一)〈恋のぬるぬる膳〉
風野真知雄　潜入　味見方同心(二)〈陰膳だらけの宴《うたげ》〉
風野真知雄　潜入　味見方同心(三)〈五右衛門の鍋〉

2022年3月15日現在